TROPICALE TRISTESSE

DU MÊME AUTEUR

Matador Yankee, Le Passage, 2019
Prix Orange du Livre 2019

Des humains sur fond blanc, Le Passage, 2020

www.lepassage-editions.fr

Lorsque l'on voyage, on découvre
en premier lieu que l'on n'existe pas.

Elizabeth Hardwick, *Nuits sans sommeil*

PREMIÈRE PARTIE

I – JUS DE TOMATE, 2009

La vérification de la porte opposée est une formulation qui me laisse perplexe quant à l'éventualité d'un courant d'air. À quoi la porte est-elle opposée pour qu'il soit tant besoin de vérifier ? Au reste des gens qui demeurent sur terre ? À l'éternel ennui qui menace de nous aspirer ? Survoler l'Océan, enfin survoler quoi que ce soit, me terrifie. L'idée de me retrouver à la fois au-dessus de la mer et en haute altitude fait peser sur moi l'effroyable perspective d'une double peine où je mourrais sans jamais que l'on identifie mon corps afin de déterminer avec exactitude les causes du décès, la noyade dans les abysses ou la désintégration. Et bien sûr, je ne pourrai pas fumer pendant toute la durée du vol. J'ai pensé prendre un bateau, c'est romantique, mais beaucoup plus long et beaucoup trop cher, ce qui m'aurait condamnée à finir mon voyage en me prostituant – si quelqu'un veut encore d'une femme comme moi – ou pire sans doute, à faire du stop avec des inconnus. J'ai la tête ailleurs pendant les démonstrations relatives au gilet de sauvetage qu'il faudra gonfler soi-même et au masque à oxygène qui s'apprête à surgir du plafond. À ce stade, de toute façon, j'aurai déjà perdu connaissance. Après le décollage, une hôtesse de l'air vient me rassurer.

– Madame, vous prendrez un rafraîchissement ?

– De l'eau, merci… Euh… non, moi aussi je vais prendre un jus de tomate.

– Sel de céleri ? Glaçons ?

– Sans rien, s'il vous plaît.

Je ne bois jamais de jus de tomate dans la vie, sauf dans le Bloody Mary. En avion, j'ai tendance à imiter mes voisins. Je ne sais pas qui a eu cette idée en premier, mais il est certain que les litres de jus de tomate consommés chaque année en altitude dépassent de loin la moyenne au sol.

Avant mon départ, j'ai eu le temps de m'intéresser au Brésil. Pour autant, j'ai vite senti que tout ce que je pourrais apprendre serait accessoire. Je verrai bien sur place. Je n'aime pas les voyages ficelés à l'avance qu'il ne reste qu'à exécuter triomphalement : cette année, moi, Jeanne Beaulieu, j'ai fait le Brésil ! Je n'y vais pas vraiment pour voyager. Je ne suis d'ailleurs pas sûre de croire au voyage, pas certaine non plus que cette phrase ait un sens. De là-haut, tout paraît toujours si simple, le soleil, le bleu du ciel et la terre, immuable, bien enveloppée dans son atmosphère.

Je pars avec presque rien. Les images que j'ai vues à la télévision ont été filmées en Amazonie, quelque part au nord du Rio Negro. Dans cette région commence le territoire des Indiens Yanomami. On y trouve également d'autres groupes ethniques et des postes militaires depuis que l'État a décidé de mieux surveiller les frontières. L'Indien que je cherche pourrait appartenir à n'importe quelle tribu. Peut-être s'était-il égaré avant de se retrouver face à la caméra ? Peut-être n'était-il qu'un plan de coupe rajouté au montage, un cousin du réalisateur déguisé en sauvage pour faire couleur locale ? J'ignore tout des immensités où ils vivent. Je ne connais guère que la forêt des Landes qui déjà me semble dangereuse lorsqu'il s'agit de la traverser en voiture par les petites routes. J'ai en mémoire ce soleil épileptique qui le soir, au retour de la plage, passe à travers les pins gorgés de sang avant de mourir de l'autre côté du monde.

Dans l'avion, mon voisin qui a pourtant l'air inoffensif a la bonne idée d'avaler de travers son jus de tomate et de le recracher par le nez. Une véritable hémorragie. Mon cœur se met à battre fort. Comment rester insensible au fait de voler à bord de ces gros engins, d'être à la fois lancée à pleine vitesse dans les airs et parfaitement immobile. Quelle est la cinétique d'un cœur dans les nuages, d'un avion autour de la terre, de la terre autour du soleil, du soleil dans la galaxie, quoi d'autre après ? Comment envisager qu'un jour ces trajectoires continueront sans moi ? J'essaie de ne pas penser à l'accident du vol Rio-Paris qui s'est abîmé en mer il y a quelques semaines. Le mot crash, plus sonore et plus compact, me paraît mieux choisi. Cette catastrophe aérienne est l'une des raisons pour lesquelles j'ai décidé d'atterrir à São Paulo plutôt qu'à Rio, une raison discutable mais je crains la répétition d'un phénomène inexpliqué du type triangle des Bermudes qui fascinerait les médias. Ma tête et celles de tous les passagers défileraient en petites vignettes à l'ouverture des journaux télévisés comme celles des otages dont on attend le retour. Enfin, moi je ne la verrais pas, ma tête, ce sont les autres qui la verraient comme décapitée sur un fond lumineux jusqu'au jour où on aurait repéré au large des côtes un confetti de fuselage. On pourrait alors considérer les passagers comme morts ou capables de retenir leur respiration sous l'eau pendant des semaines. L'enquête le dirait.

Ne plus penser à rien. Cet ordre clignote dans mon cerveau. Il faut que je reprenne le contrôle de mon esprit, le contrôle de mon « moi toxique » dirait ma belle-sœur toujours prodigue de sages formules, tibétaines ou chinoises, c'est selon. Ne pas penser à Lao Tseu revient-il à penser à Lao Tseu ? La question est plus complexe qu'il n'y paraît. Le vol menace d'être long. Je me décide à prendre un anxiolytique que je serre fort dans ma main depuis l'embarquement. Je marque dans mon carnet :

Quel est le comble du comprimé ?

Face à l'urgence, je soulage la pression exercée par mes doigts et j'avale le cachet sans eau. D'habitude, je n'en prends qu'une moitié non sans hésiter sur la posologie la plus adaptée à ma situation. Je crois qu'il s'est coincé dans ma gorge. Il va me falloir produire une quantité invraisemblable de salive si je veux qu'il franchisse ce premier goulot étriqué par la peur et je doute qu'il parvienne ensuite à s'enfoncer dans l'épais jus de tomate qui me reste sur l'estomac. Je devrais peut-être demander conseil. Le corps est une tuyauterie complexe. Faut-il doubler la dose ? Dans ces moments-là, j'aimerais être à côté de mon frère qui a réponse à tout et voir le sourire de statistique réconfortante qu'il affiche les jours où le hasard n'existe pas. C'est peut-être Lao Tseu, après tout, qui me donne mal au cœur avec ses formules alambiquées. Il ne manquerait plus que j'aille vomir et que je ne sache plus où j'en suis dans mes calculs. La tête calée contre le hublot, momifiée par la fine couverture qui me recouvre le visage, je respire lentement. Je finis par fermer les yeux.

J'ai dû perdre un peu la notion du temps. Au réveil, je suis calme. La liste des films que je peux regarder au mépris des turbulences est interminable. Comédies romantiques, drames, blockbusters, thrillers, péplums. On devrait conseiller à tous les angoissés de traverser une fois par an les orages de la zone de convergence intertropicale. Voilà une expérience géographique des plus salutaires. En bas, l'incertitude du pot-au-noir, en haut, la furieuse rencontre des alizés. Vous êtes au milieu de rien, votre ceinture bien attachée, un peu défoncée par les médicaments, de soudains trous d'air vous forcent à boucher d'une main un verre en plastique pour ne pas renverser votre misérable whisky pendant que vous cachez de l'autre votre poitrine désobéissante qui attire l'œil du voisin, et voilà que vous valsez dans les bras de Burt Lancaster sur le marbre d'un palais sicilien avec votre longue robe blanche qui tourne et passe l'équateur. Le prince Don Fabrizio Salina vous murmure des mots que vous seule entendez. Vous pouvez tout révéler maintenant, plus rien n'a d'importance, ni les guépards, ni les chacals, ni les moutons. Vous dansez au-dessus des parallèles et des méridiens du carrelage et vous acceptez que les paillettes d'or des moments joyeux n'existeront plus. Ce film n'en finit pas.

Désarmement des toboggans. L'appareil ne bouge plus d'un pouce. Là où il n'y avait encore que le vide quelques instants auparavant, des marches soutiennent mes pas maladroits. Je suis si heureuse d'être en vie. Depuis combien de temps n'ai-je pas exprimé les choses ainsi ? En attendant le taxi, j'allume une cigarette et j'envoie dans les airs une bouffée américaine. Le caractère imprévisible, harmonieux et parfaitement logique de la fumée m'a toujours fascinée.

« Faut-il partir ? rester ? Si tu peux rester, reste ; pars, s'il le faut. » Ces mots de Baudelaire m'ont hantée des semaines entières avant que je ne me décide à prendre l'avion. Je les ai massacrés, hachés menu, retournés sens dessus dessous. « Faut-il partir ? Reste, voyons, reste ! » Maintenant, c'est trop tard. Tout a commencé à cause d'une pizza grand format, anchois, câpres, olives noires. Beaucoup trop salée ! Était-ce bien raisonnable d'en venir à bout ? J'étais descendue à la cuisine, dans la nuit, pour boire un verre d'eau. Ces derniers temps, mon réfrigérateur ne me servait plus qu'à stocker des boissons fraîches et du beurre que je regardais jaunir. Ça n'est pas bon signe. Un seul verre n'avait pas suffi à étancher ma soif. J'en avais pris un second, en boule sur le canapé, les genoux passés sous ma chemise de nuit. J'avais allumé la télévision et coupé le son pour ne pas déranger les voisins. L'écran projetait des lueurs du sol au plafond. J'étais comme à l'intérieur d'une lanterne. Toutes les chaînes d'information répétaient les mêmes images d'une fusillade aux États-Unis où l'on voyait des adolescents se précipiter en dehors de leur collège en poussant des cris. Était-ce une heure pour s'émouvoir des malheurs du monde ? Les chaînes météo ? Un temps stable et anticyclonique sur toute la France. Rien à signaler. Puis j'avais cherché en vain la mire de la télévision. J'avais longtemps cru que cette étrange boule quadrillée était la planète d'un robot qui me surveillait une fois les programmes terminés afin d'être sûr que j'aille me coucher. Et c'est peut-être ce que j'aurais dû faire avant que l'écran ne se fige. La pièce a soudain été plongée dans la pénombre. Une jungle épaisse tapissait les murs et un Indien me regardait. Il me regardait droit dans les yeux et je suis restée suspendue un long moment à le regarder à mon tour, plus immobile encore que lui. Nous étions tous les deux dans un espace-temps qui ne laisserait aucune trace, un arrêt sur image, une dimension que je n'ai pas été capable de laisser se refermer. Quand l'image s'est remise en mouvement, l'Indien s'est dérobé dans le vert du feuillage. Sa lance menaçante ou protectrice est apparue encore quelques instants à l'écran, puis plus rien.

Le reportage reprenait sur une pelleteuse déblayant dans la fumée un amas de broussailles. Les ouvriers s'affairaient. Le long d'une piste, des camions patientaient les uns derrière les autres. J'ai monté le son pour comprendre qu'il était question d'incendie et de déforestation aux confins de l'Amazonie. On installait des familles de paysans sans terre au bord d'un layon qui les sortirait de la pauvreté.

Ils finiraient probablement par revendre leur terre, une fois défrichée, pour s'en aller un peu plus loin. Les experts évaluaient à des milliers de kilomètres carrés les surfaces boisées qui disparaissaient chaque année. Les pertes étaient converties en terrains de foot, des centaines de milliers de terrains de foot parce que d'imaginer les stades du monde entier prendre feu devait avoir quelque chose de plus dramatique que de contempler des terres calcinées. Le sort de cet Indien, décrit comme solitaire et inconnu, était réglé en une phrase. Personne ne le connaissait. Pas plus la déforestation que le foot ne m'intéressaient vraiment, mais sa lance m'avait transpercée et mon cœur s'était rempli de gigantesques forêts.

Était-ce une raison pour partir ? Non. Mais quelles raisons avais-je de rester ? Partir pose toujours une autre question que celle à laquelle on croit répondre, mais ça, au départ, on ne le sait pas. Lorsque j'en ai parlé à mon frère, il a levé les yeux au ciel. Pour Charles Beaulieu, toute explication se doit d'être rationnelle et il n'y a pas de causalité qui puisse échapper à l'esprit humain. Autant dire qu'il est un peu rasoir. Je lui ai expliqué que j'avais besoin de savoir ce que cet Indien était sur le point de me dire s'il n'y avait pas eu les pelleteuses, s'il n'y avait pas eu cet écran entre lui et moi. Plutôt que de me rendre à sa logique, je lui ai montré ce que j'avais commencé à écrire dans mon carnet :

Un long serpent terrorisait les êtres humains. Il s'alimentait de leur chair et de leurs os. Les oiseaux aux teintes alors indifférenciées se liguèrent contre lui. Pour l'affronter, ils formèrent une créature géante et le tuèrent à coups de bec. Du sang multicolore forma de grandes flaques où chaque oiseau vainqueur viendrait tremper ses plumes.

Demain, il n'y aura plus de forêt. Cet arbre sera abattu. Le nom de cet arbre sera oublié. Les oiseaux qui venaient s'y percher seront tombés à terre comme des fruits pourris, les yeux brûlés par les flammes. Le tangara, l'ara hyacinthe, le colibri topaze, l'émeraude d'Olivares, l'araponga, le hoazin, l'arapaçu-de-bico-torto seront dévorés par des insectes qui à leur tour se dévoreront. Les singes hurleurs, les singes capucins, les singes araignées hurleront de douleur. Les lianes s'accrocheront aux lianes. Les orchidées auront des ecchymoses. Les ailes des papillons seront poudrées de cendre. Le ficus étrangleur, de n'étrangler personne, mourra de solitude. Les rivières qui naissaient d'autres rivières charrieront les poissons prisonniers du cloaque, leurs arêtes, leurs écailles, leurs dents, leurs ouïes fondues dans la boue noire. Sur la berge alluviale, les tortues seront ensevelies, leurs œufs dissous. Le tissage des pagnes, l'empennage des flèches, l'emplacement des nasses, les plantes qui soignent, l'ordre des coquillages, les rêves des chiens et des jaguars, ces façons d'habiter la terre seront oubliées. Personne ne dira plus l'origine de la couleur des plumes.

Vu sa tête, je lui ai épargné la lecture des belles citations que j'avais compilées pour m'accompagner durant mon voyage. Il s'est agacé du peu de soin que je prenais à me justifier. Il connaissait mes errances et les vertiges de mon imagination, mais il savait que je n'étais fascinée – contrairement à sa femme – ni par les mystères inexpliqués, ni par les forces invisibles que nous serions incapables de ressentir, nous, pauvres Occidentaux anesthésiés par la modernité. Je lui ai alors proposé qu'on regarde ensemble le reportage, un soir où il aurait échappé à ses obligations familiales. Il n'était plus programmé. Nous aurions fini par le voir, mais mon frère avait senti que ça ne m'aurait pas retenue. Il avait préféré ne pas se retrouver dans la situation où cet Indien passant par hasard devant la caméra n'aurait pas existé pour lui comme il existait pour moi. Pire, je m'étais peut-être assoupie devant la télévision et cet Indien n'était qu'un fantasme, une élucubration de plus parmi d'autres. Mon frère en a supporté quelques-unes. Notre petite explication sur les inconséquences de mes actes n'avait pas fait avancer le débat :

– Jeanne, qu'est-ce que tu vas dire à ton patron ?

– Je lui ai dit qu'il sentait l'insecticide. Ce type me dégoûte. J'ai démissionné.

– Pourquoi tu ne prends pas simplement des vacances ?

– Je ne sais pas. Je m'ennuie en vacances.

– Ça n'a aucun sens ce que tu fais. Vraiment, ça n'a aucun sens. C'est complètement irresponsable.

– Je ne suis responsable de personne, Charles.

Je ne lui en veux pas. Je sais qu'il n'a pas tort. Sa femme ne dit pas « irresponsable », elle préfère généralement le mot « puéril » et ça paraît encore plus grave. Charles avait néanmoins accepté de me conduire à l'aéroport.

– Je ne comprends pas pourquoi tu pars. Tu reviens quand ?

– Je ne sais pas, le temps d'aller voir.

– Tu donneras des nouvelles ?

– Oui, si je peux. Ce n'est pas la peine de prévenir maman.

J'ai serré fort mon frère dans mes bras, un geste que je n'avais pas eu pour lui depuis longtemps, depuis son mariage. Je partais, voilà tout, obéissant à la vague impression que j'étais en train de faire n'importe quoi. Moi aussi, j'ai envie de comprendre.

2 – SÉVILLE, EXPO 92

La semaine de son arrivée, Paul ignore encore que l'ancienne Manufacture royale des tabacs, un grand bâtiment en pierre aux façades ouvragées, n'est autre que l'université où il est inscrit. Elle est pourtant difficile à rater, mais Paul n'a pas osé demander au chauffeur de bus. Il sait que sa timidité et son manque d'audace sont un handicap. Il descend au terminus de la ligne dans une banlieue populaire de Séville. Pour ne pas perdre la face, il traverse la rue d'un pas assuré jusqu'au bar-restaurant où il demande un verre de vin et attrape le journal plié sur le comptoir. L'université pourra l'attendre un jour de plus. Voilà un bon début. Son niveau d'espagnol ne lui permet pas encore de commander ce qu'il aurait vraiment voulu boire, mais se tenir debout à feuilleter la presse locale est selon Paul une façon de passer inaperçu. Le vin est violet, parfaitement opaque, assez proche du vinaigre s'il fallait trouver une ressemblance. Tout le monde autour de lui boit de la bière, des Cruzcampo. Il ne fait aucun doute que ses voisins s'amusent de la situation et laissent Paul croire au parfait camouflage. Telle pourrait être la personnalité mollement marginale et quelque peu naïve de Paul Martin.

Il avale une première gorgée de vin sans broncher malgré le feu qui court dans sa gorge et s'arrête à la page des sports. Le patron frappe deux fois le comptoir pour le rappeler à l'ordre et lui faire signe de plutôt regarder la télévision. Le Betis Séville vient de perdre à domicile contre Majorque et les présentateurs de Canal Andalucía, la mine grave, cherchent à incriminer les latéraux en analysant les buts encaissés. Le premier à la rigueur, mais le deuxième... Le patron souffre. Il a besoin du soutien de ses clients. À chaque fois que l'action repasse à l'écran et que le ballon file au fond des filets, on entend un murmure provoqué par un sentiment différent, l'injustice, le désarroi, la lassitude. À sa façon, Paul se plie à l'exercice en balançant la tête de droite à gauche comme si le monde était perdu pour toujours – disons jusqu'au prochain match. Paul compatissant boit une nouvelle gorgée de vin. Chacun pensant consoler l'autre, le patron juge nécessaire de remettre son verre à niveau. Paul n'a pas l'habitude de consommer de l'alcool si tôt dans la journée et ne sait pas pourquoi l'idée de boire du vin lui est venue en premier. Un simple café n'aurait pas fait de lui une mauviette.

Une odeur d'oignons chauds envahit la pièce. La femme du patron vient de sortir deux belles tortillas des fourneaux. Paul trouve judicieux d'en goûter une pour assumer *a posteriori* le choix d'avoir pris du vin autant que pour neutraliser sa terrible acidité. Aussi renouvelle-t-il par un biais détourné sa solidarité envers le triste sort du Betis. En suivant les conversations des clients, Paul comprend qu'il ne s'agissait que de la troisième journée du championnat et que le

Betis ne joue qu'en deuxième division. Pendant qu'il éponge avec du pain l'œuf baveux de la délicieuse tortilla, il peut donc relativiser ou au contraire s'inquiéter davantage de la détresse du patron et de son épouse qu'il voit déjà comme de possibles amis. Paul reprend un verre de vin, le même. Il a la sensation que le plus dur est fait. Le patron commence d'ailleurs à regarder le niveau de la bouteille avec une lueur d'espoir. Il ne restera qu'un fond pour le vinaigrier. La femme du patron éteint la télévision, une manière de dire à Paul et aux autres que la douleur n'a qu'un temps.

Paul quitte les lieux tard dans l'après-midi, assez content de lui. Dans cet endroit, il n'y a que des habitués, principalement des hommes, des ouvriers du bâtiment qui ne font que passer, de vieux messieurs en bras de chemise qui vivent loin d'un centre-ville que Paul trouve tout à coup horriblement touristique. La fin de l'Exposition universelle promet de créer un grand vide et un retour au calme salutaire pour tous les Sévillans. Paul reprend le bus en sens inverse et se promet de revenir ici pour voir le Betis gagner. Il s'assoupit contre la vitre et se réveille lorsque le bus atteint l'université qu'il confond avec un gigantesque couvent de bonnes sœurs. Il en voit partout dans la ville. Loin de mes bases, je suis comme Paul, je mets du temps à déchiffrer le monde qui m'entoure. Paul finit par descendre du bus, encore ivre, heureux sous le soleil, et longe la cathédrale que même un âne reconnaîtrait. Depuis la Giralda, il sait comment rejoindre la pension qu'il occupera le temps de trouver mieux. Il est loin d'imaginer ce qui l'attend.

3 – SÃO PAULO, SOLITAIRE PLANÈTE

Dans le taxi, lorsqu'un chauffeur vous fait la conversation avec un accent chantant, tout est merveilleux et São Paulo vous tend les bras. Cela se complique si la gentillesse latino-américaine du petit monsieur habilité à vous conduire vous paraît louche au point de vous persuader que vous êtes victime d'un enlèvement. Dans quelques jours, votre ravisseur appellera un membre de votre famille : « Monsieur Charles Beaulieu, je vous prie de verser la rançon comme convenu et je vous déconseille de prévenir la police si vous tenez à retrouver votre sœur en un seul morceau, entendu ? » Mon frère saisirait cette occasion pour tenter un magistral coup de bluff : « Mais gardez-la, monsieur, découpez-la en autant de morceaux que vous voulez et croyez-moi, le plus tôt sera le mieux, vous ne tiendrez pas une heure à écouter ses salades. » Finalement, le chauffeur de taxi s'est révélé être d'une grande honnêteté et a même insisté pour me rendre la monnaie alors que je m'étais mis en tête de le dédommager généreusement pour avoir résisté à ses penchants criminels.

Le quartier de São Paulo que j'ai choisi n'a rien de menaçant. L'hôtel est sans charme, mais propre. Dans la chambre, les murs tiennent bon malgré l'importance du trafic qui fait vibrer les carreaux des fenêtres. Bien sûr, je compte sortir et visiter la ville, mais je n'ai jamais débordé d'enthousiasme à l'idée d'arpenter les rues. Ma préférence va aux cafés où je laisse les lieux venir à moi par le petit bout de la lorgnette, sans trop savoir où je suis. Après tout, je ne suis pas pressée.

Retourner tous les jours au même endroit est encore plus agréable puisque cela me donne rapidement l'illusion d'être une habituée indifférente à mon environnement. En outre, mon Indien perdu très loin dans la forêt m'autorise à ne pas partir comme une dératée à l'assaut de São Paulo. Connaître une monstruosité de la taille de cette ville est une gageure, sauf quand la moindre partie du monstre est le monstre lui-même ! Je devrais écrire ça à ma belle-sœur. C'est le genre de phrase qui peut la faire réfléchir des heures jusqu'à ce qu'elle vérifie qu'il n'existe aucun équivalent chinois. Tout a déjà été dit par d'autres.

Le matin, je descends au coin de la rue pour prendre un café et j'écris des niaiseries dans mon carnet de voyage où je n'ai donc à peu près rien à raconter. Tout se passerait pour le mieux si le cafetier n'était pas lui-même natif de Rio et n'avait affiché sur son mur une impressionnante collection de cartes postales du Pain de Sucre et du Christ du Corcovado. Je regrette déjà de ne pas voir de mes yeux les plages de la baie de Rio où j'imagine Bob Saint-Clar parader tout en décontraction pour séduire la belle Tatiana. Dans *Le Magnifique*, ils sont à Acapulco, au Mexique – j'ai vérifié depuis –, mais ça n'a pas d'importance : une plage, des palmiers, et nous y sommes.

Bob Saint-Clar sur le sable attend Tatiana,
Lui, une médaille illuminant ses pectoraux,
Elle, une robe légère fendue jusqu'en haut
qui vole au vent et danse entre ses doigts.

Bob Saint-Clar est bronzé comme un cascadeur,
Tatiana, blanche et fragile comme une fleur.

– Vous êtes Tatiana ?
– Oui. Êtes-vous l'agent Saint-Clar ?
– Appelez-moi Bob, prenez mon bras,
nous sommes suivis mon... canard...

Je me promets de brûler ce carnet à mon retour pour ne pas mourir de honte si quelqu'un le trouve. Quand j'étais petite, ma mère avait découvert l'endroit où je cachais mon cahier secret dans lequel j'écrivais des poèmes et des réflexions personnelles. Elle m'avait demandé des explications comme si je dissimulais des informations de la plus haute importance. Je devais être en CM2 ou en 6e. Qu'elle se moque ouvertement du classement de mes amoureux et des catégories que j'avais retenues pour les départager ne m'avait pas traumatisée (beauté, gentillesse, humour, fort en sport, noté de 1 à 10) mais j'en avais tiré des leçons. Ne jamais rien raconter de ma vie privée à ma mère. Dans le fond, je pense qu'elle souhaitait qu'il en soit ainsi. Je ne sais pas s'il y a jamais eu de place dans sa vie pour une autre femme qu'elle, encore moins pour une préadolescente avec qui elle devait partager les miasmes de l'intimité.

Le cafetier ignore tout de mon enfance et ça me plaît. Il me prend pour une pigiste influente du *Lonely Planet*, assise seule à sa table, qui va s'empresser de recommander cet établissement à tous les étrangers. Les grands voyageurs cherchent toujours à découvrir des lieux insolites dont ils pourront raconter qu'ils sont les plus authentiquement brésiliens qu'ils connaissent. L'expérience est aussi vaine que schizophrénique. Tous les touristes épluchent les mêmes guides qui leur disent d'éviter les mêmes endroits bourrés de touristes. Ils finissent donc, en dépit de ces bons conseils, par se retrouver côte à côte au restaurant. On range alors son guide dans son sac pour ne pas se faire repérer et on parle à voix basse au serveur qui vous fait répéter à cause de votre accent. Trop tard, votre collègue vous aura reconnue. Il n'est pas aussi discret que vous. « Salut Jeanne, mais qu'est-ce que tu fais là ? C'est incroyable. Quelle coïncidence ! C'est vraiment incroyable ! » D'habitude, vous ne lui dites jamais bonjour dans le couloir, mais là vous ne pouvez quand même pas l'ignorer. Je crois que j'en serais capable.

Je ne sais pas encore si j'ai fait le bon choix, d'atterrir à São Paulo plutôt qu'à Rio. Au lieu de noyer le poisson en écrivant des bêtises, je ferais mieux de m'en tenir à mon plan : rencontrer les producteurs du documentaire. J'ai envoyé des messages quelques jours avant de partir. Ils sont restés sans réponse. Mais j'ai aussi noté d'authentiques adresses postales, l'une à Rio, l'autre à São Paulo, entre lesquelles il était difficile de trancher, sauf à n'écouter que mon courage... Puisque mon corps n'est pas en train de sombrer dans une fosse océanique privée de lumière après un terrible crash – au bout de plusieurs jours, je m'en serais aperçue –, et ne faisant pas l'objet d'un enlèvement imminent que Bob Saint-Clar serait chargé de déjouer, je peux raisonnablement me risquer hors de mon nouveau quartier. Mais je pourrais aussi bien regarder les vols retour. Ça aussi, j'en suis capable. La personne qui dirige la maison de production à São Paulo s'appelle Felipe João Alberto, un équivalent local, donc, de Philippe Jean Albert.

Je suis la seule personne à marcher le long de cette quatre voies, avec la satisfaction de constater que les voitures n'avancent pas aussi vite que moi. Le ciel n'est pas plus joyeux que les jours précédents, à moins qu'il ne soit plombé par une pollution éternelle. Sur le trottoir, des arbres dont les racines éventrent le béton vivent en symbiose avec lui au prix d'effrayantes déformations. La surface éclate sous la pression des profondeurs. Ça me rappelle un dessin animé que je regardais quand j'étais petite et dans lequel des Monstroplantes aux allures de machines infernales, mi-végétales, mi-mécaniques, voulaient engloutir notre civilisation. À la fin, les monstres étaient vaincus alors que triomphaient les « conquérants de la lumière ».

À l'adresse indiquée, le hall d'entrée est immense. Mes talons hésitants résonnent sur le marbre. Ce n'est sûrement pas du vrai marbre, mais c'est bien imité. Le réceptionniste s'approche de moi.

– Madame, je peux vous aider ?

– Je cherche le bureau de monsieur…

Je préfère montrer mon carnet où j'ai noté son nom. L'homme prend le temps de chausser ses lunettes pour ne pas faire d'erreur et me convaincre qu'il fait du bon travail.

– C'est au 12e étage, les ascenseurs sont sur la droite.

Je suis nerveuse à l'idée que tout s'enchaîne comme s'il était naturel que je me regarde dans le miroir de cet ascenseur, comme si je vivais à deux rues d'ici depuis des années et que ce rendez-vous n'était que le premier d'une longue journée de travail. Je me recoiffe. Je cherche le bon angle pour voir se profiler les pommettes hautes de la tranquille beauté de Jeanne Beaulieu, les jours où tout lui réussit. Cette garce m'a faussé compagnie. Elle me fausse toujours compagnie au pire moment.

Il y a sur la porte un post-it : « Absent jusqu'à preuve du contraire. » J'en aurais bien fait ma devise. Loin de ma routine, les preuves tangibles de mon existence commencent déjà à se raréfier. Au bout du couloir, la baie vitrée offre une vue plongeante sur la ville et ses tours d'immeubles des années 1960 plutôt défraîchies. Le bruit sourd du trafic monte vers le ciel. Mon père qui était architecte aurait noté les perspectives tranchantes ouvertes par les avenues et trouvé les mots pour magnifier cette lumière blafarde. Il serait resté longtemps, le nez collé contre la vitre, à chercher ce que São Paulo pouvait avoir de différent des autres métropoles qu'il connaissait. Il commençait toujours par les couleurs. Il en voyait davantage que le commun des mortels. Avec sa pointe d'accent anglais dont il n'a jamais pu se séparer, il aurait essayé de convaincre ses enfants qu'il y avait du bleu, du vert, du jaune, là où les murs et le ciel étaient tristes à crever. Avec lui, rien n'était jamais simplement gris. Je pense que c'était sa façon de ne pas se plaindre et de chercher des joies que la vie ne lui offrait pas. Mon père se plaignait rarement, mais un jour de septembre, il s'est défenestré, un jour de grisaille sans nuances.

Ma mère avait parlé d'un accident plutôt que d'un suicide, peut-être pour alléger sa culpabilité ou parce qu'elle n'était pas de taille à faire face aux questions. Pour ma part, j'estime que mon père était malheureux et que cela pouvait se manifester sans prévenir, de façon violente, en dépit des apparences que l'on essaie de sauver devant les autres ou devant ses propres enfants. Depuis, je me sens comme une écume inutile barattée par le vent. J'ai lu récemment, dans mon bain moussant, quelque chose de Peter Sloterdijk sur ce presque rien qui se transforme… en presque rien et disparaît, ce vide fait d'air et d'un liquide quelconque, cette architecture éphémère et vaniteuse qui s'accumule sur elle-même avant de s'évanouir dans la nature. Tout ça me laisse penser que l'on s'agite en vain, dans l'eau, dans l'air, sur terre. J'ai plongé les mains dans la tristesse et dans l'espoir. J'ai soufflé, tout s'est envolé. Charles, mon frère aîné, qui à la mort de mon père avait 15 ans, a sans doute mieux traversé que moi cette épreuve. Marié, trois filles, il a une famille normale, si tant est que sa femme exceptionnelle accepte ce genre de qualificatif. De mon côté, les choses sont plus incertaines. Mes nièces m'appellent « tatie Jeanne » et je me précipite vers mes 40 ans.

Là-haut, dans cet immeuble identique à tous ceux qui m'entourent, je me sens fatiguée, tout à coup très fatiguée. Je repasserai plus tard.

Je suis déjà rassurée d'avoir trouvé le bon endroit. J'ai d'habitude peine à croire qu'une adresse située aussi loin de chez moi puisse exister toute l'année en parallèle de ma vie. Souvent, j'ai l'impression que la densité des choses autour de ma petite personne se dilue avec l'éloignement. Il m'importerait peu qu'à l'autre bout du monde quelques planches en trompe-l'œil et quelques figurants suffisent à créer l'illusion du réel. Pourtant, je suis bel et bien dans les rues de São Paulo, de vraies rues, avec de vrais immeubles, un vrai ciel gris.

Parce qu'il se trouve sur mon chemin, je m'arrête chez un bouquiniste. Une cloche à la porte signale mon entrée dans la boutique. À son bureau, un homme se cache derrière une pile de feuilles qu'il agrafe avec application. Avec son gilet, il a l'air d'un vieux garçon tricoté à la main qui n'a pas envie qu'on le dérange. Il classe. Il archive. Il fait comme si je n'étais pas là. Je lui saute dessus. J'ai besoin de dire à haute voix que j'aurais la force de partir, là-bas, dans les profondeurs de la forêt.

– Excusez-moi, monsieur, je compte aller en Amazonie dans quelques jours. Je cherche des livres qui pourraient m'aider.

– Les voyages, c'est là, me dit-il, sans me regarder, en indiquant un rayonnage de guides touristiques et de livres de photos.

Il y a un guide pas si récent que ça sur le Vietnam et un très bel ouvrage sur les éléphants en Tanzanie. Après avoir contemplé un moment les pachydermes dans un marigot du Serengeti, je sens dans mon dos que le bouquiniste s'est rapproché de moi.

– Madame, vous devriez regarder ça, dit-il.

Il me tend un livre comme si je n'avais pas osé le demander avant, un ouvrage en français sur le général de Gaulle.

– Ah oui, de Gaulle. Je suis française, c'est exact. Mais je cherche un livre sur l'Amazonie.

– Ah, la France, la Frrrrrrance !

– Oui, c'est un beau pays.

J'essaie de me faire comprendre mais le bouquiniste insiste en me soupçonnant de ne pas connaître ce grand homme auquel il adjoint avec emphase quelques noms de présidents, François Mitterrand, Jacques Chirac, Nicolas Sarkozy, ce dernier affreusement prononcé, ainsi que d'autres célébrités nationales que son accent m'empêche d'identifier, Depardon ou Depardieu. Je connais le général de Gaulle – pas plus que ça d'ailleurs –, là n'est pas la question. Sans doute parce que je perds mes moyens quand on me postillonne dessus, je me mets à mon tour à parler avec un drôle d'accent, entre celui d'un chanteur de bossa-nova et une mauvaise imitation de l'appel du 18 juin.

– Oui la France, mais non, moi Jeanne Beaulieu, je vais en Amazonie.

L'homme pousse un grognement. Il paraît fâché pour une raison patriotique insondable ou pensant peut-être que je dénigre plus largement l'œuvre du général. Je sens que je ne pourrai jamais ressortir de cet endroit sans acheter un livre. Pourquoi pas celui sur les éléphants ? Mais je crains d'être maladroite en passant de l'un à l'autre, à cause des oreilles. Tout ça va trop loin, je commence à suffoquer. On ne se comprend pas. J'ai la tête qui tourne, les éléphants, le général, le Vietnam, ce bouquiniste qui me fixe avec ses yeux ronds. Et je m'évanouis.

Pas longtemps, je pense. Je me suis réveillée les pieds en l'air sur une pile d'encyclopédies. On m'a retiré mes chaussures. La contre-plongée est fatale au brave homme qui me tapote les joues. Il s'agit peut-être du père ou bien du frère du bouquiniste. Disons le frère. Il ne ressemble ni à Jean-Paul Belmondo ni à Alain Delon dans leurs meilleures années, ni à une fusion des deux qui aurait souhaité garder l'anonymat. C'est l'une des grandes angoisses de l'intrépide Jeanne Beaulieu que de s'évanouir en public, même un petit public. Je ne sais pas si ce qui me panique le plus est de me retrouver sur le flanc en perdant toute dignité ou de m'imaginer dans une position lascive à la merci de n'importe quelle intention. Mes cheveux sont détachés et la baguette en bois laqué qui les tenait ne s'y trouve plus. L'homme l'a déposée sur mon chemisier comme pour en barrer l'entrée. Je me relève mal fagotée en tirant sur ma jupe et j'essaie tant bien que mal de me recoiffer. Plutôt mal. Les deux hommes me regardent en souriant. Ils sont frères assurément et portent le même gilet, enfin chacun le sien.

– Le plus important, c'est la santé, me lance l'un d'eux.

Je suis décontenancée par leur stratégie.

– Bon, je vais vous prendre la biographie du général de Gaulle.

J'attrape le livre remisé sur l'étagère ainsi que *Tristes tropiques* que j'aperçois sur une pile voisine afin d'avoir l'air de rester sur ma première idée et de retrouver un peu de crédit. Ce dernier est en bon état, couverture rigide, jaquette à peine déchirée, collection Terre Humaine. Je conserve un souvenir plutôt positif des lectures que j'ai pu faire de Claude Lévi-Strauss. Tant pis pour les éléphants ! Je feuillette. À l'intérieur, de nombreuses phrases sont soulignées et accompagnées d'une quantité incroyable d'annotations. Je déteste les gribouillis des autres dans les livres d'occasion, ça me donne l'impression de me glisser dans des draps sales. Mais je n'ose pas le reposer et me résous à l'acheter.

Pour me faire oublier cette fâcheuse arnaque, l'un des « frères Tricot » me tient la porte, pendant que l'autre me raccompagne jusque dans la rue et me dit :

– Prenez soin de vous, prenez bien soin de vous, madame.

Cela ne fait aucun doute. Le ton qu'il a employé fait de moi une femme sujette aux vapeurs. C'est à ce genre d'aventures, ces derniers temps, auxquelles j'ai l'impression que la vie me condamne.

De retour à l'hôtel, je me sens humiliée. J'aligne mes paires de chaussures. Il faut que j'en abandonne en cours de route. Je ferais mieux de voyager léger, être à cheval avec un simple chapeau et une carabine, être Calamity Jane, qu'on me respecte et qu'on me craigne ! Personne ne me reprochera de ne pas trouver cet Indien – tout le monde s'en fiche – mais je ne veux pas revenir en France et subir les regards des gens qui me prennent pour une femme à la dérive. Bon, peut-être qu'on se désintéresse tout autant des femmes intrépides.

Une douche me fera du bien. On m'a gratifiée d'une colonne d'eau à double pommeau avec diverses fonctionnalités relaxantes sauf celle de rendre évident le réglage de la température. Depuis combien de temps je vis dans cette situation où je n'ai personne pour m'aider ? J'ai l'impression que tout m'accable. Je n'ai pas beaucoup d'amis à un âge où je me demande s'il est encore possible de s'en faire sans devoir miauler et j'ai rendu triste la plupart des hommes de bonne volonté ayant essayé de me rendre heureuse. J'ai souvent ce genre d'idées sous la douche. L'eau ruisselle sur mon visage avec des millions de possibilités et je fais le décompte de ce que j'ai raté dans ma vie personnelle et dans ma vie professionnelle, si tant est qu'il existe des cases différentes à cocher. Faut-il tout remballer et tout jeter à la poubelle ?

Je travaille dans l'immobilier depuis plus de quinze ans, sans grand talent. Je n'ai jamais vraiment réussi à me plier à la rhétorique de la force de vente. « Là, on est sur un appartement de charme, il suffit d'abattre cette cloison et vous aurez une vue imprenable sur la voie ferrée. » « Ici, on est sur du haut de gamme, belle prestation, pierre apparente, rénové dans un style cosy chic. » J'aurais tendance à dire vulgaire, dans un style vulgaire. Cela ne me dérange pas de respecter cet esprit imagé, mais je vois dans les yeux des clients qu'ils y croient de moins en moins quand ces mots sortent de ma bouche. « Et dans ce métier, c'est fatal ! »

me répète mon patron qui me parle trop près du visage avec sa mauvaise haleine qui se mélange à son mauvais parfum. Ah oui, j'oubliais les toilettes et ce moment gênant où l'on s'extasie de concert sur la VMC double flux. Pourtant, « ventilation mécanique contrôlée », le langage technique n'est pas sans poésie.

Avant cela, j'avais commencé des études de lettres avec quantité d'options originales qui m'enthousiasmaient : romantisme allemand, philosophie présocratique, linguistique structurale. À l'époque, je cultivais un dégoût de l'utilitarisme à quoi je ramenais volontiers tout ce que je ne comprenais pas. J'enchaînais des petits boulots dans la restauration pour me payer mes études et j'essayais de rester concentrée pendant les cours, malgré l'impression d'affronter une tâche infinie. Lorsque j'ai compris que je passerais des années à suivre un cursus passionnant dans un monde qui me mépriserait, j'ai viré ma cuti pour embrasser une profession plus lucrative. « Dans la vie, faut pas se prendre la tête », avait ajouté ma mère qui à l'occasion, depuis sa piscine de Port Leucate, me donnait des conseils avisés. Cette décision venait après un chagrin d'amour qui aurait pu s'avérer parfaitement banal, mais qui avait creusé en moi des galeries qui menaçaient d'effondrer mon corps et mon esprit. Je ne connaissais alors presque personne à Paris et voir un moineau rater sa miette, bousculé par un pigeon boiteux, suffisait à me plonger dans la détresse. Dès ma première fiche de paye en qualité d'agent immobilier et malgré mes performances médiocres par rapport à mes collègues, j'avais cependant pu constater les avantages d'un tel renoncement. Je gagnais en liberté ce que je perdais en illusions. Cela m'a longtemps suffi. Mais la liberté elle-même, celle que procurent l'argent et un confort enviable, n'a pas tenu toutes ses promesses. Je crois bien que l'immobilier n'y est pour rien.

Comme chaque année à l'approche de mon anniversaire, je me demande ce que je serais devenue si je n'avais pas abandonné mes études ou si j'avais continué à faire du théâtre. Jouer *Roméo et Juliette* au « centre aéré » devant un parterre de chaises vides avait été pour moi l'une des expériences de mon adolescence les plus excitantes et cruelles. Lors des dernières représentations, je m'étais permis de changer la fin de la pièce parce que Roméo en avait gros sur le cœur de porter jour après jour la responsabilité de ma mort. C'était peut-être à cause de cela que le public ne venait plus. Sans véritable consensus autour de mon talent, j'avais fini par arrêter de jouer la comédie. J'aurais peut-être dû croire ce metteur en scène italien qui me promettait de bâtir un palais en marbre aux formes de mon corps allongé sur le sable. Fallait-il être con pour avoir une idée pareille! Il voyait les choses en grand, quelque part près de Capri. C'était les grandes vacances. Il n'arrêtait pas de me photographier ou de me reluquer sur la plage en formant avec ses mains le cadre d'un plan cinématographique. Me reluquer artistiquement. Il m'avait également demandé s'il n'était pas plus raisonnable de m'orienter, en complément de l'imprévisible carrière d'actrice, vers le mannequinat. Il avait prononcé cette phrase d'un ton laissant planer un doute sur le degré d'ironie de son propos. Il devait faire le coup à toutes les jeunes filles qui lui plaisaient en espérant qu'elles rougiraient, ou bien pensait-il sincèrement les convaincre de leur irrésistible beauté que son œil d'expert savait apprécier. Fallait-il être conne et insouciante pour se laisser faire. Qu'est-il devenu ? Tout ça paraît si loin. Quelqu'un lui a sans doute crevé les yeux.

La douche trop chaude m'étourdit. Elle me perd dans son brouillard. La buée cache mon reflet. Et si je devais retrouver mes 20 ans en essuyant le miroir, j'en ferais quoi ? Ferais-je les mêmes erreurs ? Partirais-je, vingt ans plus tard, à la recherche d'un Indien ? Quelle drôle d'idée. Il semble évident que je suis la seule responsable de ce fiasco annoncé et que ce pauvre homme dans sa forêt, que je n'ai sans doute aucune chance de rencontrer, n'y est pour rien. Ma chambre d'hôtel pourrait se trouver n'importe où, à n'importe quel étage, dans n'importe quelle ville. Je ferme les rideaux, je m'allonge sur le lit et je me touche pour savoir si je suis encore capable de jouir.

Après quoi, j'ouvre *Tristes tropiques* à la première page : « Je hais les voyages et les explorateurs. » Cette provocation contient toute l'ambition du livre et ses paradoxes, je me souviens de cette idée. À l'université, il était conseillé de le lire, parmi d'autres références vénérables. À cause du décalage horaire auquel je ne m'habitue pas, je passe une partie de la nuit à éteindre et à rallumer la lumière tout en le feuilletant au hasard. J'ai l'impression que les gens empruntent souvent à cet ouvrage des citations pessimistes, mais que personne ne l'a vraiment lu, du début à la fin, comme d'autres livres y ont droit. Je dois faire partie de ces lecteurs et je ne reconnais presque rien.

En tournant les pages, j'ai l'impression d'entrer dans un dédale bâti sur des sables mouvants, le long d'affluents encombrés de poésie et d'étrangeté. Je m'étonne de voir ici, sous la plume de Lévi-Strauss, des maisons bourgeoises de la secrète Dacca au Bangladesh ressembler aux luxueuses boutiques d'antiquaires new-yorkais de la Troisième Avenue. D'autres bâtiments évoquent pour l'auteur des immeubles construits à Châtillon-sur-Seine ou à Givors, chaque voyage faisant revivre tous les autres. Que pense-t-il de São Paulo ? Comme pour d'autres métropoles du Nouveau Monde, Lévi-Strauss n'est pas saisi par la jeunesse de la ville mais par la précocité des ravages du temps. Le rythme effréné des nouvelles constructions rend difficile de se procurer un plan valable de la cité, il est nécessaire presque chaque semaine de trouver une édition mise à jour. Tout est neuf, déjà trop vieux et impossible à dépeindre. Borges n'aurait pas imaginé mieux. Les descriptions de Lévi-Strauss montrent la face désenchantée du génie des lieux, à l'opposé de l'émerveillement constant des guides touristiques. Je m'étonne aussi de son humour. Je ne m'attendais pas à voir l'anthropologue à la recherche des Indiens Tupi-Kawahib s'attacher si tendrement à Lucinda, un petit singe femelle âgé de quelques semaines qui s'accroche à sa botte et auquel il donne un biberon de whisky pour aider l'animal à s'endormir. Quelle cruauté de faire boire de l'alcool à un animal mineur ! Lévi-Strauss finira par rentrer à Paris avec une guenon sur l'épaule. On dit l'homme austère ? Ce dernier passage avait dû particulièrement plaire à Paul et Claudia, à qui ce livre avait appartenu, parce qu'ils avaient décoré la page de lianes entrelacées et, dans la marge, un singe ivre d'amour rejoignait lentement la forêt.

Après m'être emportée contre la prolifération de leurs gribouillis, je suis plutôt curieuse de suivre la trace de ces deux étudiants attentifs aux moindres détails des propos de Lévi-Strauss. Je n'ai pas souvenir d'avoir jamais été dans cette disposition d'esprit à la lecture d'un livre quelconque. Paul et Claudia semblaient tantôt surpris par l'incongruité d'un pendentif formé d'une paire d'ongles de grand tatou, tantôt transportés par l'éclat des diadèmes de plumes des Bororo ou des colliers de coquillages polis sur des meules. Visiblement, les mots de l'anthropologue leur ont permis d'attacher leur histoire d'amour à des objets qu'il avait tenus dans ses mains ainsi qu'à des images poétiques inattendues qui sous leurs yeux devenaient des trésors. Entre les lignes, je me laisse prendre à leur enchantement juvénile. À quoi pouvaient bien ressembler Paul et Claudia pour se dire à longueur de pages à quel point ils s'aimaient ?

4 – HISPANIOLA

Disons qu'il n'y a pas d'air. Le soleil au zénith réduit les ombres à de fins liserés. Claudia Ambrosio se tient debout au bord de la piscine. Dans le prolongement de sa silhouette, un chapeau dessine sur l'herbe un disque noir. Claudia passe ses mains dans le dos, enlève le haut de son maillot de bain pour l'essorer et le suspendre au fil. Des gouttes d'eau scintillent sur sa peau brune. Elle s'entoure d'un paréo noué au-dessus de sa poitrine avant de fourrager dans son sac et d'en sortir un magazine. Ensuite, elle fera du shopping. Rien ne presse. Claudia n'a pas cours le lundi et profite de la villa de ses cousins chez qui elle réside cette année. Un jour par semaine, les lieux ne sont que pour elle. Claudia prend d'autant ses aises qu'aucun voisin n'a de vue sur le parc entouré d'une congrégation de cyprès. Seule la femme de ménage qui va et vient à l'étage peut la voir depuis les fenêtres, alors que le jardinier ne travaille que le vendredi. Bien que cette belle propriété ne soit située qu'à vingt minutes en voiture du centre de Séville, on vit ici comme à la campagne. Tout près, il y a des taureaux dont on entend les mugissements et depuis la piscine marbrée de lumière on ressent le pas des chevaux dont les fers claquent sur les routes goudronnées.

Claudia s'est garée près du Guadalquivir. Elle s'enfonce dans une rue piétonne protégée du soleil par un plafond de toiles suspendues. La rue ainsi drapée prend un air de théâtre. Claudia joue le rôle principal. Elle adore faire les magasins dans les villes qu'elle découvre. Sa mère élève cette activité au rang des arts majeurs et elle a souhaité lui transmettre cette passion dès son plus jeune âge pour la socialiser du mieux qu'elle le pouvait, plutôt que de lui parler de ses origines. L'intuition guide immanquablement Claudia vers les artères où s'implantent les grandes marques du prêt-à-porter. Elle improvise son itinéraire et trouve des raccourcis pour éviter de perdre du temps. Elle aurait préféré être indépendante et s'installer au cœur de Séville, vers la Campana par exemple ou dans le quartier de Santa Cruz qu'elle trouve charmant. Mais ses parents n'ont accepté qu'elle parte une année loin du foyer qu'à la condition de vivre chez ses cousins. Ce n'est pas une question d'argent. Ils sont rassurés de savoir qu'elle ne sera pas livrée à elle-même. Son père lui a fait la promesse qu'elle pourrait voyager en Europe et y passer une année d'études. Beaucoup de ses amis fortunés de Manaus ont droit à leur Grand Tour. Durant l'été, elle a visité bon nombre de capitales européennes avec sa mère qui, avant de rentrer au Brésil, l'a confiée à sa sœur, la tante de Claudia donc, mariée à un riche propriétaire terrien. Chez les Ambrosio, les histoires de famille ne sont jamais très simples à suivre.

Claudia aime l'anthropologie depuis longtemps. Dans le fond, elle aurait préféré aller à Paris, mais elle se console en se disant que Séville est la ville où tout a commencé ou presque. Elle imagine les caravelles de Christophe Colomb descendre le Guadalquivir avant de se jeter dans l'inconnu. Des jours et des jours d'inconnu, de houle et de vent, de doute, puis un oiseau dont l'ombre traverse les voiles annonce une terre, les derniers miles marins précipitent l'histoire. Les vagues déferlantes, le sable blanc tout proche où seul un crabe fait le mort, les palmiers chevelus qui se penchent au-devant du rivage et, au loin, dans les profondeurs de la forêt, le murmure des sauvages fascinés par les tambours militaires... Claudia ne peut pas voir le Guadalquivir sans y penser, à ces navires partis d'Espagne mouillant au large dans la nuit après une longue traversée, à ces chevaux impatients aux naseaux écumeux, à ces hommes en armure prêts à débarquer brandissant le Christ en croix sans même savoir où ils se trouvent. En tout cas, moi j'y pense souvent dès qu'on évoque le Nouveau Monde. Nouveau pour qui ? Nouveau pour quoi ? Christophe Colomb à son arrivée ne s'embarrasse pas de ce genre de préoccupations. Il entend les noms locaux de Bohio, Quisqueya, Ahatti. Cette île s'appellera *Hispaniola* : l'Espagnole.

Au début, l'Amazonie située plus au sud est une côte parmi d'autres que les premiers navigateurs à découvrir le continent n'ont fait que longer. Deux Espagnols, Vincente Pinzón puis Diego de Lepe, décriront ces littoraux comme marécageux, difficiles à pénétrer et probablement sans richesse. Ils ont à la fois raison et tort, tout dépend de ce que l'on entend par richesse. Les « mers d'eau douce » formées par les vastes embouchures des fleuves servent à ravitailler sans peine les navires qui peuvent ensuite poursuivre leur route. C'est en venant de la cordillère des Andes, à l'opposé, que le capitaine Francisco de Orellana et ses hommes descendront les cours d'eau vers l'est pour s'avancer dans la forêt à la recherche du pays de la cannelle et de l'Eldorado. Depuis leurs embarcations, ils n'y verront que les échos déformés de la Bible et de la mythologie grecque. Des guerrières courageuses, à la peau claire et munies de grands arcs, les attaqueront. Par quelle fièvre le chroniqueur Gaspar de Carvajal y reconnut les Amazones ? Claudia connaît cette histoire par cœur mais elle est contente d'entendre une version comparable dans la bouche de vieux professeurs espagnols qui feraient presque penser qu'ils y étaient.

Des années après la découverte de l'Amazone, la seule certitude pour les hommes qui finiraient par pénétrer la forêt était que les rives du fleuve abritaient d'innombrables créatures, avec ou sans âmes. Claudia sait bien que l'Amazonie est une terre de massacres : Pedro de Ursúa, Lope de Aguirre qui fera assassiner le premier avant d'être à son tour tué par les siens, Pedro Teixeira parti avec plus de mille soldats ou encore le cruel Antônio Raposo Tavares à la recherche d'esclaves. Au milieu des oiseaux assourdissants, elle se voit poser le pied sur la berge d'un fleuve ourlée par la file ininterrompue des tortues et jonchée de cadavres. En moins d'un siècle, la forêt amazonienne peuplée de presque dix millions d'habitants au moment de sa découverte, soit davantage que le royaume de Castille, aura perdu les trois quarts de sa population, principalement à cause des maladies. Le choc viral aura été si fort et si soudain qu'aucun explorateur moderne ne prendra tout à fait au sérieux les affabulations des premières chroniques au sujet des brillantes civilisations qui s'y trouvaient, sauf le colonel britannique Percy Fawcett, mais il n'est pas certain que Claudia le connaisse déjà.

En moins d'une heure, Claudia Ambrosio a les mains chargées de paquets. Elle les range dans le coffre de la voiture que sa tante lui prête lorsque la jeune fille n'a pas envie de prendre le bus. Elle n'a pas renoncé à grand-chose des merveilles qu'elle a vues, un chemisier blanc et facile à porter en toute occasion, des culottes en dentelle du Corte Inglés qu'elle trouve irrésistibles et une robe assortie à ses yeux.

Sa tante qui entend la voiture s'avancer dans l'allée de graviers vient à sa rencontre. Claudia lui montre aussitôt tout ce qu'elle a acheté. Elle sourit encore comme une enfant.

5 – LA GUERRE DES LANGOUSTES

Je me suis réveillée la lumière allumée, les doigts encore piégés dans les pages de *Tristes tropiques.* Les mots que j'y trouve s'accrochent aux branches et se confondent avec la brume. J'ai besoin de temps le matin pour retrouver mes esprits et comprendre où je suis. Une fois en pleine possession de mes moyens, je dois malgré tout accepter que je n'ai pas un grand sens de l'orientation. Afin de ne pas me perdre, je compte reprendre le même chemin que la veille.

J'ai l'étrange impression que les racines au sol ont grandi pendant la nuit et défoncé un peu plus les trottoirs. À la porte du bureau, le post-it n'est plus là. C'est donc la preuve qu'il y a quelqu'un. Je m'émerveille de ma naïve perspicacité. Je frappe à la porte, pas de réponse. J'entre. Je découvre un homme occupé ou qui fait semblant de l'être. De petits haltères de couleur sont alignés le long du mur. Je devrais me méfier.

– C'est pour quoi ? dit-il sans me regarder.

L'homme a une cinquantaine d'années, plutôt à l'étroit dans sa chemise, des cheveux teints mi-longs, la raie au milieu, blanchie aux racines, et il doit croire qu'être désagréable le rend plus séduisant encore. Les gens du cinéma ne doutent de rien. Il contracte sa mâchoire musculeuse en faisant plusieurs choses à la fois dont dégager par un mouvement de tête obscène deux grosses mèches gominées qui lui tombent sur les yeux. Je ferais volontiers demi-tour tant qu'il est encore temps. Il a comme un homard inquiet sur la tête. Un homard à la brésilienne. Je reste plantée à la porte sans rien dire. Je dois lui plaire, malgré tout. Après un long silence, il s'inquiète des présentations.

– Felipe João Alberto. Vous êtes ?

– Jeanne Beaulieu.

– Connais pas.

J'essaie de lui expliquer les choses simplement, mais il fronce déjà les sourcils comme si mon accent le blessait. Les va-et-vient de son menton semblent signifier que je suis en train de lui faire perdre beaucoup d'argent.

– Madame, comment voulez-vous que je sache qui est cet Indien ? Je ne suis même pas sûr d'avoir vu ce reportage. Comment vous dites ?

Je lui montre mon carnet où j'ai noté toutes les informations.

– Oui, c'est bien nous qui avons produit ça. Je ne sais pas. Il faudrait que je jette un œil. Je n'ai pas vraiment le temps.

– Prenez-le, s'il vous plaît. C'est important pour moi.

– Vous êtes de la famille ? C'est quoi le business ?

Tout en grommelant des phrases que je ne comprends pas bien – semble-t-il un agacement de voir les Européens s'intéresser autant à l'Amazonie –, il se met à chercher sur son ordinateur. Il n'y prend pas un plaisir fou et incrimine la souris ou le tapis de l'animal qui manque d'adhérence. Je reste immobile afin de ne pas le troubler. Mon ventre gargouille. J'ai déjà faim alors que je viens de profiter copieusement du buffet de l'hôtel : des fruits pour les vitamines, des œufs et tout un tas de mini-viennoiseries internationales.

Au moment où je n'ai plus d'espoir – n'est-il pas derrière son écran en train de jouer au poker ? –, il finit par lâcher du bout des lèvres une information importante sur l'équipe de tournage, le numéro de téléphone d'un certain Sergio Carlos Andrés Cardoso, le réalisateur du documentaire, également cameraman, à moins qu'ils ne soient plusieurs. Je le note. Avec ces noms à rallonge, je m'y perds.

– Il suffit d'appeler, me dit-il.

– Est-ce que vous pourriez le faire pour moi ? Si ça ne vous dérange pas ?

Tout paraît si simple pour lui, autant ne pas remettre ça à plus tard. Il grimace, certain d'être tombé sur une emmerdeuse. Il trouve un moyen de monnayer ses bonnes grâces en laissant son regard parcourir mon corps, une longue randonnée de moyenne montagne sur mes cuisses, mes hanches et mes seins en attendant que l'on décroche à l'autre bout du fil.

Enfin, quelqu'un répond. Le ton est enjoué. Les interlocuteurs ont l'air de trouver tout ce qu'ils se racontent absolument enthousiasmant. Je connais cette pathologie chez l'Américain, mais j'ignorais que le Brésilien souffrait du même mal. Peut-être que dans l'hémisphère nord le tourniquet jubilatoire du fauteuil cuir est moins frénétique.

Mon sens de l'observation ethnographique ne demande qu'à être stimulé. La conversation s'éternise et je finis par comprendre qu'ils parlent de tout autre chose. Felipe João Alberto raccroche en riant, d'un air de dire que ses amis en général sont vraiment, mais alors vraiment, très marrants, ah ! ah !, et que lui-même n'est pas le dernier ! Il a tout d'un très mauvais acteur.

La plupart des images du documentaire en question ont été tournées au nord du Rio Negro, ce que je sais déjà, mais en voyage il n'est pas inutile de se faire répéter les informations. Je n'ai qu'à me rendre à Manaus où se trouve ce fameux Sergio Carlos Andrés Cardoso avec lequel Felipe João Alberto a l'habitude de travailler. Il se fera un plaisir de me recevoir. J'entends d'ici un petit air de bossa-nova. Tout ça semble trop beau. Assez bêtement, je rougis en me disant qu'il s'agit d'une première victoire sur le destin. Une fois que vous sentez vos joues chauffer, il est déjà trop tard. Impossible d'atténuer l'embrasement de votre visage.

J'apprends sans transition que le dénommé Sergio… machin… est un homme de conviction. C'est un grand connaisseur de l'Amazonie, très investi dans la lutte contre la déforestation et quantité d'autres bonnes causes. C'est toujours ça. Felipe João Alberto, à qui mon émotivité n'a pas échappé, tire une soudaine gloire de son rôle de médiateur comme si en un coup de téléphone il venait de sauver plusieurs espèces d'oiseaux en voie d'extinction. Il propose que l'on déjeune ensemble. Ça ne me déplaît pas de voir à l'œuvre un tel énergumène.

Il m'emmène au pied de l'immeuble dans un restaurant de salades. Ce n'est pas ma passion, la salade, mais je dois avouer qu'un tel choix ne peut qu'emporter la conviction. Quelques feuilles au bout d'une fourchette demeurent légères. Malgré tout, Felipe me fait comprendre qu'il a des courbatures aux biceps, aux triceps, aux dorsaux et d'autres muscles que l'on travaille trop peu en restant assis à son bureau toute la journée, mais pour lesquels il existe en salle des exercices adaptés. J'en suis certaine. Je préfère ne donner aucune prise à ce genre d'exploits. Il insiste en précisant que le stress et le mal de dos sont à considérer comme les deux grands fléaux du siècle. Aucun d'eux ne détrône la connerie. Après quelques contorsions pour me faire apprécier son physique supposément avantageux, il me pose des questions sur les raisons exactes de ma venue. Je reste évasive, n'ayant pas encore mis au point une version des faits qui me permettrait d'être crédible. À dire vrai, je n'ai pas beaucoup avancé sur le sujet depuis la conversation avec mon frère. Je cherche, mais je ne trouve aucune raison valable qui n'échoue lamentablement sur quelque chose d'inexplicable et de peu convaincant. Dans ces situations-là, il faut savoir miser gros.

– Eh bien, je suis tombée amoureuse de cet Indien en regardant la télévision. Oui, amoureuse !

Felipe doit accorder assez d'importance à l'amour pour ne pas sembler surpris par ma réponse, comme si, sans me connaître, il me rejoignait d'emblée sur la seule excuse de la vie. Il lève alors les yeux avec un beau regard de chien triste. Ça nous rapproche un peu.

Et là, il déballe tout sur son épouse, sa séparation, ses enfants et sa grande tristesse. Il s'est mis à la musculation pour aller casser la gueule au nouvel amant de sa femme qui fait de la boxe. C'est un beau défi, mais ça ne la fera pas revenir. Il le sait.

– Vous avez des enfants ? me demande-t-il.

– Oui, au cimetière.

Il esquisse un signe de croix. Ma sortie est d'un goût extrêmement douteux et d'une violence qui a dépassé ma pensée, j'en conviens. Parfois, pour un trait d'esprit qui n'amuse que moi, je détruirais le monde. Mais cette évocation de la mort a le mérite de provoquer chez Felipe un grand soulagement lorsque je rétablis la vérité.

– Non, je plaisante, je n'ai jamais eu d'enfant.

– Ah, vous me rassurez. Enfin, non, je… ah bon ? Aucun ? Aucun !

Il semble surpris comme si je n'avais pas bien vérifié ou, par étourderie, j'avais oublié une portée de chatons au fond d'un placard. Est-ce une façon subtile de me signifier qu'il me trouve encore assez jolie pour y être autorisée ? Voilà qui m'intrigue : oh oui Philippe Jean Albert, faisons des bébés sur un lit de cresson ! Après un temps de réflexion, je préfère lui résumer sans malice ma situation de famille – existe-t-il une autre expression ? – en lui avouant que je suis célibataire sans enfant et que ce sont des choses qui arrivent. Il reçoit ces mots d'un air pénétré. Il y a quelques années, je l'aurais flingué.

Il change de sujet et me demande des détails sur la façon dont je compte m'y prendre pour partir à la recherche de

« mon Indien ». Je dois absolument trouver un autre moyen de nommer cet homme, cela devient embarrassant. D'aucuns me couperaient la tête pour oser m'exprimer ainsi. Ma tête serait tranchée à la machette, puis séchée et réduite, mes paupières, mon nez et ma bouche seraient cousus ensemble afin que ma honte tout entière finisse emprisonnée dans mon dernier souffle de vie. J'ai lu quelque chose comme ça dans *Le Vieux qui lisait des romans d'amour* lorsque Antonio José Bolivar tue un chercheur d'or d'un coup de fusil au lieu de le paralyser avec du curare ainsi que les Indiens l'auraient souhaité pour capturer l'expression de sa souffrance. Effrayant.

Felipe me prévient que ce ne sera pas facile de mettre la main sur mon Indien, quasiment impossible. Il use d'une image équivalente à celle de chercher une aiguille dans la plus grosse botte de paille du monde. Les jeux de patience m'ont toujours amusée. C'est décidé, j'irai voir ce Sergio machin. Felipe me fait remarquer qu'il y en a plein, des Indiens, et qu'il faudra que je sois prudente, très prudente ! Je suis dans un téléfilm avec peu de moyens où personne d'autre que Felipe ne corrige ses dialogues.

– Manaus est le cœur battant de l'Amazonie, c'est une ville dangereuse pour une femme comme vous.

Calamity Jane s'efforce de laisser son colt à sa ceinture. Calamity Jane en a vu d'autres au Texas ou dans les Black Hills. Je marque un temps d'arrêt et je prends la mise en garde de mon interlocuteur au sérieux au lieu de faire croire que je ne comprends pas ce qu'il sous-entend. Je suis bel et bien prête à lâcher du mou. Felipe ne dit pas ça pour faire peur à une petite fille et il a abandonné le projet un peu flou de me mettre dans son lit depuis qu'il sait que les enfants que je n'ai jamais eus sont déjà morts. Ce type d'homme n'apprécie pas l'humour noir du sexe opposé. Pour autant, Felipe est quelqu'un d'assez gentil, un peu trop exposé au ridicule à mon goût, voilà tout, celui d'une célibataire intransigeante et frustrée, je suis prête à l'admettre. Il ajoute que si je m'enfonce dans la forêt amazonienne, il ne faudra pas que je me décourage, jamais !

– C'est si grand, l'Amazonie, que tout ce qu'on entend sur elle est vrai, même ce qui est faux.

L'Amazonie n'existe pas. Elle est, selon Felipe, ce qu'on désire qu'elle soit. Cette idée me plaît. Je me rappelle un vers d'Edgar Allan Poe : « chevauche hardiment, répondit l'ombre, – si tu cherches l'Eldorado ». Nous n'avons plus grand-chose à nous dire et Felipe commence à trafiquer sa montre, soit pour enregistrer les calories qu'il vient de consommer, soit pour me signifier habilement qu'il a du travail. Je souhaite le remercier. Je sors de mon sac la biographie du général de Gaulle afin d'être certaine qu'il prendra les Françaises pour des femmes formidables.

– Cadeau ! C'est pour vous.

Il ouvre le livre à l'endroit du marque-page, à l'épisode de « la guerre des langoustes » lorsque des pêcheurs bretons au milieu des années 1960 ont été arraisonnés au large de Bahia par la marine brésilienne et que tout le monde a fait preuve d'un grand sang-froid, y compris le général de Gaulle ! Felipe João Alberto ne semble pas surpris par ce cadeau. Il est même très heureux. Cet homme a d'indéniables qualités pour vivre en couple. En partant, nous sommes plutôt bons amis. Je le remercie encore de son aide et je l'invite, si un jour il se trouvait en territoire français, à se mettre en rapport avec moi…

Je n'avais pas vu cela sous cet angle. J'ai dit que j'étais tombée amoureuse de cet Indien pour provoquer Felipe. Mais après tout, pourquoi pas. Sitôt prononcés, des mots de cette envergure vous confondent. Je me suis trompée tant de fois avec les hommes que je doute depuis longtemps de l'ordre dans lequel doit se manifester ce genre de sentiment. Une amie est allée jusqu'à me dire qu'il n'y avait rien de plus constructif que de ne s'attendre à rien avec les hommes… le meilleur moyen d'aller de bonne surprise en bonne surprise. Pour ma part, j'ai besoin qu'on me morde fort pour avoir l'impression d'exister.

Chacun jugera compréhensible ou non de vouloir sentir les dents de celui qu'on aime dans sa chair, mais à l'âge adulte, si tant est qu'il soit bien question d'âge et non d'une disposition génétique dont je suis privée, la plupart de mes amies se sont révélées capables sans trop de dégâts de renoncer à cet idéal. Je n'ai jamais réussi à faire une telle concession, même pendant ces quelques années où dans mon entourage les mariages et les enfants s'étaient succédé à un rythme élevé et où il semblait alors moins risqué d'imiter les autres que d'avoir une idée sur la question. Cette hésitation à se mettre en couple que la plupart de mes amies ont surmontée par le désir d'être mère, par la peur d'être seule ou même dans certains cas par amour, ne disparaîtra peut-être jamais. C'est à craindre. Je me dis surtout que j'ai eu beaucoup d'orgueil à l'époque alors que j'ai malgré tout connu des hommes dont j'étais amoureuse. Enfin, me semble-t-il. Et quand bien même l'un d'entre eux n'aurait fait l'affaire qu'un temps – admettons celui qui possédait les plus belles dents –, un mauvais choix eût-il été si condamnable ? Beaucoup de gens très bien, après s'être séparés de leur premier conjoint, se sont remis avec quelqu'un d'autre, filant le parfait bonheur de la maturité sexuelle et morale qui les autorise à croire qu'un tel sentiment peut renaître sous d'autres formes que les passions timides et cruelles de l'adolescence. Pourquoi n'ai-je pas expliqué tout cela à Felipe, un inconnu laid comme un pou qui ne m'aurait pas jugée ? Bien sûr, j'ai préféré ironiser sur la disparition précoce d'enfants que je n'ai jamais eus. Je ne suis pas très au clair sur cette question. J'ai passé des années à hésiter, la peur au ventre, effrayée à l'idée que ma descendance aurait affaire à moi, et maintenant que je serais prête à l'accepter, il est sans doute trop tard. Je n'allais tout de même pas parler à Felipe de mes états d'âme en avalant une salade de chou. Je marque dans mon carnet :

J'ai tenu ce sentiment entre mes mains comme une eau claire que je n'ai pas su retenir.

J'ose écrire un truc pareil. En effet, je n'ai pas la moindre chance de séduire quiconque ou alors pas dans ce siècle. J'insiste : l'amour reste pour moi un mystère alors que mes amies s'évertuent désormais à en dénigrer les effets puisqu'elles prétendent en avoir tiré le meilleur parti au moment le plus adéquat. Et d'après l'expérience de la plupart d'entre elles, il n'y a pas de quoi en faire toute une histoire. C'est toujours plus facile d'affirmer cela en ricanant, une coupe de champagne à la main dans un dîner en ville, que de répéter à qui veut l'entendre que l'amour emporte tout sur son passage. Comme un ouragan. Dois-je l'avouer ? Je n'ai pas détesté la chanson de Stéphanie de Monaco, à l'époque. Non, je ne devrais pas l'avouer. En coulisse, ces mêmes amies avec qui je n'ai plus grand-chose à partager fantasment sur les abdominaux des acteurs qui « vieillissent bien », tout en tripotant allégrement les poignées d'amour de leur conjoint et en le ridiculisant lorsque à l'occasion l'intéressé cherche à rentrer le ventre. D'autres, plus frimeuses, parlent de plan à plusieurs comme s'il s'agissait d'un atelier de développement personnel. Où est la logique ? « Il faut vraiment être cruche pour n'avoir jamais essayé. » Je suis cruche, une Dame-jeanne, une bonbonne de verre habillée de sa clisse d'osier. Je ne veux plus que ces gens existent dans ma vie.

Oubli en apparence futile, je me suis bien gardée de raconter à Philippe Jean Albert que je ne prendrai pas l'avion une deuxième fois dans un délai si court. Je dois prévoir en conséquence de passer de longues journées en bus afin de rejoindre Santarem, puis de continuer en bateau par le fleuve Amazone jusqu'à Manaus. Il y a de quoi trouver ça plus risible que tout ce que j'aurais pu confier de sincère sur moi et il faut n'avoir jamais beaucoup voyagé dans sa vie pour se montrer aussi enthousiaste à l'idée de rouler 4000 kilomètres. Je m'impose ce périple autant parce que j'ai peur de l'avion qu'en raison d'un désir paradoxal de rattraper le temps perdu.

Certes, mon père parfois nous emmenait dans ses voyages, à l'occasion de ses collaborations ou d'un concours d'architecture qu'il avait remporté, mais rarement nous partions longtemps en vacances comme le faisaient d'autres familles où, serrés les uns contre les autres, nous aurions roulé sans autre but que de se perdre. Jamais non plus nous ne faisions des balades, des excursions, ni ne passions des journées qui auraient ressemblé à de belles aventures où nous aurions fini trempés, les bottes pleines de boue. Il y avait toujours un objectif à nos sorties, utilitaire ou moral. Ma mère se laissait faire. Je me rappelle qu'une fois, nous étions partis en Dordogne chez des « confrères » – je ne comprenais pas bien ce mot à l'époque. La maison était gigantesque, tout semblait froid et déserté. Nous étions restés plantés à trois mètres les uns des autres, comme si la solitude de nos âmes nous tenait en joue dans un grand salon blanc. C'était d'un ennui ! Je m'étais dit que les architectes avaient une drôle de manière d'habiter le monde, satisfaits d'être frigorifiés et souvent affligés de voir les gens s'approprier les lieux selon un autre génie que le leur. Les êtres humains étaient ce que l'on rajoutait une fois la maquette terminée et n'étaient sans doute pas indispensables. Mon père devait souffrir de ce mal, un manque de chaleur, un cœur cérébral, une incapacité à remonter dans la voiture les pieds et le maillot pleins de sable. Il nous obligeait à nous épousseter jusqu'entre les orteils et à nous changer derrière la portière, sur le parking, en affirmant que personne ne nous voyait. Je détestais ça. Rester en équilibre, ne pas y arriver, poser le pied par terre, devoir tout recommencer, sentir la main de ma mère qui n'y arrivait pas mieux que moi et qui en profitait pour me fesser. Il fallait se dépêcher, sans quoi ce serait la dernière fois que nous irions à la plage, la dernière fois que je remplirais mes poches d'écorces de pins et de coquillages. Dans la voiture, personne ne parlait, mon frère s'endormait, alors que je flottais ivre de soleil. Rien n'était vraiment gris, mais rien n'était joyeux comme je l'aurais souhaité. Je rêvassais alors à mes fantômes qui étaient plus intéressés par mes malheurs que les êtres vivants qui gardaient le silence.

Passer par la fenêtre pour un architecte n'est pas anodin. Comme mon père était un homme réfléchi, j'ai souvent considéré que s'il s'était défenestré plutôt que de s'asphyxier dans le garage ou de se donner une autre mort violente, c'est qu'il avait son idée. Ce geste devait être une ultime révolte, une façon symbolique de quitter ce monde devenu inhabitable pour lui. Mon père s'était peut-être enfermé dans sa vie comme dans un cottage idéal, sans sable, sans vent, sans boue, dont les fenêtres ne s'ouvraient plus, et n'avait pas eu d'autre choix que de briser l'une d'elles, la tête en avant, par manque d'air. Quelles réponses peut-on jamais avoir lorsqu'on en sait si peu sur celui qui s'en va ? Je ne peux qu'inlassablement refaire le chemin en arrière sans aucune certitude. Est-ce que c'était à cause de moi, même un tout petit peu ? Quelle histoire aurais-je pu lui raconter pour ne pas qu'il ait peur ? Je n'avais pas l'âge pour ça. Je ne sais plus moi-même si je tiens davantage à la vie parce qu'il en reste inévitablement de moins en moins à vivre au-devant de moi ou si d'en avoir déjà vécu la moitié rend moins cruciales les années qui me séparent de la mort. Je donnerais n'importe quoi pour voir une dernière fois mon père sourire ou l'entendre maudire le monde qui est le nôtre. Quand j'ouvrais l'œil le matin, j'étais sa fleur, sa pâquerette, il aimait m'appeler Daisy. « Réveille-toi, Daisy, ouvre tes pétales et réveille-toi. » Je ferme les yeux, j'ouvre les yeux. Il n'est plus là.

Dans ces moments, c'est le visage de ma mère, Hélène, qui apparaît. Après la mort de son mari, elle avait laissé ses enfants comme s'ils n'étaient plus vraiment les siens (je parle de mon frère et moi) mais ceux d'une première vie passée à attendre que la maternité lui procure des avantages dont elle n'avait jamais su se réjouir. Elle avait tôt fait de nous confier à nos grands-parents paternels aussi souvent que possible, soit parce qu'elle n'arrivait pas à s'occuper de nous, soit qu'un instinct de survie la poussât à tout recommencer. Par on ne sait quel miracle, la suite pour ma mère avait été d'avoir des amants nombreux dans des registres incohérents, garagiste, avocat, écrivain, grutier, jusqu'à ce qu'elle rencontre Rodrigo et son camping. Ils se sont connus dans un groupe qui faisait des sorties à moto. Tout arrive. L'homme était émerveillé par l'élégance d'Hélène qui jouait les bourgeoises fumant des longues, appuyée à sa cylindrée. Je devais alors avoir 13 ans et je me rendais compte soudainement que ma mère avait l'âge mental d'un banana split.

Elle avait dû beaucoup s'ennuyer pour en arriver là, et avoir engendré deux enfants par erreur – ce sont aussi des choses qui arrivent –, si l'on en juge par l'insouciance avec laquelle elle s'était jetée dans les bras de Rodrigo, alors responsable des activités piscine du camping Las Gaviotas. Malgré son nom, l'homme était de Melun. Mon frère et moi n'existions plus. Nous n'avons pas eu d'autre choix que de grandir d'un coup. Au lieu de nous consoler dans l'espérance de la vie éternelle, notre grand-mère qui avait perdu son fils, une anglaise du Hampshire mariée à un Français, avait mis entre nos mains tous les livres de sa bibliothèque. Elle avait fait cela sans se préoccuper de notre âge afin que nous puissions avoir des parents différents, des pires et des meilleurs, éprouver des tristesses et des joies différentes, sous des ciels différents. Notre mère lisait peu ; il existe des êtres pour qui ce redoublement de la vie, par le cœur et la chair des autres, ne procure aucune aide ni aucun plaisir. Il faut l'accepter. De notre côté, nous nous sommes réfugiés dans les livres, Charles avec méthode, moi avec plus de lenteur et d'obsessions. Les romans ne m'emmenaient pas ailleurs comme le croyait ma grand-mère, ils m'aidaient à comprendre qui j'étais en face des autres, tous les autres fantômes de la littérature et de la vie. Ils m'aidaient aussi à trouver des solutions pour ne pas vivre à temps plein. C'est un beau cadeau qu'elle nous avait fait là, même si j'ai pris trop au sérieux le destin de tant de personnages qui n'ont jamais existé et inventé tant d'autres à qui je parlais pour me tenir compagnie. En parallèle, elle aurait dû m'inscrire chez les louvettes ou les éclaireuses. J'aurais porté un drôle de surnom tiré du *Livre de la jungle* et développé des qualités tangibles de sociabilité ainsi que des compétences techniques plus concrètes : savoir allumer un feu toute seule dans la forêt ou savoir régler un mitigeur électronique commun pour l'eau froide et l'eau chaude au lieu d'attendre que quelqu'un vienne me sauver.

Aujourd'hui, bien que n'ayant jamais travaillé de sa vie, ma mère a l'âge d'être à la retraite et vit aussi nue que les Bororo rougis à l'*urucu*. Après avoir longtemps gardé le teint clair des bois scandinaves, elle affiche désormais sur tout le corps un hâle carotte qu'aucun après-soleil ne peut adoucir. Elle laisse passer les jours, mange des sorbets qui coulent le long de son coude et patiente devant le barbecue en buvant ses petites bulles. Douce existence, pourrait-on croire, émancipée des conventions. Je pense plutôt que ma mère a perdu les pédales depuis le suicide de l'homme de sa vie. Elle l'aimait en dépit de tous les malentendus de leur couple. Elle s'est arrangée comme elle a pu pour oublier. C'est tombé sur Rodrigo et son camping à Port Leucate, peut-être pas tout à fait par hasard puisqu'il dit être l'inventeur des bouées de sauvetage insubmersibles fabriquées à partir des chambres à air de poids lourds. Plutôt débrouillard, le Rodrigo. Plus souvent que moi, mon frère va leur rendre visite afin qu'Hélène voie ses petites-filles dont elle confond les prénoms et qu'en retour elles surnomment « Mamie grillade ». Dans ma mémoire rode quelque chose de hideux.

6 – CAFÉTÉRIA

Paul s'assoit au dernier rang de l'amphithéâtre pour ne pas se faire remarquer. Une partie de l'assistance s'est retournée parce que les portes grincent et que le cours a commencé. Paul comprend des phrases isolées mais pas le détail de ce qu'explique l'enseignant. Il note des mots sur une feuille qui finira sans doute à la poubelle. Bien dommage que je ne puisse pas récupérer ses brouillons. Certains noms prononcés avec un accent invraisemblable, Bougainville, Monbeig, Braudel, Lévi-Strauss, lui disent vaguement quelque chose ou s'illuminent comme des ampoules le rassurant sur sa présence dans ces lieux. Il écrit « Claude Lévi-Strauss » et entoure les lettres de fleurs tropicales.

Disons que Paul est inscrit depuis une semaine, mais qu'il n'est pas encore parvenu à bien repérer dans quelles salles il a cours. Il a surtout l'impression d'être invisible, mis à part son bandage à la main. Sans routine, il ne réussira jamais à s'intégrer. Venir tous les jours à l'université est une bonne idée, quel que soit son emploi du temps, même s'il s'agit de traîner à la cafétéria en espérant croiser des visages familiers. L'infirmière pourrait le reconnaître – ce n'est pas si mal – parce que le premier jour où il s'est assis, il a cassé son verre de jus d'orange et s'est coupé en voulant le rattraper dans sa chute. L'entaille était profonde, ça pissait le sang. Il s'était empressé d'aller la voir.

– Comment vous vous êtes fait ça? avait demandé l'infirmière d'un air exaspéré comme si elle n'avait pas le temps de s'occuper des blessés légers.

– En me coupant, avait répondu Paul.

– Je vois bien. Mettez votre main comme ça. Mais qu'est-ce qui vous a pris?

– Une orange sanguine.

Le corps de l'infirmière s'était approché du sien. Une chanson joyeuse et entêtante qui parlait d'amour sortait d'un poste de radio. La jeune femme était concentrée sur ce qu'elle faisait, ça la rendait belle. Beaucoup d'étudiants devaient venir exprès pour qu'elle s'occupe d'eux. Paul était reparti avec un bandage qui lui laissait les doigts libres de leurs mouvements, néanmoins déçu du manque de sympathie dont l'infirmière avait fait preuve à son égard. Il en attendait sans doute trop. « L'unique fruit de l'amour, c'est la banane, c'est la banane. » Il n'arrivait plus à se sortir cette musique de la tête. Paul est un optimiste. Il vit chaque événement comme la promesse d'un séjour merveilleux, une aventure qui n'est jamais dénuée d'intérêt, au moins sur le plan du vocabulaire.

Ce cours n'en finit pas. Claude Lévi-Strauss est maintenant entremêlé dans des plantes qui le dévorent. Paul a un bon coup de crayon. Le professeur termine enfin sa phrase commencée dans les années 1970 lorsqu'il s'aperçoit qu'une de ses collègues attend à la porte pour prendre la suite. Paul se dépêche de ranger ses affaires et se dirige à nouveau vers la cafétéria. La doyenne des serveuses lui sourit, elle aussi le reconnaît, peut-être amusée par son air naïf. Paul n'est pas un jeune homme que l'on remarque. Son visage est simple comme dans les romans d'amour un peu mièvres et il possède un regard tendre malgré la noirceur de ses yeux. Il semble aimer le mot *cafetería*, un mot que tout le monde comprend. Il l'écrit en majuscules, il s'entraîne à le prononcer, à le dire lentement d'un air sérieux, à le dire à toute vitesse ou d'un ton autoritaire ordonnant à tout un régiment de Républicains de s'y rendre au pas de charge.

– *¡Vamos, vamos todos, a la cafetería!*

Cette phrase n'a aucun sens. Paul veut s'assurer qu'il a de la poigne, mais il se rend compte qu'on l'observe, qu'on l'étudie même. Il termine son café, le cinquième de la matinée, trafique son bandage à la main pour que ça fasse un peu boxeur et décide de s'en aller… à la Belmondo. Il a l'impression d'être une marionnette, il se voit marcher, accomplir avec sobriété les gestes les plus élémentaires du quotidien. Il joue juste : se gratter la barbe naissante, laisser paraître l'affliction, être songeur avant le combat. Ce large registre d'attitudes corporelles et de mimiques pourrait intéresser quiconque serait à la recherche d'un acteur interprétant le rôle d'un étudiant sans trop de relief, un peu timide, qui se sentirait démuni, mais pour qui tout va changer.

Dans les couloirs, Paul s'attarde sur les panneaux d'affichage. Il aimerait trouver une colocation dans le centre-ville et note quelques numéros de téléphone. Il appellera plus tard. Pour l'instant, il va rentrer tranquillement, manger sur la route un *bocadillo de calamares*, que l'on peut traduire par « sandwich aux calamars » même si les Espagnols semblent réserver le mot sandwich à tout ce qui est pris entre deux tranches de pain de mie, le plus souvent coupées en triangle. C'est typiquement ce genre d'observation qui laisse croire à Paul qu'il a tout pour devenir anthropologue. Il remarque d'ailleurs que le son du mot sandwich n'a rien de commun avec le croquant de la baguette française. Une fois terminé son déjeuner, il fera la sieste et après il fumera peut-être un joint. Il verra. Sur ce point, il a vite compris où se fournir sans se perdre dans de grandes explications. Faire la sieste et fumer, voilà un bon programme. Inutile de remplir à tout prix ses journées, surtout les heures les plus chaudes. Loin de chez lui, il n'est pas le seul à trouver que l'ennui a un goût de miel sauvage.

7 – AMAZONIENNE

Le bus dans lequel je me trouve roule maintenant depuis des heures. J'ai bien failli changer d'avis à force de rester dans ma chambre à ruminer. Je me suis d'abord dit que Sergio allait me rire au nez quand il allait entendre mon histoire. Et j'avais refait mes calculs : en gros, ce serait très long. Je pouvais encore me convaincre de renoncer, ou plutôt je ne renonçais à rien puisque je voyais de moins en moins ce que j'allais faire là-bas. Je n'ai jamais fugué quand j'étais petite, car je me suis souvent dit que mon aventure aurait ressemblé à cela : un départ gonflé de certitudes, un retour avant la nuit, prompt et piteux, où l'on se sent pire que la veille.

J'ai fini par me rendre au terminal de Tietê en me disant que je ne pouvais pas repartir sans avoir au moins vu la forêt. Un gros manguier aux feuilles oblongues me suffirait. Je le décrirais une vie durant pour parler du Brésil, un manguier métonymique qui m'épargnerait les détours. J'allais devoir changer plusieurs fois de bus, mais ils seraient climatisés. J'ai conservé avec moi de l'eau, des sandwichs, des biscuits, un masque opaque que je mettrai sur les yeux pour dormir, des vêtements confortables et de la lecture.

Cigarettes, couteau suisse, me voilà prête. Je ne suis pas la seule à m'être équipée comme ces adeptes des long-courriers qui donnent l'impression d'avoir hésité entre une tenue d'explorateur et un bon pyjama. J'ai lâchement abandonné une valise à l'hôtel, avec quantité d'affaires que je ne mettrai pas. Avant mon départ, une part de moi espérait peut-être se faire belle pour le carnaval. J'ai appelé la réception depuis la gare en leur disant qu'il s'agissait d'un oubli. On aurait dit que Bob Saint-Clar en personne me répondait avec sa voix chaude. Il mettra ma valise en lieu sûr et me la rendra le moment venu, quand je déciderai de rentrer chez moi. Je me donnerai à lui selon son bon vouloir, soucieuse de bien faire, sans même quitter la chambre d'hôtel. Ces mots me font frissonner, rentrer chez moi, comme si je souhaitais par-dessus tout voir s'afficher la porte d'embarquement de mon vol pour Paris, fermer les yeux, puis entendre l'ouverture du train d'atterrissage. Il ne resterait plus qu'à prier un saint miséricordieux et le sol sous les roues minuscules serait la France, celle du général de Gaulle, la France éternelle et rassurante qui n'a pas besoin d'aller voir ailleurs une herbe plus verte. Quant à Rio, faut-il vraiment que j'aie des regrets ? Lévi-Strauss parle du Pain de Sucre et du Corcovado comme « des chicots perdus aux quatre coins d'une bouche édentée ».

Pour l'instant, le Brésil ressemble à des points reliés les uns aux autres sur mon téléphone portable, un bouquiniste d'un autre âge, un producteur en quête de muscles et des souvenirs de la baie de Rio qui ne sont pas les miens, ceux de Nino Ferrer – un air triste qui me trotte dans la tête depuis le début du voyage – et ceux de Maria Bethânia dans ce disque vert de bossa-nova un peu jazz que j'écoutais avec mon père. Voilà un souvenir heureux au milieu d'une enfance frappée d'amnésie.

La route traversera la région de Cuiabá où Lévi-Strauss raconte qu'au XVIIIe siècle des Indiens partis chercher du miel sont revenus les poches chargées de pépites d'or. Avec quoi reviendrai-je ? J'ai beau me dire qu'une grande partie du Brésil n'a aujourd'hui rien à voir avec les terres parcourues par un jeune anthropologue au milieu des années 1930, j'ai du mal à croire, depuis le bus, que le monde que je découvre dans *Tristes tropiques* n'existe plus. J'imagine que les frères B., ces Français, Corses d'origine, chasseurs d'aigrettes avant de se faire garagistes, puis chercheurs de diamants, me rejoindront à la station-service pour écouler sous le manteau leur stock de plumes blanches et de pierres précieuses. J'imagine que le boucher de Cuiabá, dont il est question au début du chapitre sur les Bororo, attend toujours l'arrivée du cirque et de ses animaux pour enfin voir un éléphant. La vitesse de croisière me procure des illusions somnolentes qui mélangent à ma lecture contre la vitre sale des paysages équivoques impossibles à contenir.

Après une première halte, le bus a franchi le fleuve Paraná et roule dans l'axe du soleil. Il commence à grimper les contreforts du Mato Grosso. Arrivés au rebord supérieur du plateau, nous atteindrons le socle gréseux des steppes et des forêts claires, s'inclinant doucement vers le nord, qui laissera place aux rivières se jetant plus nombreuses vers le fleuve Amazone. Lévi-Strauss affirme que dans cette région l'impression d'immensité est si forte, les pentes si faibles et les transformations du paysage si lentes que les perceptions et les souvenirs se confondent dans une obsession d'immobilité. « Si lointaine que soit la terre, elle est tellement uniforme, à tel point dépourvue d'accidents que, très haut dans le ciel, on prend l'horizon éloigné pour des nuages. » Si Lévi-Strauss renverse ciel et terre, s'il prend des souvenirs pour des perceptions, je peux bien le temps d'un voyage m'affranchir des obstacles à mes rêveries, être ici et ailleurs, plus légère qu'un nuage, être de tous les siècles à la recherche d'un Indien. Il marche quelque part, solitaire et inconnu. J'ignore ce qu'il y a dans son regard, de la douleur, de la peur, une rage, une innocence, quoi d'autre ? Je sais que je n'ai pas rêvé et que c'est à cause de lui que je suis partie. Le cafetier de São Paulo avec qui j'ai discuté de mon voyage m'a parlé d'un Indien que tout le monde connaît et que personne n'a jamais vu. Certains l'appellent « l'Indien au trou ». Il vit depuis des années tout seul dans la forêt parce que son clan a été massacré. Il erre avec sa machette, il chasse, il creuse des trous probablement pour dormir et ne parle à personne. Il est le dernier représentant de son groupe, peut-être le dernier locuteur de sa langue et tout ce qu'il a dans la tête, c'est-à-dire l'univers, disparaîtra avec lui.

Pour la première fois depuis mon arrivée, dans ce bus qui file entre les champs de soja et les retailles de forêts prêtes à mordre le bas-côté, je me sens loin de la France. Plus je me plonge dans *Tristes tropiques* et plus je m'associe à cette confession, une fugue brésilienne dans laquelle Lévi-Strauss à l'approche de ses 50 ans a réagencé les motifs de sa vie. Il y convoque ses douloureux souvenirs de terrain, rappelle les hasards de son départ, sa méfiance de la philosophie, n'épargne au lecteur aucun tourment de son âme, aucune impasse de son intelligence néolithique, le tout entrecoupé de tatouages baroques aux méandres de ferronnerie ou de quatrains engendrés dans l'aquarium de la forêt. Son style délavé m'emporte davantage que le contenu ethnographique d'un pays que je ne connaîtrai jamais. Je suis heureuse de sa tristesse, malgré tout ce qu'il peut y avoir de sombre dans son regard, parce que j'ai le sentiment de partager avec Lévi-Strauss le promontoire vaniteux du haut duquel ce que nous observons nous échappe toujours, aussi difficile à décrire qu'un fruit tropical aux mille noms, une *caïmite*, une « idée de l'artichaut enclose dans la poire ». Il invite à voir un monde qui se cache toujours dans les brumes d'un autre. Je ne connaîtrai jamais le Brésil, mais je suis prête à n'y accorder aucune importance et à me laisser envahir par le chaos des dimensions imaginaires que la forêt éveille en moi. Je note dans mon carnet :

Ils s'approchent, hors-champ, mes fantômes apatrides.

À l'aube, le chauffeur prend le micro pour annoncer que le bus fera une nouvelle halte. Les passagers auront le temps de se restaurer à la station-service. Le ciel est pâle et les couronnes des arbres les plus hauts, éloignés de la route, se balancent dans le vent. Le bus emprunte une piste de terre qui mène à une succession de hangars réservés aux poids lourds. Un barrage de pneus éventrés délimite un terrain afin de contenir la voracité de la brousse. Le chauffeur coupe le moteur et bavarde par la fenêtre avec un homme mazouté jusqu'au visage à qui ne restent en place que les molaires. Je les aurais bien pris en photo, ces deux-là, mais je serais incapable de cadrer le moindre visage sans éprouver une gêne. Les portes du bus se sont ouvertes. Les voyageurs descendent à leur rythme et s'étirent. La moiteur de l'air me saisit. J'emboîte le pas de ceux qui se dirigent vers une cantine où tournent des ventilateurs. Peut-être qu'ici quelqu'un m'adressera la parole. Les gens fument et n'ont rien à faire de Jeanne Beaulieu, ni du lever du jour.

Dans la lumière du matin, voir un bout de forêt à quelques mètres des pompes à essence provoque en moi une douce mélancolie. Je sais que l'Amazonie est plus loin, toujours plus loin. Pourtant, malgré les livres que j'ai lus et qui en ont repoussé l'existence dans des profondeurs mythologiques, je l'aperçois. L'Amazonie n'est pas l'endroit mystérieux où le corps de l'explorateur Percy Fawcett a disparu, mais une présence dans l'air, une lumière sur les visages, quelque chose de quotidien et de banal. L'Amazonie a fixé des gens venus de toutes parts, des indigènes occupant la forêt depuis des milliers d'années, des Européens, des *caboclos* issus des métissages coloniaux, des esclaves noirs déportés d'Afrique dont certains descendants vivent aujourd'hui en communauté, des ouvriers *seringueiros* qui travaillaient pour les barons du caoutchouc, des *ribeirinhos* dont le nom signifie qu'ils se sont installés près des rivières, des chercheurs d'or qui liquéfient ces mêmes rives et dont le mercure souille les eaux, des aventuriers malheureux enterrés là où ils sont morts, des trafiquants de peaux de panthères ou de drogues, des militaires souvent trop jeunes, des paysans besogneux, des éleveurs de bétail, des contingents de piroguiers, des citadins récalcitrants, des fonctionnaires désabusés, des inspecteurs véreux, d'excellents criminels, de moyennes équipes de foot, des gens… tous devenus, quelle que soit leur raison d'être, des Amazoniens. Je ne vois rien de tout ça, mais je respire comme eux cet air tiède que je sens s'épaissir dans mes bronches. Mes poumons n'auront peut-être pas la force d'inspirer assez d'oxygène lorsque, à mon tour, je serai au cœur de la forêt. J'essaie de calmer les battements de mon cœur. Il n'y a pas beaucoup de femmes dans cet endroit. Je renonce à en parler à ma voisine. À peine le temps de m'en inquiéter qu'il faut déjà repartir.

Le trajet est toujours plus ou moins rectiligne, mais en quelques kilomètres la course peut changer de rythme. Avec le vent, la terre rouge qui borde la route ou en offre le support nu s'insinue partout de sorte que les flancs de la forêt ouverte en son milieu paraissent attaqués par la rouille. J'ignorais qu'il y avait autant de montées et de descentes, de faux plats, de tronçons où la chaussée laissée à l'abandon obligerait le moteur à forcer. J'ignorais aussi à quel point les champs de soja avaient restreint la forêt de Lévi-Strauss qui parfois n'est plus qu'un trait lointain à l'horizon. Le bus s'arrête pour faire le plein, pour que les chauffeurs se relaient, pour d'autres raisons impossibles à comprendre. Parfois, un homme en gilet fluorescent dresse devant nous un panneau. On roule. On s'arrête. On roule. On s'arrête.

On croise aussi des camions militaires. Un parasol en bord de route abrite une pile d'ananas. Je tombe dans un état de léthargie où le temps n'a plus d'épaisseur. Je n'ai pas envie d'ananas, j'ai besoin de nicotine. Quand j'y suis autorisée, je sors du bus pour fumer une cigarette et respirer l'air du dehors. Les gens entre eux ne se parlent pas, comme pour conserver des forces. Certains préfèrent rester assis lors des arrêts et se contentent de constater, bouche bée, que le bus est immobile. Je ne calcule plus si en France on est le matin ou le soir. Je mange quand j'ai faim. Je bois quand j'ai soif. La moindre décision que je prends entraîne une série de mouvements lents qui permet de revenir à la position initiale tout en ayant gagné quelques kilomètres. Décroiser les jambes et les croiser dans l'autre sens. S'ankyloser, penser au mot qui désigne l'idée. Changer l'inclinaison du siège. Se cogner le genou à un cendrier qui ne sert plus. Se rappeler la bouffée américaine évaporée sur le tarmac de São Paulo, son détail, ses volutes bourgeonnantes et sa dissipation. Ce qui compte, c'est d'être patiente et d'éloigner le plus possible l'envie absurde d'en finir. Il faut se garder une marge, se convaincre qu'on a roulé deux heures lorsqu'on a roulé le double, se répéter que la vie sera longue et que Lévi-Strauss est immortel. Je somnole ne sachant plus si la forêt défile sous mes yeux ou si les arbres processionnent sur l'envers de mes paupières. La plus grande cinémathèque d'arbres du monde est en état de siège. Lorsqu'un oiseau de couleur s'envole dans le ciel, l'image s'imprime comme un songe. Il n'y a plus ni claquement d'ailes, ni durée. Je suis traversée par des intuitions dont je ne garderai aucune trace.

Arrivée à Sinop – un nom curieux –, je dois attendre un autre bus. Le philosophe Diogène est né à Sinop, la cité qui se trouve au bord de la mer Noire, la région d'où viennent les Amazones de la mythologie. Puisque ici tout est vrai, peut-être qu'un jour une colonie de femmes s'est installée avec quelques chèvres pour réfléchir et débroussailler la forêt. Sinop est une clairière cynique qui retient dans l'ombre les flèches des guerrières. Pour certains passagers, le voyage prend fin. À la sortie du bus, des adolescents se tombent dans les bras et commencent à faire l'amour dans les souterrains. Personne ne m'attend. Personne à qui sauter au cou. Ça me manque.

Je mets des pièces dans le distributeur automatique de snacks et confiseries. L'appareil me rend la monnaie. Sinop est née au milieu des années 1970, reconnaissable à ses voies perpendiculaires et à l'incongruité de sa localisation, quelque part au milieu de rien. À la place des arpents de forêt primaire, la planification s'est chargée de répartir harmonieusement les bâtiments, les avenues, les rotondes végétalisées. Au cœur de l'Amazonie, à quoi peut bien penser le jardinier employé à fleurir des gazons d'ornement ? À un carré de pelouse, serti dans un rond-point, au cœur d'une ville étrange, cachée dans une forêt. Les jardiniers sont des géomètres. Les jardiniers sont des philosophes. Autour de Sinop, il y a des champs. Autour de Sinop, il y a des élevages. Autour de Sinop, il y a des usines agroalimentaires, des supermarchés, des aérodromes. Et tout autour de Sinop, il y a des arbres et la route BR-163 qui relie, du nord au sud, la ville au reste du monde. Un président brésilien a dit un jour qu'il fallait « ouvrir des terres sans hommes pour des hommes sans terre ». Je suis reliée au reste du monde grâce à Sinop. Je regarde mon téléphone et je vois un point bleu clignoter sur une image satellitale. Il s'agit bien de moi, tout en bas, cachée sous les brocolis du Mato Grosso. Le cœur de Jeanne bat dans ma main, ou l'inverse. Dans quel pli du réel me suis-je fourrée qui ne soit lui-même la boursouflure d'un autre brocoli ? Les arbres n'ont plus de dimensions, les branches sont des brindilles, les nervures des feuilles sont des veines irriguant des poumons. Seul fermer les yeux me repose des fractales folles de la forêt.

J'aurais pu m'en douter. Les voyages en bus, sauf à border les précipices, réservent rarement de splendides vues plongeantes sur la nature où l'horizon se courbe pour faire apprécier la rondeur de notre planète. Les avions légers permettent ce genre d'émotion ainsi que la télévision qui chaque jour vous transporte sur son tapis volant. Je me demande s'il est encore souhaitable de voyager puisque d'autres le font plus efficacement que moi, en ramenant de l'autre bout du monde des images à couper le souffle. C'est bien ça que promettent les reportages, vous couper le souffle et vous donner l'envie stupide d'aller vérifier par vous-même que ces merveilles existent bel et bien, mais en plus moche à cause de la foule ou en plus morne à cause de la pluie.

Si je n'avais pas mangé cette pizza trop salée, je n'aurais pas eu soif, je n'aurais pas allumé la télévision et je ne serais jamais partie. Je ne serais pas ici à lire *Tristes tropiques*. Je suis sortie de la gare routière et je décide de marcher au hasard. J'ai une heure à tuer en attendant le bus pour Santarem.

Je longe des grillages à simple torsion, verts, qui forment des losanges, des grillages identiques à ceux que je connais. Dans un jardin, un enfant fait le bruit d'un jaguar avec un Playmobil à la main. Il est difficile de savoir si le jaguar est cet enfant prêt à dévorer un homme en plastique ou si l'enfant est lui-même ce Playmobil cherchant à échapper au fauve. Peut-être qu'un anthropologue rompu à la science du perspectivisme démêlerait cette affaire de façon décisive en laissant la parole à l'animal. Les jaguars sont des humains qui nous voient comme des jaguars. Je respire en ne pensant à rien d'autre qu'à cet air amazonien. Je fouille dans ma poche, le voyage se replie dans un papier de bonbon. Lévi-Strauss considère que les objets les plus élémentaires représentent des microcosmes matériels et moraux d'une société. La nôtre adore les sucreries qui collent aux doigts.

Mon bus attend que les passagers montent. Je reprends ma lecture pour canaliser mes pensées. Je laisse de côté les phrases de Lévi-Strauss pour m'étonner des mots et des dessins de Paul et Claudia. D'après ce que j'ai compris, ils se sont rencontrés à l'université ou peut-être lors d'une soirée. Ils étaient inscrits tous les deux aux cours d'un dénommé Romero de Solis, un professeur d'anthropologie dont la caricature témoigne d'un sourcil broussailleux et d'une science inépuisable. Et c'est Paul qui a offert à Claudia cet exemplaire de *Tristes tropiques* que je tiens désormais dans mes mains. Claudia a entouré avec fierté les quelques termes qui apparaissent en brésilien dans le texte de l'anthropologue et les a sans doute lus plusieurs fois à Paul pour qu'il essaie de les prononcer correctement. Elle a aussi glissé des billets tendres écrits en français sur du papier à cigarette qui sont restés coincés entre les pages. Le temps en a effacé certains. La colle jaunie du papier à rouler sur lequel Claudia a dû passer sa langue colore encore certains endroits désormais vides. Sur l'un des billets est écrit : « Je t'aime pour toujours, mon amour. » Manifestement Claudia apprend le français. Elle apprend vite. Paul paraît plus timide, mais se plaît à dessiner Claudia dans la marge sous les traits d'une jeune femme dont les cheveux s'accrochent aux mots comme des lianes. Elle est représentée nue dans des miniatures qui relèvent d'une longue patience amoureuse. Ici, le corps en forme de point d'interrogation, elle danse sur la branche coupée d'un arbre généalogique. Là, elle sourit après l'amour comme une vedette de cinéma. Une partie des annotations commente le contenu du livre de Lévi-Strauss, une autre témoigne de leur romance.

Il semble y avoir deux périodes à déchiffrer : une année de bonheur passée sur les bords du Guadalquivir chargés de bougainvilliers, puis la disparition soudaine de Claudia qui a entraîné Paul jusqu'ici, en Amazonie, sans qu'il soit possible de comprendre s'il l'a jamais retrouvée. Ce livre a dû tenir lieu de symbole de leur amour et pour Paul de carnet de route à travers le Brésil, interrompu soudainement. Paul a fini, lui aussi, par écrire en toutes lettres qu'il l'aimait « pour toujours », comme s'il regrettait de ne pas l'avoir assez dit ou qu'il désespérait de jamais revoir Claudia. N'importe qui se serait ému à la vue de ces fragments conservés dans ce livre depuis des années. Je ne suis pas émue, je me brûle les doigts. Je ne cesse d'imaginer ce qu'ils ont pu vivre. Je relis indéfiniment certains passages pour essayer de comprendre. La plupart des commentaires sont écrits en français, mais certaines pages laissent place au portugais ou même à l'espagnol avec lequel ils comparent des mots de leurs langues respectives. Je traduis comme je peux, je débroussaille à la machette, je coupe les branches mortes qui ne donneront rien. Je crois parfois découvrir un indice qui me mènera à ce qu'ils ont vécu.

Je n'ai jamais osé écrire à quelqu'un « je t'aime pour toujours, mon amour ». Pourquoi me suis-je retenue de le faire ? Parce que c'est illusoire, parce que je ne sucre pas le café, parce que je n'ai aucun courage ? Que sont devenus Paul Martin et Claudia Ambrosio pour que ce livre échoue chez un bouquiniste de São Paulo ? L'ont-ils perdu par accident ? L'ont-ils jeté par désamour ? Si en 1992 ils étaient étudiants à Séville, j'ai à peu près le même âge qu'eux. Cette année-là, moi aussi comme des millions de touristes j'étais venue visiter l'Exposition universelle. Avec mon petit ami de l'époque, on avait traversé l'Espagne en voiture dans la fournaise. C'était son idée. Il voulait voir à tout prix le pavillon de la France avant que l'Expo ne ferme ses portes. Une si longue route pour ça. Quelle drôle d'idée. Ou bien souhaitait-il m'impressionner en me faisant croire que je n'étais pas la seule attraction du voyage et qu'il s'intéressait à plein d'autres choses intelligentes. Moi, j'avais simplement envie de faire l'amour, loin de chez moi si possible. Peut-être qu'à Séville nous nous sommes croisés sans le savoir, Paul et Claudia inséparables sous l'ombre d'un figuier, Jeanne

Beaulieu déjà triste avec l'homme si gentil qui lui tenait la main. Comme toujours, je me suis haïe de chercher à en aimer un autre, persuadée que je me lasserais bien vite de l'instant présent.

8 – FULGOR, FULGORIS

Paul est heureux à Séville. Mais il n'a pas vraiment d'amis. Les deux étudiants avec qui Paul a rendez-vous lui font visiter un appartement, un rez-de-chaussée sombre qui donne sur une cour, du carrelage au sol, des murs pastel fraîchement peints qui ne suffisent pas à raviver les lieux. C'est un peu l'idée qu'il se fait des bordels cubains. Ça lui plaît. Alejandro veut devenir journaliste et Reyes est cuisinier dans une collectivité. La fenêtre de la future chambre de Paul ouvre sur un puits de jour où l'on entend aboyer. Un chien, probablement de petite taille et répondant au nom de Cheíto en hommage à Guevara, n'obéit pas à son maître. Alejandro, dit « Ale », et Reyes qui n'a pas de surnom discutent entre eux et ont l'air d'apprécier Paul. Il peut s'installer le soir même. Paul n'a pourtant fait aucun commentaire, mis à part sa remarque sur Cuba. Considérons qu'il a interprété de façon convaincante son rôle d'étudiant plutôt sympathique pour un Français, ni trop travailleur, ni trop arrogant. Puisqu'il fait l'affaire, sans autre garantie que son sourire naïf, ses colocataires lui proposent de monter par un escalier étroit jusqu'à l'immense toit terrasse. Des gens patientent dans un canapé délavé sous l'ombre d'un parasol fixé entre deux parpaings. Un canapé en extérieur qui subit les dommages du temps a toujours quelque chose d'émouvant.

– Ils habitent aussi l'immeuble, dit Reyes, et on partage la terrasse.

Il y a là Marta, à la voie érayée, serveuse à l'angle de la rue, et aussi Pepe et Maruja, un couple de retraités qui ne jurent que par le flamenco et la révolution. Paul les salue. Cheíto est le chien de Pepe.

Une heure avant, Paul sortait de sa sieste, les yeux collés. Maintenant, il fume des joints et boit de la bière sur les toits de Séville. Du monde s'invite sur la terrasse, les uns avec des saucisses, les autres avec des brochettes. Reyes s'occupe déjà du barbecue. Des filles arrivent en groupe par l'escalier. Personne ne vient les mains vides. Il y a désormais une belle collection de chips à partager. Une rallonge alimente un large frigo qui s'ouvre par le haut, rempli d'alcools et de glaçons. Le sol gondolé fait des vagues. Paul s'arrête parfois sur des détails qu'il interprète comme des prophéties. Demain matin, il aura mal au crâne. Il ne sera pas le seul.

– N'hésite pas à te servir, dit Reyes, en fumant, en souriant.

Reyes veille à ce que chacun ait un verre, tout en branchant des câbles et des enceintes qui formeront bientôt une géographie complexe. Plus il y a de monde et mieux Paul se sent, même si personne ne lui parle. Le toit est assez grand pour se promener et se faire oublier. Il s'y connaît en discrétion, la sienne est presque métaphysique. Ce n'est pas un problème de langue, en France aussi Paul joue souvent les seconds rôles de sa propre existence. Une des raisons confusément ressenties pour lesquelles il s'est décidé à partir à l'étranger relève de cette troublante indifférence à lui-même et au monde. Plus que par la curiosité de connaître l'Espagne, sa venue pourrait s'expliquer par son envie d'apprécier une forme de relégation, être étranger quelque part et ne pas avoir à se soucier de son destin, ni à jouer des coudes pour réussir sa vie. Ses parents, qui résident dans un petit pavillon de la banlieue de Châteauroux, sont hermétiques à ce genre de questionnements que Paul se garde bien d'évoquer avec eux. Ces derniers ne voient pas non plus l'intérêt d'apprendre l'espagnol plutôt que l'anglais, beaucoup plus utile pour trouver du travail. Paul a très vite senti qu'il était au bon endroit. Les choses sérieuses sont futiles et les choses légères sont graves. Il ne s'agit pas d'une simple inversion à somme nulle qui remettrait l'ordre du monde dans sa marche habituelle. Non, cela tient davantage de la logique des rêves où le centre est ailleurs et les périphéries se vengent. La preuve : dans un bidet survit un cactus d'une douceur sans égale. Le volume sonore commence à monter et Reyes par-dessus le murmure de la houle joue du clavier, des notes assez planantes qui traversent les dimensions. Paul a l'impression d'être sur un bateau, sujet à la mélancolie. Autour de lui, tout devient pâle. Les églises de la ville, alanguies par un soleil moins écrasant, se détachent sur l'Océan où crient des hirondelles, ou plutôt des martinets ou un oiseau du type gobeur d'insectes. Il n'a jamais trop su les différencier. Paul déjà saoul s'extasie des couleurs du ciel lacéré de coups d'ailes.

Et sur ce grand navire surgit Claudia.

Parfois les gens timides se surpassent dans des proportions excessives. Difficile de comprendre ce qui lui est passé par la tête. Paul croit la reconnaître. Avec les visages d'une grande beauté, il n'est pas rare qu'opère ce genre d'illusion et qu'on ait la sensation, généralement très personnelle, d'une évidente intimité. Les distances physiques et morales se trouvent annulées et le regard de l'autre devient imprudemment celui que l'on chérit depuis toujours. Même d'assez loin, on devine que Claudia a les yeux verts, pas de ces teintes lavasses de jade et d'eau croupie qui endorment le regard, mais d'un vert obscur découpé dans le métal. Elle porte une robe de la même couleur et ses cheveux bouclés descendent en bataille en dessous des épaules. Alors que Paul reste le plus souvent sur la réserve, il s'approche d'elle.

Et il lui dit qu'elle ressemble à une forêt. Rien de moins, une forêt.

Elle marque un temps d'arrêt, assez longtemps pour plonger dans l'embarras ses amis autour d'elle.

– Une immense forêt, répond-elle sans rien ajouter.

Il n'est pas facile dans une langue étrangère de savoir à l'avance les effets que produisent les carences du vocabulaire assorties d'un accent calamiteux. Depuis le début de mon voyage, j'en sais quelque chose malgré mes efforts. Cela peut avoir un certain charme, celui d'une désarmante poésie où les mots retrouvent leur arbitraire et leur génie. Cela peut aussi vous rayer de la surface du monde. Paul penche pour cette dernière option quand il comprend que Claudia est brésilienne. Il se dit même qu'en se creusant la tête toute la soirée, il n'aurait pas pu trouver une entrée en matière plus maladroite pour adresser la parole à une fille en robe verte, au teint mat, venant d'Amazonie. Il essaie de se consoler en se disant qu'il n'avait de toute façon aucune chance, d'autant que Claudia est au bras d'un homme élégant et indéniablement plus charismatique que lui. Il essaie, mais en réalité, ça ne le console pas. Paul va se réfugier auprès de Reyes, tout absorbé par sa musique, sentant qu'il peut rester à ses côtés sans paraître désœuvré. La soirée avançant, Paul a du mal à ne pas chercher Claudia du regard.

– Elle te plaît ? demande Reyes.

– Elle me plaît, répond Paul comme si la même personne avait posé la question et donné la réponse.

– Plus que ça, non ?

Claudia passe de droite à gauche, discute avec tout le monde, dérive d'île en île avec ses grands yeux verts. Les pétards bien chargés de Reyes ont plongé Paul dans un sentimentalisme nouille. Il répète à Reyes ce qu'il a dit à Claudia au sujet de sa ressemblance avec une forêt et ce qu'elle a répondu avant que le bellâtre qui l'accompagne ne la saisisse par le bras pour l'éloigner. Reyes trouve ça plutôt drôle et fait preuve d'une grande solidarité envers Paul en détestant aussitôt ce grand type, plus âgé qu'eux, trop propre sur lui pour manger des saucisses avec les doigts.

La soirée prend fin. Paul quitte les lieux en même temps que Claudia sans avoir osé lui adresser de nouveau la parole. Elle est dans l'escalier avec ses amis, en train de rire. Il est impossible de la rattraper pour s'excuser. Sur la terrasse demeurent des conquistadors infatigables. Reyes a disparu avec une fille. Paul salue Alejandro avec lequel il n'a pas beaucoup parlé, assez cependant pour lui dire qu'il est crevé et qu'il s'installera demain. Il dormira une dernière nuit dans sa pension de la Plaza del Duque et n'aura que quelques mètres à faire pour déménager rue Jerónimo Hernández, chez « Los Jerónimos » comme se sont baptisés les habitants de l'immeuble. Il a peu d'affaires, quelques habits et quelques livres d'étudiant. Dans la rue, les lampadaires aux ampoules jaunes éclairent ses pas. Il titube le long des églises et des couvents plaqués de faïence. Des vierges tremblantes l'observent s'appuyer sur les murs. Il pense à Claudia, à ses yeux, à sa peau, à son corps, à tout ce qu'il n'a pas vu d'elle et à ce détestable latin lover qui l'accompagnait, nimbé de certitudes et de parfum à la vanille.

« Une forêt, mais quel abruti ! » Paul attrape une orange dans le caniveau et la lance haut dans le ciel par-dessus les toits. La ville est pleine de munitions pour se venger. Une orange sanguine, une orange cosmique, les fruits du hasard. En arrivant dans sa chambre, il s'écroule sur son lit en saisissant un dictionnaire.

« Foudre » vient du latin *fulgor, fulgoris* qui a donné fulgurant en français et *fulgor* en espagnol et en portugais, désignant la lumière soudaine émise par un corps, sa clarté, sa splendeur, sa luminescence. Par exagération, par analogie, par métonymie ou encore par allusion aux croyances anciennes, la foudre renvoie aussi à l'idée de vitesse, de promptitude, de brutalité ou de colère divine.

Le mot « coup » vient du grec ancien *kolaphos* qui a donné collapsus en français, *colapso* en espagnol et en portugais, correspondant à l'idée d'effondrement, de destruction et de ruine. L'expression « coup de foudre » pour qualifier la valeur extrême de la passion amoureuse et du désir est difficilement traduisible dans d'autres langues que le français et peut parfois prêter à confusion. La langue espagnole utilise le mot *flechazo*, en hommage à la flèche décochée par Cupidon, alors qu'en portugais, qu'il soit du Portugal ou du Brésil, il n'y a pas d'expression qui fasse allusion simultanément à la blessure et au feu du ciel. À la façon dont Paul Martin a regardé Claudia Ambrosio embarquer sur le toit du monde, à quelques brasses du Guadalquivir, il est certain que le « coup de foudre » est ridiculement français. Selon le dictionnaire de l'Académie, le premier à avoir frappé des êtres humains date de la fin du XVIIIe siècle, au début du romantisme, et manifeste une « exhalaison enflammée qui sort de la nue avec éclat et violence ». Et ça Paul ne le sait pas parce qu'il s'est endormi.

9 – J. CONRAD

Les derniers kilomètres sont des années-lumière. Arrivée à Santarem, je vais enfin pouvoir admirer les rives de l'Amazone. Je crois que si j'avais voulu, j'aurais eu le temps de lire *Tristes tropiques* de droite à gauche. Ce long trajet de trois jours et trois nuits durant lesquels les initiatives personnelles étaient somme toute assez rares a décuplé mon désir d'entrer dans le premier établissement à proximité de l'embarcadère et de boire une bière.

Dehors, il fait si chaud en comparaison du microclimat des autobus. Mon hôtel est situé à proximité du quai d'où partira le bateau. La chambre est sommaire. Après la douche, j'enfile mes tongs, un vieux short et un T-shirt trop grand qui me laisse respirer. Je vois de la fenêtre le fleuve alluvionnant immensément large rassembler la vie sur ses berges. Je n'irai pas nager avec les dauphins roses – il doit bien en rester quelques-uns – mais la foule qui s'agite suffit à me tirer de ma torpeur. Est-ce que ne plus penser à la France, c'est toujours y penser ?

Je m'installe sur la terrasse d'une baraque qui domine le fleuve. Les eaux marron de l'Amazone rencontrent les eaux claires du Rio Tapajós. Elles coulissent avec lenteur l'une contre l'autre. On voit le trafic incessant des bateaux, des cargos de Cargill, des barges chargées de grumes poussées par de ridicules rafiots graillonnant, des ferrys bleu et blanc à deux ou trois ponts ajourés qui ressemblent de loin à un empilement maladroit de vaisselle, des barques de pêcheurs pressés de rentrer, des hors-bord, une pirogue amarrée qui sert de ponton aux enfants qui plongent. On empile les palettes, on s'essuie le front, on décharge les diables. On sent des odeurs de cuisine, de calfatage, des relents de fuel que le vent rabat à la tombée du jour. Le soleil tropical descend vite et droit comme le jaune d'un œuf d'autruche.

J'ai pris une bière. J'entends que l'on branche une sono dans la salle en dessous. Quelqu'un hurle de faire taire le sifflement du larsen. D'autres clients s'installent à l'étage, peut-être chassés par la saturation des aigus ou n'étant pas désireux de danser. J'ai presque envie d'y aller. Bouger mon corps, ça fait longtemps, mais pas toute seule et pas ici au milieu des visages effarés. Un groupe d'hommes beaucoup plus jeunes que moi joue aux cartes et chacun me regarde à tour de rôle comme si j'étais l'enjeu d'un pari. Ils ont les yeux injectés de sang ou brûlés par le soleil. L'un d'eux fait de sa grosse bouche une poterie d'oiseau siffleur. L'alcool de canne qu'ils ingurgitent n'arrange rien.

J'ai ouvert mon livre pour faire semblant d'être occupée. La couverture où figure le portrait devenu presque familier de cet adolescent Nambikwara photographié par Lévi-Strauss est tournée vers les joueurs de cartes. Ce visage m'accompagne depuis des jours. Je me dis que Paul et Claudia ont dû longuement l'observer, eux aussi. Son regard est assombri par d'épais cheveux tombant sur ses épaules et la queue de serpent d'une mèche noire dort sur sa clavicule. À quoi peut donc servir cette tige plantée dans ses lèvres charnues ? Je ne connais rien à tout ça et je n'ai aucune idée de ce qu'une telle image peut signifier, ici au bord du fleuve Amazone. Je n'y ai pas pensé lorsque je lisais *Tristes tropiques* dans le bus, mais j'ai soudain l'impression de brandir un scalp au sommet d'une pique. Je ne prendrai pas le risque de voir quiconque m'apostropher à ce sujet. J'enfouis la jaquette dans mon sac à main. J'ai peut-être tort. C'est encore plus louche. Celui qui me verrait faire ça se demanderait pourquoi cacher le visage de cet Indien, de cet indigène, de cet autochtone, de ce jeune homme mélancolique… lui non plus, je ne sais pas comment l'appeler. Aucun de ces termes ne paraît satisfaisant. Mais qui viendra ouvrir ma boîte crânienne afin de comprendre de quelle curieuse façon s'emmêlent mes pensées ? Comment font les Anglais pour se sentir partout chez eux ? Et pourquoi n'ai-je pas hérité d'un tel don qui m'aurait permis d'être une aventurière en toutes circonstances, téméraire ou ridicule, mais sans le moindre scrupule ?

Un couple avec une petite fille rejoint l'étage. On allume des lampions qui gardent prisonniers des colonies d'insectes. Un homme à la peau noire, imposant, s'assoit à la table voisine de la mienne avec deux bouteilles de bière d'une taille exagérée, peut-être pour ne pas devoir redescendre. La petite fille dans sa robe fuchsia a déplacé les chaises autour de lui en créant des ponts et des tunnels. Il n'y en a pas sur l'Amazone. L'homme respire fort sans que l'on sache s'il est essoufflé ou si la petite fille l'agace. Un Golden Gate flambant neuf bâti en quelques minutes lui bouche la vue. Il repousse la fillette vers ses parents d'une large main qui aurait pu, avec la même fermeté, l'envoyer jusque dans le fleuve. L'homme doit avoir une cinquantaine d'années, peut-être un peu plus, difficile à dire. Tout le monde s'est tu et la mère s'emporte contre sa fille en lui disant d'arrêter d'embêter les gens. Elle le répète haut et fort : « On n'embête pas les gens ! » Dans le soleil couchant, la petite fronce les sourcils et refuse que je l'observe car il est insupportable qu'un tel chagrin fasse l'objet de compassion. Elle est obligée de remettre les chaises en place, de détruire le pont, de rester où elle se trouve, du côté de la rive qui ne l'intéresse pas. Elle plonge sa tête brune dans sa robe fuchsia. Des larmes montent aux yeux pour moins que ça.

Au lieu de disparaître, mon père aurait pu rester à regarder la tombée du jour et le fleuve ombré de mauve jusqu'à la fin des temps. J'aurais accepté d'être abandonnée s'il s'était réfugié ici, sur une barque, refusant tout de la vie sauf les couleurs. Un maigre cordage lui aurait suffi à ne pas se laisser entraîner dans le courant. Je crois que cet endroit lui aurait plu. Lévi-Strauss consacre un long passage aux couchers de soleil. L'auteur confie avoir été tant de fois traversé par ces instants fiévreux durant lesquels il notait l'expression qui lui permettrait d'immobiliser ces formes évanescentes et toujours renouvelées. Il était fasciné par les métamorphoses du ciel et les limites du langage à les saisir, celle d'un « poulpe incandescent » s'avançant vers des « grottes vaporeuses » ou lorsque avec l'obscurité tout s'aplatissait de nouveau « comme un jouet japonais merveilleusement coloré ».

Lévi-Strauss a dit qu'il s'agissait là des seules pages qui lui paraissaient pouvoir être sauvées parmi celles qu'il avait rédigées lorsqu'il était encore question, avant la guerre, qu'un roman de fiction porte le nom de *Tristes tropiques.* Il était donc prévu que « la révélation des forces opaques, des vapeurs et des fulgurations » rencontrées au crépuscule soient le début de son roman qui n'a jamais vu le jour. Il renonça à ce projet littéraire, l'un des rêves de sa vie, persuadé qu'il était en train de faire du « très mauvais Conrad », écrivain pour lequel il éprouvait une admiration éperdue. Bien des années après, il s'autorisa cependant à reproduire ces quelques pages imprimées en italique dans le livre que je tiens dans les mains et pour lequel il conserva finalement le titre, *Tristes tropiques*, en souvenir de ce que le roman aurait dû être. Lorsqu'il finit de l'écrire, en 1955, soit des années après sa tentative romanesque et plus de quinze ans après son séjour au Brésil, il n'avait plus rien à perdre. Il était persuadé qu'il n'aurait aucune carrière académique après avoir été refusé deux fois au Collège de France. Comme aimait à dire son ami Alfred Métraux, il pouvait se permettre de se « déboutonner ». Ce n'étaient pas les couleurs du ciel qui avaient décidé Jean Malaurie à envoyer une lettre à Lévi-Strauss pour le convaincre d'écrire un livre sur son voyage brésilien, mais ses photographies prises au Leica, en noir et blanc, des Indiens Nambikwara dormant à même le sol. Leur dénuement et malgré tout leur allégresse avaient bouleversé Jean Malaurie. *Tristes tropiques*, paru dans la collection Terre Humaine, contient de nombreuses photographies classées par ethnies (les Caduveo, les Bororo, les Nambikwara, les Tupi-Kawahib) et rassemblées dans un feuillet central. Peut-être en effet que ce qu'il y a autour des images, quelque 3 000 clichés réalisés par Lévi-Strauss au Brésil, n'est que littérature. Claude Lévi-Strauss a toujours aimé avec passion la photographie, sa modernité dubitative et inquiétante qui avait pourtant relégué les peintures figuratives de son père, Raymond, dans une sensibilité passée de mode. J'aurais aimé, je crois, raconter cette histoire à mon père devenu vieux, bercé par la voix de sa fille devenue grande, lui lire tous les *Tristes tropiques* inachevés qui auraient fait briller ce que la vie peut encore contenir pour un homme de son âge, la couleur des souvenirs, une histoire d'amour, les mots et les images perdus de Lévi-Strauss.

10 – RIO XINGU

Au lendemain de cette soirée où Paul n'a pas brillé par sa perspicacité, il s'est occupé de son déménagement et s'est présenté au reste des habitants de l'immeuble, « Los Jerónimos », dont il fait désormais partie. Il a rêvé de Claudia, mais il a préféré ne pas reconstituer au petit matin les images incohérentes qui lui revenaient sous ses draps. Il se retrouve trop rapidement à écouter du flamenco avec Pepe, le voisin du dessus, qui passe de vieux enregistrements vinyles de La Niña de los Peines et Antonio Mairena. Entre chaque morceau, Pepe ajoute des commentaires introductifs, des souvenirs personnels ou des vers de poètes de la « Génération de 27 » sous les yeux dociles de Cheíto. Pepe adore la poésie. Il se déplace avec sa canne, parle d'une voix tremblante, mais conserve un feu intérieur qui le hisse bien au-delà de ce à quoi le réduit la maladie. Reprendre son souffle au milieu des phrases lui permet aussi de s'interrompre et d'assurer une scansion théâtrale qui le ravit lorsqu'il parvient, après de nombreuses bifurcations, à mettre un point final à une idée. Son épouse, Maruja, freine son enthousiasme nocif pour son cœur, mais sait aussi encourager sa douce ironie. Pepe et Maruja, pour beaucoup d'habitants de l'immeuble, sont des grands-parents libres et réconfortants dont il faut parfois s'occuper. En quelques jours, Paul se sent comme chez lui, mieux que chez lui à vrai dire.

Dans son appartement, il n'y aura pas d'eau chaude tant que la chaudière ne sera pas réparée. Paul s'en accommode en proférant sous la douche des insultes catholiques. Les soirs où le lave-linge des voisins fait le bruit d'un Boeing, il monte dans l'avion et part sans crainte au son du tambour. Il fait les courses au marché de la Encarnación, achète des poulets entiers avec le cou et les abats, s'extasie de la diversité des pains andalous dont ces cons de Français ignorent tout. Il cuisine avec ses colocataires qui rapportent de chez leurs parents, installés dans quelque village voisin, du saindoux à la graisse de cerf et autres joyeusetés moyenâgeuses. Il découvre avec eux les bars de nuit de la *calle Feria*, la morgue des serveurs matinaux, et emmène ses nouveaux amis de l'autre côté de la ville pour leur faire goûter sa piquette préférée en espérant voir le Betis gagner. Le vin est toujours aussi exécrable, mais ils apprécient qu'un Français ne les traîne pas dans une fête Erasmus pour boire une sangria dont les fruits ont servi plusieurs fois. Ne rien faire d'extraordinaire est un vrai bonheur. Ils le font avec insouciance et talent. Ils regardent parfois les étoiles depuis la terrasse en se disant que le ciel reste très abstrait. Mais le plus remarquable au milieu de cet enchantement oisif est que Paul ne tarde pas à recroiser Claudia à l'université.

Il est assis à la cafétéria avec un jus d'oranges pressées grâce à cette imposante centrifugeuse jaune et vert découpant les fruits en deux hémisphères comme ceux du traité de Tordesillas dont la ligne imaginaire sépare les possessions impériales de l'Espagne et du Portugal au Siècle d'or. Disons que Paul divague au sujet de la supériorité de la péninsule Ibérique en matière de conquêtes coloniales et de jus d'orange, lorsque Claudia se plante face à lui.

– Puisque tu ne me l'as pas demandé, je m'appelle Claudia Ambrosio, dit-elle avec un léger sourire.

Paul sursaute.

– Je m'appelle Paul, Paul Martin.

L'idée traverse Paul que James Bond ne se présente pas exactement de cette façon. Claudia ne semble en tirer aucune conclusion.

– Tu ressembles tellement à un Français.

Paul manque de s'étrangler. Claudia lui sourit à nouveau.

– On est ensemble en anthropologie... le cours de Romero de Solis.

– ...

Paul, au lieu de jouer son rôle dans ce que l'on appelle habituellement une conversation, reste silencieux et inexpressif. Ça lui arrive lorsqu'une émotion inattendue le trouble. Son cerveau le condamne quelques instants à être spectateur d'un numéro de cirque où son corps se balance sur un trapèze en flammes. Il bredouille quelques mots à propos du cours d'anthropologie et déclare être heureux de parler avec elle dans cette stupéfiante cafétéria où des étudiants boivent des cafés, avec ou sans lait, et des jus d'orange naturels, avec ou sans glaçons. Indéniablement, Paul progresse en espagnol et parvient à faire des phrases de plus en plus longues qui ne veulent rien dire. Il tente de mettre un terme à sa maladresse en se levant et en précisant qu'il aimerait bien continuer à discuter avec elle, mais il a cours. Il revient néanmoins sur ses pas et prend le temps de s'excuser pour l'autre soir, ce n'était pas très malin d'avoir dit ça. Elle lui sourit. Il s'entrave dans une chaise, sans grande conséquence.

Dans un monde meilleur, Paul ne serait pas parti, il aurait pris conscience que son cours n'était pas indispensable, ni pour lui, ni pour l'avenir de l'humanité, il aurait invité Claudia à s'asseoir avant même qu'elle finisse sa phrase, il aurait trouvé une réponse amusante au fait qu'il ressemblait tellement à un Français, elle aurait éclaté de rire puis admis que Paul était quelqu'un de surprenant, elle aurait pensé, les yeux écarquillés, que sa maladresse n'était qu'une manifestation plutôt touchante de sa timidité, ils auraient marché longtemps avant d'oser s'installer sur un banc où il seraient restés des heures et se seraient quittés tard dans la nuit au bord du Guadalquivir dont l'eau sombre aurait reflété à l'identique les visages, parce que ce soir-là, un soir sans le moindre vent contraire au destin, la vie et les rêves se seraient confondus et qu'il en est ainsi lorsque les dieux retiennent leur souffle et vous invitent à vous embrasser, enfin le genre de scénario auquel on ne se prépare jamais assez.

Paul, perturbé par Claudia, ne trouve pas la salle de cours et décide de rentrer chez lui. Encore et toujours, il se perd dans les petites rues. Claudia est tellement belle. Cette phrase naïve lui vient en espagnol, mais le verbe être lui pose un problème. *Ser* renvoie à une propriété essentielle et définitive. *Estar* renvoie à l'état passager d'une qualité. Il réfléchit. Claudia est belle de toutes les façons. Paul se sent plus vulnérable ici qu'à Châteauroux, où il n'aurait pas fait des miracles pour autant. Il a certes rencontré d'autres filles, à mon avis très peu, mais toujours dans un contexte lui permettant de tenir à distance ces instants cruciaux où il fallait de toute urgence prendre une décision et se jeter à l'eau. Paul sait qu'il n'est jamais à l'aise dans ce genre de situations, mais il ignorait que sa balourdise traverserait si facilement les frontières et les langues. Il se cherche des excuses. De toute évidence, Claudia n'est pas seule. Paul n'a pas le cœur à jouer au Français transi d'amour en face d'une fille inaccessible. Autant considérer que Paul, tout en ayant pris la fuite, est déjà pessimiste quant à l'issue d'une histoire qui n'a pas commencé, pessimiste et jaloux.

Peu après cet épisode, Paul apprend que le type au sourire figé qui accompagnait Claudia à la soirée, un certain Darcy, est lui aussi originaire du Brésil. Il est plus âgé qu'eux, de dix ans environ, et travaille à Séville pour le consulat de son pays. Il semble par ailleurs ne pas avoir de problème d'argent, ce qui est souvent le cas quand on aime le golf au point de s'en vanter et de nouer son pull-over sur ses épaules. Reyes a obtenu ces informations alors qu'il traînait dans les ruelles mal famées de La Alameda à la manière de Dustin Hoffman dans *Macadam Cowboy*, cette fouine sympathique et boiteuse qui sait ce que vous mangez le matin et quelles partenaires sexuelles à toute heure vous excitent. Malgré les tentatives d'embellissement urbain liées à l'Exposition universelle, on trouve encore dans ce quartier des prostituées de différents pays et Darcy semble assez nationaliste sur ce point. Reyes conseille à Paul de laisser tomber et de garder ses distances avec cet homme. Plutôt que d'être jaloux, mieux vaut profiter de la vie, c'est-à-dire avant toutes choses, manger, faire la sieste, boire des bières idéalement fraîches et trouver des combines pour être invité à des soirées où il y aura plein d'autres filles aussi canons que Claudia. Paul lui sait gré de cette philosophie pragmatique visant à lui remonter le moral. Mais il y a chez lui, derrière sa timidité parfois maladive, quelque chose qui résiste à toute prévision et une détestation chevillée au corps de voir les filles de son âge être intéressées par des hommes plus mûrs, qu'ils soient ou non d'insaisissables joueurs de golf. À la dernière page de *Tristes tropiques* laissée vierge (mis à part l'achevé d'imprimer), Paul a dû essayer de conjurer le sort en dessinant Darcy sous les traits d'une poupée vaudou hérissée de clubs de golf et soulevant d'un air idiot un trophée de pacotille. Des coups de gomme n'ont pas suffi à effacer la magie noire.

Quelques semaines après leur rencontre écourtée à la cafétéria, Paul s'assoit dans l'amphithéâtre à côté de Claudia et lui offre un dessin, non pas de Darcy mais d'elle allongée dans une pirogue en train de descendre une rivière. Le cours a commencé et les empêche de bavarder, ce qui arrange Paul le temps qu'il s'habitue à la présence érotique de Claudia. Elle essaie de lui dire quelque chose à l'oreille, mais il l'arrête, faisant celui qui n'entend rien à cause de l'eau des cataractes. Claudia n'en reste pas là et se met à imiter le piaillement d'un cacatoès ou tout au moins d'un oiseau qui fait rire l'assistance. Paul rougit et parvient si mal à se faire oublier que toute l'assemblée le voit posé sur une branche à la merci de la première flèche. Au lieu de l'exécuter, le professeur Romero de Solis, habitué à ce genre de provocation, profite de cette aubaine pour immerger les étudiants dans les forêts du Rio Xingu. Quelque part dans cette région où les oiseaux de la canopée semblent se moquer du monde, le colonel Percy Harrison Fawcett alors âgé de 58 ans, son fils aîné Jack et Raleigh, un ami de ce dernier, ont mystérieusement disparu. Nous sommes en 1925. Cette énigme a donné lieu pendant presque dix ans à toutes sortes d'hypothèses à leur sujet, tués par les Kalapalos pour certains, ayant trouvé les portes terrestres menant à l'Atlantide pour d'autres. Les scénarios les plus extrêmes envisageaient que le colonel Fawcett et ses acolytes avaient rejoint les déesses mères ayant sorti les civilisations du chaos primordial. À l'époque, l'affaire a passionné l'Europe plus que n'importe quel roman d'aventures et a fait les gros titres de la presse internationale. Une annonce est publiée dans le *Times* : « Expédition exploratrice et sportive, sous la direction d'un guide expérimenté. Départ juin, expl. rivières intérieures Brésil et si possible retrouver colonel Fawcett, gibier petit et gros abondant, pêche exceptionnelle, place encore pour deux fusils, références très sérieuses souhaitées. » Parmi ces fusils se trouvera l'aventurier Peter Fleming, frère du créateur de l'agent 007, bien conscient que le récit ironique qu'il ferait de son voyage en *terra incognita* n'aurait à souffrir d'aucune contradiction. Il ne fut pas le seul à se laisser séduire par cette idée. Une ribambelle d'explorateurs plus ou moins crédibles se sont lancés à la recherche de Percy Fawcett, persuadés qu'ils le retrouveraient et mettraient fin à ce mystère. Aucune de ces missions n'a jamais abouti et beaucoup de ces malheureux, pas moins d'une centaine dit-on, se sont à leur tour perdus dans les profondeurs dévoratrices du Xingu.

Seul Tintin dans *L'Oreille cassée* permettra de garder espoir puisque Fawcett sous les traits d'un vieil homme hirsute nommé pour l'occasion Ridgewell, devenu virtuose de la sarbacane au contact des Arumbayas, y sauve Milou de la morsure imminente d'un serpent aux écailles jaunes. Capturés ensuite par les Bibaros, Tintin et Fawcett alias Ridgewell sont alors offerts en sacrifice aux esprits de la forêt. Mais contre toute attente, ces derniers, par l'intermédiaire d'une statue qui se met à parler, ordonnent aux Indiens, tremblants d'adoration, de libérer les prisonniers sur-le-champ parce que l'habile aventurier, en plus d'être anglais, est aussi ventriloque ! « La ventriloquie, mon jeune ami, c'est mon violon d'Ingres », dit-il à un Tintin médusé par le talent insoupçonné du vieil homme. Et le reporter en culotte de golf de répondre : « Ça par exemple ! » Le professeur Romero de Solis fait remarquer que tous les anthropologues sont un peu ventriloques. Les étudiants peuvent prendre note. Après ne pas avoir tari d'éloges sur les aventures de Tintin et retenu l'idée d'Hergé selon laquelle Percy Fawcett aurait souhaité avant toutes choses fuir la civilisation, Romero de Solis ferme les volets de l'amphithéâtre, plonge l'assistance dans l'obscurité et, pour ne pas que les étudiants s'endorment malgré sa faconde, leur fait écouter un enregistrement sonore des mélodies de la forêt, les mêmes frémissements de feuilles entrecoupés de cris d'oiseaux que Paul connaîtra dans quelques mois.

II – INCROYABLES FLORIDES

J'ai dormi comme une étoile de mer posée sur un drap blanc et je m'étire longtemps pour me venger des mauvaises nuits. Je n'ai fait aucun rêve, ni érotique, ni aquatique, ni forestier. C'est bien la peine d'être au Brésil.

Un café soluble, décaféiné, équitable, en dosette individuelle, est à la disposition des clients dans leur chambre. Au-dessus du lavabo, il est indiqué qu'il faut économiser l'eau pour des raisons écologiques. Les hôtels de Santarem mettent à contribution les touristes pour sauver la planète. La blague ! Je soulève la guillotine de la fenêtre et laisse entrer l'air tiède. Je fume une cigarette. Je louche sur sa combustion régulière. La conscience de ma respiration, de son rythme, de sa répétition, devient ma seule horloge. Le temps ne s'arrêtera jamais et quand j'aurai disparu, il s'arrêtera. À moi, l'Amazone.

Les quais ont repris vie avec la même agitation que la veille. Les moteurs des bateaux tournent depuis des heures et des files de passagers patientent. Je pourrais encore renoncer. On peut toujours renoncer, à tout moment, au lieu de continuer par orgueil à faire quelque chose que l'on n'a pas envie de faire. Je devrais créer une école pour apprendre à renoncer. Je ne parle pas d'un renoncement bouddhiste ou hautement philosophique, mais d'un simple abandon, un jeté d'éponge sur un ring tout ce qu'il y a de plus modeste. Je jette l'éponge, l'arbitre arrête le combat, mon ennemi reconnaissant me prend dans ses bras. D'une certaine façon, je suis la gagnante d'une épreuve que personne n'a placée à ce niveau. J'offre la victoire. Je suis certaine que cette formation tout au long de la vie marcherait du tonnerre. Ensuite, les gens resteraient chez eux à lire des magazines futiles ou les étiquettes des yaourts sans jamais penser qu'ils perdent du terrain par rapport à ceux qui ne le font pas. Ils seraient sans hâte, sans aigreurs d'estomac, sans lubies régressives.

Je pourrais téléphoner à Sergio Carlos Andrés Cardoso et lui dire que j'ai changé d'avis. « Monsieur, je me suis trompée. Cet Indien ne m'intéresse plus. Je crois que je voulais simplement me changer les idées, quitter Paris pour un temps, fumer une cigarette à la fenêtre et me faire croire que la vie est une grande aventure pleine d'agréables surprises. À la place, je vais rester à l'hôtel, je vais lire, boire du café en dosette et méditer sur le destin de Claude Lévi-Strauss. Ce sera bien suffisant. Saviez-vous qu'il voulait être peintre, musicien, architecte, romancier, auteur dramatique. Oui, tout ça. Il aimait raconter des histoires, mais il a jeté l'éponge par modestie. Il a trouvé sa voie à travers la somme de ses renoncements et grâce à son inépuisable désir de comprendre ce que sont les humains, au-delà de toute autre ambition. Allô, Sergio ? Vous m'entendez ? »

Des hamacs occupent déjà le pont supérieur du bateau. J'ai fixé le mien entre une grosse chrysalide qui ronfle en écoutant la radio et une famille nombreuse qui a tout prévu pour le voyage, les glacières, les jeux de cartes, les couches pour les enfants en bas âge. Je suis rassurée par leur présence. La gaieté de l'enfance me conforte dans l'idée qu'il ne peut rien m'arriver de grave. Je n'ai pas les mêmes craintes qu'en avion, mais tout ce qui flotte sur l'eau me paraît tout de même assez provisoire. Des dockers finissent de charger des caisses dans les cales pendant que des oiseaux, gros comme des corbeaux, se disputent sur le quai des restes de nourriture.

Je m'avance jusqu'à la rambarde, à l'avant du pont, du haut de laquelle on aperçoit la géographie compliquée des îles et des courants qu'il faudra franchir pour remonter le fleuve. À peine larguées les amarres, nous passons au ralenti le long d'une épave plantée dans un banc de sable, sur les flancs de laquelle je devine des lettres effacées. Le générique défile sous mes yeux. Le A noir de l'Angoisse, le I rouge de l'Inquiétude d'un *Titanic* tropical. Le soleil dissipe la brume et laisse apparaître la présence menaçante de la forêt qui me suivra jusqu'à Manaus. Je tape le mot Manaus sur mon téléphone portable pour essayer d'appréhender une énième fois la distance qu'il me reste à parcourir. Il n'y a plus de réseau ou alors mon portable commence à montrer des signes de faiblesse. Jeanne Beaulieu clignote en bleu mais elle n'est pas là où elle se trouve.

Manaus et la promesse de son ambiance végétale me font penser aux marécages de Miami. J'avais eu la chance incroyable, au collège, de faire un échange linguistique en Floride. Je n'avais quasiment pas quitté la maison de mon correspondant, un adolescent nommé Mickael avec un très gros nez auquel je n'avais rien à dire. Avec son père, nous avions malgré tout visité le parc national des Everglades, ce qui pour moi était une expérience extraordinaire, même à travers la vitre de la voiture, alors que Mickael trouvait ça nul. Une ville du nom de Manaus située dans l'État de Floride n'aurait pas été plus incongrue que les autres doublures internationales que j'avais repérées sur la carte routière de la région : Naples, Melbourne, Bristol, Oviedo, Inverness, Hollywood, Arcadia. Ces doublons toponymiques éveillaient en moi des possibilités infinies d'échapper à la réalité et offraient des raccourcis bien pratiques. Et que penser de la lointaine et mystérieuse Jupiter située dans le comté littoral de Palm Beach ? Pendant mon séjour, j'avais lu *Le Bateau ivre*, un des poèmes de l'enfance auquel je n'avais rien compris et dont je mélange encore les images. « J'ai heurté, savez-vous, d'incroyables Florides, mêlant aux fleurs des yeux de panthères à peaux d'hommes ». Je voyais tantôt dans le feuillage un Indien recouvert d'une peau de bête, tantôt un jaguar au pelage de fleurs qui aurait eu les yeux d'un homme. Depuis les rives de l'Amazone, cette panthère ressurgit en griffant ma mémoire. Par je ne sais quel sortilège, l'Indien que je cherche aurait pu croiser mon regard à travers le poste de télévision, se souvenir de moi, enfant, et se serait réjoui de savoir que les plantes, les animaux et les humains étaient alors indistincts ; ils l'étaient seulement dans mon imagination ainsi que dans les mots du poète halluciné.

Il y a sur le bateau un air de fête, la rive qui s'éloigne, le vent dans les hamacs, des inconnus qui voyagent ensemble. Pourtant, je me sens plus seule encore que dans l'autobus où chacun se repliait sur soi. L'accumulation des heures de route depuis le départ de São Paulo m'a plongée dans une forme d'hébétude. Je n'ai pas prononcé plus de deux mots à haute voix depuis des jours. Autour de moi les gens parlent fort de la chaleur, du manque de bulles dans le coca-cola, d'une grenouille jaune qui n'est pas venimeuse. Ça m'arrive parfois de passer de longs moments sans rien dire quand je reste à Paris au lieu de partir en vacances comme les autres. J'écoute alors de la musique, je déambule sur les Grands Boulevards, je me noie dans la foule pour m'oublier, puis je lis tout et n'importe quoi avec un égal désir et plein d'idées derrière la tête. S'il n'était question de recueillement religieux ou de purification intestinale, je comprendrais les gens qui s'adonnent de temps en temps à des retraites dans un monastère pour faire corps avec quelque chose qui les dépasse, le tout, le néant, qu'importe. Mais je pressens que beaucoup se perdent dans le silence et sombrent dans les eaux noires de la folie, celles où reposent le *Titanic* et notre orgueil. Il paraît que l'eau du fond des mers est d'une acidité telle que les squelettes ont d'ores et déjà disparu, de même que se dissoudront d'ici quelques années les plaques d'acier du paquebot. Un avion qui coulerait avec tous ses passagers subirait le même sort s'il s'enfonçait dans une fosse océanique. Seules peut-être les voix coincées dans les bulles sous-marines de notre dernier souffle remonteraient à la surface. Celle de Lévi-Strauss me parvient lorsqu'il se désole de l'humanité. Quelque chose nous relie, lui et moi, la certitude d'un ennui profond contre lequel rien ne pourra jamais rien, ni l'aventure, ni le savoir, ni les mots. Ça m'inquiète un peu. Je ferais mieux de jeter *Tristes tropiques* par-dessus bord au lieu de poursuivre les chimères des autres.

La malédiction de l'Amazonie pour ceux qui y sont morts ou qui n'en sont jamais tout à fait revenus n'est pas celle de « l'enfer vert », mais bien celle d'avoir écouté les récits des imprudents qui les ont précédés. Chacun part avec un rêve en tête et finit la peau sur les os, ravagé par la faim, couvert de morsures et de piqûres d'insectes, parfois percé de flèches, à regarder les feuilles des arbres indifférents que le vent agite par habitude. Combien d'explorateurs enthousiastes se sont perdus en suivant le journal d'un géographe qui lui-même avait lu de trop près les chroniques d'un fou ? Combien sont morts en se laissant séduire par le royaume de « l'homme doré », ce cacique couvert de poudre d'or dont il fait don le soir venu à l'eau du lac ? Si les cités d'or sont restées introuvables sur les plateaux andins, peut-être se situaient-elles plus à l'est, dans la forêt amazonienne. Gonzalo Pizarro, le frère de Francisco, y crut à la folie, au point de pénétrer dans cette jungle avec deux cents cavaliers en armure et quatre mille esclaves indiens, des porcs, des chiens, des chevaux, des lamas, laissant dans son sillage une hécatombe sanguinaire. Son second, Francisco de Orellana, alors qu'il descendait une rivière pour trouver de la nourriture, se mit en tête, ne pouvant remonter le courant, de continuer les recherches en aval avec son équipage. Plus d'un an après leur départ des Andes, ils atteignirent l'océan Atlantique. Aucun autre grand fleuve n'a été découvert de la sorte, à rebours, de l'amont vers l'aval, de la source inconnue vers l'embouchure. Un an de descente aux enfers à croiser des créatures fantastiques. Orellana mourut quelques années après son exploit, sur les rives de ce même fleuve, brûlé par la fièvre de son rêve et les fantasmes de son chroniqueur, Gaspar de Carvajal, qui dans sa *Relation de la première descente de l'Amazone* ne doutait pas qu'un jour ils se couvriraient d'or. Ils y étaient presque. L'Amazonie porte le nom maudit d'une hallucination. C'est pour cette raison, pour mettre un terme aux hallucinations glorieuses, que Lévi-Strauss de retour de son séjour au Brésil dira haïr les voyages et les explorateurs.

Ces rêveries menaçantes ne m'empêchent pas de profiter de la beauté du fleuve. Moi aussi, je suis convaincue par moments qu'il me conduit quelque part malgré les pièges des méandres, les bras morts, les lagunes, les mangroves, les pelouses à fleur d'eau et les îles qui ne sont pas des îles. Je le remonte. Parfois, en raison des courants, le bateau se rapproche de la forêt. Les bancs de sable couleur cognac s'éclairent sous mes yeux, les racines gluantes retiennent des gradins de boue au-dessus desquels les arbres aux troncs clairs se redressent, les feuillages déploient leurs découpures, les palmiers leurs piquants et les lianes qui empêchent d'accéder à la rive présentent leur impénétrable écheveau. Le soir approchant, les gens se mettent à parler plus bas, sans raison. Les cris perçants venus du rivage s'amplifient comme si les créatures du jour indiquaient à celles de la nuit de prendre le relais afin que jamais ne cesse le vacarme de la vie, sa musique, non plus celle des routes poussiéreuses mais celle qu'offre le réseau des rivières et des plantes. Le grésillement nasillard de la télévision devant laquelle se groupent les passagers vient compléter cet orchestre. Une dame me dit que c'est l'heure des informations, mais qu'après, il y aura la télénovela *Piments d'amour* qu'elle ne rate jamais. L'écran lumineux attire aussi les insectes et fait presque oublier le coucher du soleil, bleu pâle, gris perle, jaune vif, orange nacrée, rose couleur de rose, rouge feu.

Je n'ai pas eu la force de jeter *Tristes tropiques* par-dessus bord. J'aurais fait couler Paul et Claudia au fond des eaux. Je suis remontée d'un étage pour m'installer dans mon hamac, à côté duquel l'homme qui ronflait s'est enfin réveillé. Je l'ai reconnu à ses larges mains qu'il passe sur son crâne. Il s'agit du colosse qui sur la terrasse, à Santarem, a écarté la petite fille à la robe fuchsia dont les échafaudages de chaises masquaient l'horizon. Lui aussi m'a reconnue.

– Vous aimez lire ? me demande-t-il en anglais.

– Oui.

– Ça finit bien ?

– Pas vraiment. Ni bien, ni mal. C'est un livre sur le Brésil, une sorte de récit de voyage.

Je lui montre le titre en levant le bras par-dessus le tissu du hamac sans savoir s'il regarde vraiment.

– Connais pas. Vous êtes française ?

– Oui.

Sa voix change.

– Je parle un peu votre langue, dit-il en français. Ma grand-mère parlait couramment, ajoute-t-il avec un accent tout droit sorti des bayous de la Nouvelle-Orléans, avant de revenir immédiatement à l'anglais. Je suis américain.

– Touriste ?

– Non.

– Business ?

– Non plus. Ni tourisme, ni business. Je vis au Brésil depuis longtemps.

– Et vous voulez rencontrer une Française qui aime lire, c'est ça ?

– Ah, surtout pas, dit-il en riant. Je n'aime pas trop les Français. Et les livres, c'est pas mon truc.

– C'est quoi votre truc ? Dormir ?

J'ai appris à répondre aux vacheries avec douceur. Je me redresse pour affronter son visage, mais l'homme reste profondément enfoncé dans son hamac.

– Les pirogues, me dit-il.

– Vous faites de la pirogue ?

– Non, je les répare et je dépanne les gens.

– Pourquoi n'êtes-vous pas en pirogue, alors ?

– Je suis venu voir ma femme et ma fille à Santarem. Je rentre à Manaus.

– Ça vous a fatigué, visiblement.

– Pour être franc, oui. Vous êtes comme une abeille, vous !

Je préfère ne rien répondre. L'homme respire fort, essoufflé par ces quelques mots.

– Je m'appelle Big James.

– Enchantée, Big James, je m'appelle Jeanne.

Je n'ose pas lui tendre la main dans cette position, à moitié allongée. Je suis bien capable de perdre l'équilibre et de partir en vrille. Contrairement à ce que l'on croit, paraître décontractée dans un hamac exige un peu de pratique. Malgré sa connaissance du français, l'homme semble surpris par mon prénom qu'il prononce plutôt comme John ou Jehanne. Il le répète plusieurs fois.

– John, Jehanne, John.

– Jeanne, voilà, c'est ça.

Je me permets de le reprendre pour clore ce moment gênant.

– Et vous, Jehanne, qu'est-ce que vous faites ici ?

– Je vais à Manaus, moi aussi.

– Vous connaissez ?

– Pas du tout, c'est la première fois que je viens au Brésil.

– Et vous allez à Manaus ?

– J'ai rendez-vous. J'ai rendez-vous avec un réalisateur.

– Vous travaillez dans le cinéma ?

– Oui.

– Ah bon ?

– Non, pas du tout, dans l'immobilier, enfin j'ai démissionné.

– Vous avez démissionné pour venir visiter Manaus ?

– On peut dire ça comme ça, mon patron sentait mauvais, je suis partie le plus loin possible de lui.

Big James se met à rire et boit une rasade d'un liquide blanchâtre au goulot d'un bidon en plastique.

– Vous voulez goûter ?

J'hésite, puis je m'autorise ce grand saut dans l'inconnu en tendant le gobelet de mon thermos.

– Pourquoi pas, dis-je sans trembler.

– Cachaça-coco.

Je trempe les lèvres avec prudence.

– Pas mauvais, je dois avouer.

– Vous pouvez dire carrément délicieux.

– C'est votre femme qui prépare ça ?

– Non, c'est Big James comme un grand, celui qui aime l'alcool, le tabac, le bacon et quantité de choses irremplaçables.

– Big James, le pirate.

– Vous ne croyez pas si bien dire.

Il sort sa jambe du hamac et laisse pendre une prothèse fixée à partir du genou. Un frisson me parcourt au moment où le vent se lève. La nuit déjà nous enveloppe. Je ne sais pas quoi répondre et je vide mon gobelet qu'il remplit à nouveau comme s'il y avait un quelconque rapport entre sa jambe amputée et ma liberté de refuser. Il boit de grandes gorgées et s'ouvre un paquet de chips qu'il pose sur son ventre. Il n'a pas l'intention de partager. La famille rassurante qui s'était installée près de nous n'est pas remontée sur le pont supérieur, sans doute absorbée par la télénovela dont les épisodes s'enchaînent. On entend d'ici les personnages de *Piments d'amour* articuler avec exagération de peur d'être mal compris.

Raimondo : « Je ne peux pas, Belinda ! »

Belinda : « Mais pourquoi, Raimondo ? »

Raimondo : « Parce que Natalia est ta sœur et c'est aussi ma femme ! »

Belinda : « Je sais bien que c'est ma sœur… et aussi ta femme ! »

Raimondo : « Après cet incendie, j'ai le cœur chamboulé, vois-tu ce que je veux dire ? »

Même de loin, je saisis le fond de l'affaire. Raimondo va-t-il tromper son épouse Natalia avec Belinda (sa sœur jumelle) alors que la piste criminelle au sujet de l'incendie des écuries d'Alfredo est écartée par l'inspecteur qui mène l'enquête ? Alfredo étant le père de Natalia et Belinda, donc le beau-père de Raimondo quoi qu'il advienne par la suite. Le suspense est à son comble, mais la réponse est oui. La plupart des téléspectateurs le savent. À écouter leurs commentaires, ils ont déjà vu cet épisode, plusieurs fois même, et c'est pour cette raison que ça leur paraît encore plus injuste de se dire que la pauvre Natalia finira cocufiée par sa sœur et encore plus révoltant de voir l'inspecteur Jacaré faire toujours aussi mal son travail ! L'inspecteur Jacaré, avec un nom pareil, sa fine moustache et son air sadique, tout le monde le déteste. À force de passer les mêmes épisodes, on pourrait s'attendre à ce que les personnages s'améliorent ou apprennent quelque peu de leurs erreurs. Mais non, ils s'entêtent à agir de la même façon, ce qui rend les méchants définitivement méprisables sur le fleuve Amazone.

Big James a remonté sa jambe dans le hamac. Il met à sa bouche un inhalateur en spray et s'envoie dans les poumons deux ou trois bouffées. Il retient sa respiration pendant de longues secondes, puis expire à la manière d'un cachalot. Il sourit sous les effets conjugués de son bronchodilatateur et de la cachaça-coco.

– Lisez-moi quelque chose en français.

Je ne m'attendais pas à ça. J'ouvre *Tristes tropiques* un peu au hasard quand une idée me vient.

– Il y a un chapitre qui s'appelle « en pirogue », chez les Indiens Tupi-Kawahib, ça va vous plaire.

– Les Indiens ? Pas sûr. Allez-y toujours.

Je commence la lecture :

– « Voilà des semaines que la même savane austère se déroule sous mes yeux, si aride que les plantes vivantes sont peu discernables des fanes subsistant çà et là d'un campement abandonné. »

Après être allée au bout de la page, je m'arrête.

– Alors ? Ça vous plaît ?

– Vous ne lisez pas du tout comme ma grand-mère. Mais ça me plaît. C'est agréable à écouter.

– Merci.

– Pour l'instant, il n'y a pas de pirogue, c'est ça ? Elle vous intéresse, cette histoire ?

– Je ne sais pas. Oui, il y a des choses que je trouve intéressantes.

– Vous n'avez pas l'air convaincue.

– Mais si, je le suis. Il y a des phrases que je trouve belles, aussi.

– Je n'y connais rien. Ma grand-mère lisait, elle aimait ça. Les histoires d'amour surtout, un peu…

– Coquines ? Nunuches ?

– Nunuches, voilà, ou qui finissent en pleurs. Moi, je n'ai jamais aimé ça, mais pendant que je prenais mon goûter, elle me tenait au courant de ce qui s'était passé. Je voyais que ça lui faisait plaisir, je rajoutais deux ou trois commentaires pour lui montrer que je m'intéressais et j'en profitais pour me resservir un grand verre de lait. Plutôt malin, non ? Vous voulez encore du cocktail de pirate ? J'ai un autre bidon.

– Je veux bien, un tout petit peu.

– J'ai l'impression que c'est votre truc.

– Les livres ou la cachaça-coco ?

– Jehanne, qu'est-ce que vous venez faire à Manaus ? Je ne suis pas sûr que ce soit un endroit pour vous.

– Pourquoi dites-vous ça ?

– Je ne sais pas. Vous m'avez l'air un peu délicate.

Big James est assez direct. Il s'est extirpé du hamac et se redresse en se tenant les reins. Je le vois debout pour la première fois. Il est grand. Ses mains fortes s'agrippent aux poutrelles. Il a des allures de géant maladroit à cause de sa jambe, mais on ne doit pas souvent lui chercher des ennuis. L'un de ses yeux se ferme, un peu comme celui de cet acteur américain, comment s'appelle-t-il, déjà ?… Forest Whitaker ! Il vaut mieux que je reste allongée. Je ne suis pas certaine d'être en état de me lever avec la même agilité que lui. Il faudra bien un jour avouer que je ne tiens pas l'alcool au lieu de faire croire l'inverse au nom de je ne sais quel héroïsme de l'adolescence. Mais j'adore quand l'ivresse fait de moi un double insolent. Cela m'a manqué ces derniers temps.

Les moteurs du bateau continuent leur bourdonnement régulier. Je m'allume une cigarette, « la torche de la liberté, symbole de l'émancipation et du glamour » comme dit parfois ma chère mère. Je rattache aussi mes cheveux pour ne pas risquer de les brûler dans cette position et parce qu'ils me tiennent trop chaud. Big James revient d'un pas lent, dissymétrique et chaloupé. Il s'emmaillote dans son hamac. Le tissu grince sous son poids. Il se balance et saisit l'anse de son bidon comme s'il tenait un vase antique. Je ne peux pas m'empêcher de le regarder. Ayant réussi à ne pas me perdre au pays enchanté de la cachaça-coco, je m'avance jusqu'au bord de la falaise et je saute à nouveau dans le vide.

– Big James, voulez-vous que je vous raconte une belle histoire ?

– Allez-y toujours.

– L'histoire de Paul et Claudia.

La nuit nous a conduits beaucoup plus loin que je ne l'aurais imaginé. La vie est si peu chronologique. C'est Lévi-Strauss qui le dit. J'ai commencé par Paul buvant du mauvais vin dans un bar de Séville. Big James ne savait pas vraiment où se situait l'Espagne, mais il était friand d'anecdotes.

– Est-ce que les Espagnols aiment le foot autant que les Brésiliens ? s'est-il inquiété.

– Oui, autant que les Brésiliens.

– Quel désastre, a-t-il commenté.

Puis je lui ai parlé de Claudia se prélassant au bord de la piscine, peut-être parce que dans la moiteur amazonienne à peine rafraîchie par le vent, j'avais moi-même envie de me baigner. À ma grande surprise, Big James ne voulait plus que je m'arrête de lui raconter cette histoire. J'ai continué, j'ai improvisé, je me suis perdue dans des digressions que le rythme indécis du bateau me faisait emprunter. J'ai marqué des pauses pour boire quelques gorgées de cachaça-coco et laisser au silence de la nuit le temps de donner forme à tout ce qui manquait. Les vides, les creux, les blancs nous invitaient à nous regarder dans les yeux pour trouver des réponses. J'ai décrit à Big James des lieux qu'il ne connaîtra sûrement jamais et qu'il imaginait sortis d'un conte. Parfois il faisait semblant de s'intéresser, parfois il s'intéressait vraiment. Big James a en effet un certain talent pour écouter d'une oreille distraite, pas insensible par ailleurs au charme de Claudia.

Ça m'apprendra.

12 – TATOUAGES CADUVEO

Paul fend au cutter une cartouche d'encre au-dessus du lavabo et taille en pointe une allumette. Il s'en est mis partout. Le bleu s'égoutte dans une assiette. Paul n'aurait jamais osé faire une chose pareille, mais Claudia le lui a demandé. Lévi-Strauss écrit : « À quoi donc sert l'art caduveo ? [...] Les peintures de visage confèrent d'abord à l'individu sa dignité d'être humain ; elles opèrent le passage de la nature à la culture, de l'animal "stupide" à l'homme civilisé. » Paul ne sait pas s'il peut faire confiance à Claudia. Ils sont debout et s'observent dans le miroir. Ils ont chaud. Il se tient derrière elle. Ça leur donne un air étrange, comme si quelqu'un d'autre qu'eux seuls les regardait faire. Paul ne connaît pas de plus joli visage, il ne connaît pas de plus joli sourire, il ne connaît personne d'autre. Paul saisit l'allumette entre le pouce et l'index, la plonge dans l'encre et laisse Claudia guider sa main. Elle commence par dessiner sur ses lèvres à elle des spirales, partage en deux son visage avec des pointillés, plonge à nouveau la main de Paul dans l'encre, puis trace d'un côté de fines volutes, des stries, des croix, des arabesques, des figures baroques qui rejoignent son cou. Le cœur de Paul bat fort. La main de Claudia l'empêche de trembler. Claudia sourit. Il n'a jamais vu un sourire d'aussi près. Il n'a jamais vu personne sourire. Il souffle doucement dans son cou pour faire sécher l'encre. Elle ferme les yeux. Elle retire son chemisier blanc et son soutien-gorge tout en gardant les yeux fermés. Que peuvent bien conférer à l'individu les peintures du corps ? Lévi-Strauss ne le dit pas. Paul s'en fout de ce que pense Lévi-Strauss. Il regarde les épaules de Claudia, les creux de ses clavicules qu'il n'a encore jamais vues, ses seins qu'il n'imaginait pas si gros, son ventre sombre et creusé, les attaches iliaques de ses hanches qui saillent. Paul manque d'air, sa bouche s'assèche, il n'est pas prêt à cette mise en scène, à cet érotisme exagéré auquel il ne comprend rien. Elle ouvre les yeux, défait le crochet de sa jupe qui glisse au sol. Aucune femme ne l'a jamais regardé ainsi. Claudia retire l'allumette des doigts crispés de cet empoté. Elle prend à nouveau la main de Paul, lui caresse les phalanges et les plonge contre elle entre ses cuisses. Il n'ose fixer dans le miroir que les yeux de Claudia, ses yeux vert sombre et or rehaussés d'encre bleue. Elle respire fort contre lui, elle embrasse ses lèvres, les mord et retient jusqu'à l'orgasme la main de Paul dans la sienne.

Elle reste un moment à ne rien dire, le corps moite blotti contre Paul. Il la prend dans ses bras comme si elle était triste, mais elle n'est pas triste. De la tristesse elle emprunte les soupirs, les soubresauts d'une respiration profonde et les bruits sous-marins. Elle se sent bien. Elle a envie de se baigner. Elle l'entraîne par la main dans les grands escaliers de pierre. Il panique de voir qu'elle se promène nue dans cette maison.

– Je te dis qu'il n'y a personne.

Il hésite à la suivre, mais il la croit. Il se déshabille à son tour en balançant ses vêtements par-dessus la rampe pour témoigner d'un peu d'audace. Il sait déjà qu'il en manquera. Ça la fait rire de le voir nu là où toute la famille, d'habitude, descend et monte élégamment les marches du palais. Dans le jardin, le soleil les aveugle. Ils courent sur le gazon tondu à ras et plongent à pic dans la piscine. L'eau fraîche les saisit. Ils sont heureux. Ils se serrent l'un contre l'autre, s'embrassent sur la bouche en s'emmêlant les jambes pour maintenir à flot leurs baisers bleus. Les vagues scintillent, leurs corps s'agitent, les mouvements de l'eau déforment autour d'eux leurs silhouettes.

– Et Darcy ? demande-t-il.

– Darcy ? Quoi Darcy ?

Elle éclate de rire.

– Darcy va être très fâché, ajoute-t-elle.

Claudia laisse Paul errer quelques instants dans ses pensées. Voyant qu'il ne reviendra pas tout seul de tant d'inquiétude et de jalousie, elle lui pince le nez.

– Il s'appelle Darcy Ambrosio, patate. C'est mon cousin. On a grandi ensemble.

Paul plonge, attrape les pieds de Claudia et la fait couler de longues secondes jusqu'à ce qu'elle se débatte assez violemment pour se libérer. Paul se sent bête et content. Comment peuvent-ils être cousins ?

– C'est mon cousin germain, du côté de mon père. J'ai

été adoptée quand j'étais toute petite. Il donne toujours l'impression qu'on est ensemble, il ne peut pas s'en empêcher. Il fait ça pour me protéger.

– Te protéger de quoi ?

– De tout, des gens, de toi. Mes parents sont terrorisés à l'idée de laisser leur fille toute seule, loin d'eux.

– Mais tu n'es pas toute seule.

– Non, justement. S'il se passe quoi que ce soit, il y a Darcy ! Il est gentil, tu sais. C'est quelqu'un de bien.

– Je ne suis pas sûr que tu connaisses tout de lui.

– Houlà, Paul Martin a mené sa petite enquête. Alors, tu n'es pas qu'un doux rêveur, maladroit, timide, empoté et irrésistible.

– Je me suis renseigné.

– Et ?

– C'est pas une flèche au golf...

– Tu vois que mes parents ont des raisons de se faire du souci avec des gens sur terre aussi fourbes que Paul Martin.

– Tu me bouleverses.

– Je suis bouleversante. Quoi que tu penses de ma famille, crois-moi, je t'en supplie.

Ils sont sortis de la piscine, ont remonté l'escalier en mettant de l'eau partout dans la maison pour rejoindre la chambre de Claudia. Ils ont fait l'amour en prenant tout leur temps et ils ont recommencé. Ils ont tout recommencé depuis le début, non pas parce que c'était raté, mais parce que c'était bien et qu'avant d'exister pour la première fois, ce moment les attendait depuis la naissance du cosmos. Paul est bien capable de sortir ce genre de phrases, un peu au hasard. De toute façon, il est difficile de prouver le contraire de ce qu'il dit et l'on doit se résoudre à l'idée que le mystère des origines et la succession des êtres humains qui se sont reproduits depuis que la vie est apparue sur terre les ont menés jusqu'à ce lit, à cet instant précis où Claudia sent Paul la pénétrer. Ils se promettent qu'ils ne se quitteront plus jamais. À cet âge, on y croit tous les jours et on ne connaît rien de plus émouvant que de faire disparaître la nuit des temps en ouvrant les yeux ensemble au réveil. Les sillons, les lacunes florales, les trous noirs, les soleils, les couleurs qui se trouvent dans leurs iris acquièrent la dimension de l'univers. Rien d'égoïste alors à ce que rien d'autre ne compte davantage, de fin septembre au mois de mai, pendant les deux cent cinquante jours où ils vont s'aimer. Le 12 octobre 1992, un lundi, Paul offre *Tristes tropiques* à Claudia, la date anniversaire des cinq cents ans de la découverte de l'Amérique et celle de la fermeture de l'Exposition universelle de Séville. Des larmes lui montent aux yeux de recevoir de Paul un livre en cadeau. Elle le serre fort contre sa poitrine.

Paul Martin et Claudia Ambrosio ont laissé dans cet exemplaire le témoignage de leur histoire. Ils m'offrent ce qui chez moi s'est évanoui trop vite ou n'a jamais existé, un amour évident, ridicule, éblouissant. Après m'être longtemps interrogée sur ma capacité à m'émouvoir lorsqu'on me parle de sentiments dans la vraie vie, l'histoire de Paul et de Claudia fait renaître en moi l'espoir d'une tendresse et d'une responsabilité. La tendresse, je crois l'avoir toujours fuie et je me suis tenue à bonne distance de la responsabilité, endossant souvent celle de mes fantômes pour faire diversion. Je n'ai jamais tout à fait accepté que Roméo et Juliette meurent à la fin et j'ai souvent renoncé à me jeter à corps perdu dans les bras d'un homme à cause de cela, par anticipation d'un chagrin mortel dont je n'aurais pas la force de me préserver. *La Très Excellente et Très Pitoyable Tragédie de Roméo et Juliette.* Tout espoir n'est pas perdu. Je relis parfois le texte de Shakespeare, aussi naïvement que les passagers sur ce bateau revoient les facéties de l'inspecteur Jacaré qu'ils connaissent par cœur. Pourquoi lirais-je encore un livre que j'ai déjà lu si je n'étais pas persuadée qu'une fin différente soit possible ou bien, le relisant comme au premier jour, qu'une autre interprétation de la mort des amants de Vérone me soit miraculeusement donnée par la voix plus âgée avec laquelle je prononce les mots de Shakespeare ? Lire ses mots, les avoir lus, les relire encore comme ceux d'un mythe.

Paul a conservé *Tristes tropiques* après le départ de Claudia. L'Amazonie où il s'est rendu semble l'avoir dévoré, non pas à la manière de ces aventuriers qui meurent lentement digérés par une plante carnivore, mais plutôt à la façon d'un gamin qui disparaît au coin de la rue après avoir acheté des cigarettes. Il a conservé le ticket de caisse, *tabaco*, rue illisible, Manaus. Le cœur battant de l'Amazonie me donne rendez-vous. Paul a traversé l'Atlantique en juin, quelques semaines après Claudia. J'ignore pourquoi elle est partie, rien ne me permet de le deviner. Paul a pris *Tristes tropiques* dans ses bagages pour le lui rendre ou pour faire preuve d'un peu d'audace, lui lire sous son balcon les passages qu'ils aimaient, celui sur les Nambikwara qui dans leur dénuement le plus cru et leur apparente misère les ramenaient à l'enfance de l'humanité : « Les couples s'étreignent comme dans la nostalgie d'une unité perdue ; les caresses ne s'interrompent pas au passage de l'étranger. On devine chez tous une immense gentillesse, une profonde insouciance, une naïve et charmante satisfaction animale, et, rassemblant ces sentiments divers, quelque chose comme l'expression la plus émouvante et la plus véridique de la tendresse humaine. »

Je crois que Big James aime bien mes histoires. Il ne saisit pas tout ce que je raconte, ni ce qui bouillonne dans ma tête, mais il comprend qu'à travers les aventures de Paul et Claudia, je ne peux m'empêcher de parler de moi. Depuis combien de temps n'y suis-je pas parvenue ? Je note dans mon carnet :

Les coïncidences sont des graines enterrées qui attendent la pluie.

En raison d'un climat tropical, il tombe à Manaus trois mètres d'eau par an.

Quatre fois plus qu'à Paris.

Il n'y a pas de littérature sans danse de la pluie.

DEUXIÈME PARTIE

13 – LES LARMES DES TORTUES

Je n'ai pas trop insisté sur les déboires de Lévi-Strauss en terre brésilienne voyant que Big James s'en fichait, mais je ne me suis pas privée d'en rajouter sur les scènes d'amour entre Paul et Claudia. Son œil brille dès qu'il est question d'elle. Si une histoire pareille lui était arrivée, il ne s'y serait pas pris comme Paul dans la salle de bain, mais les hommes en rajoutent toujours lorsqu'ils donnent des conseils à d'autres hommes par l'intermédiaire d'une autre femme. Big James a ensuite beaucoup ri lorsque j'ai fini par lui avouer les raisons de ma présence en Amazonie. Partir à la recherche d'un Indien vu à la télé à cause d'une pizza trop salée lui a semblé être le motif le moins crédible jamais imaginé. Je n'ai pas pu m'empêcher d'en rire moi-même. Il m'a conseillé de reprendre un vol en direction de la baie de Rio si je voulais garder un bon souvenir des vacances.

– Et pourquoi pas une plume où je pense pour le carnaval ? lui ai-je répondu.

En réalité, l'idée m'a traversé l'esprit, non pas celle de la plume, mais, une fois encore, celle de retourner en France au plus vite. Récupérer ma valise, passer une nuit sans lendemain avec un homme, Bob Saint-Clar ou un autre, et m'en aller aussi simplement que dans *Le Magnifique* où, d'une séquence à l'autre, j'allumerais sous les tropiques ma cigarette dont à Paris j'écraserais la cendre.

J'aurais bien continué à tenir tête à Big James, mais la cachaça-coco a eu raison de nos désaccords avant que les singes hurleurs n'annoncent l'aube. Dans ce qu'il restait de nuit, Big James s'est endormi et réveillé plusieurs fois : allumer la radio, l'éteindre, la rallumer, s'envoyer un shoot ou deux d'inhalateur, tousser, ronfler, râler, tuer des légions d'insectes, sans jamais atteindre un sommeil profond. J'ai l'impression de m'être assoupie à côté d'un phacochère asthmatique retenu dans un piège à loup. Big James a l'attitude d'une bête malade. Impossible de ne pas ressentir sa présence. Malgré sa force, il est craintif envers tout ce qui pourrait le frôler ou l'empêcher de respirer. J'ai ouvert l'œil en premier, un peu confuse de lui avoir tant parlé.

Je fais quelques pas sur le pont supérieur jusqu'à la proue. A-t-on vraiment l'impression d'être le roi du monde lorsqu'on écarte les bras comme des ailes ? Je dois avouer que je rêve d'essayer depuis longtemps. Mon paquebot n'avance pas assez vite, à peine de quoi sentir la brise sur mon visage, mais le travelling est idéal. Le fleuve est sans couleurs, tressé d'écailles d'argent. Des lambeaux de brume que le soleil dissipera bientôt s'accrochent encore aux couronnes des arbres. La rive n'est pas loin. Je pourrais la rejoindre à la nage ou couler comme un plomb sous les yeux d'un échassier inquiet de mes désirs. Il y a des bons lendemains d'ivresse et des mauvais matins. Les premiers signes ne trompent pas. Je suis joyeuse, sensible au miroitement prodigieux d'une flaque d'essence, à la force zéro du vent, au parfum de ma peau rafraîchie par la nuit.

Ça me revient, j'ai lu quelque part que Lévi-Strauss dans sa jeunesse connaissait par cœur son édition abrégée de *Don Quichotte* dont il récitait des passages devant les invités. Les aventures de l'ingénieux hidalgo n'ont jamais quitté l'homme de science et je suis sûre que Lévi-Strauss se voit encore en chevalier errant à côté de son siècle pour en redresser tous les torts. Dans *Tristes tropiques*, il dit : « Campeurs, campez au Paraná. Ou plutôt non : abstenez-vous. Réservez aux derniers sites d'Europe vos papiers gras, vos flacons indestructibles et vos boîtes de conserves éventrées. Étalez-y la rouille de vos tentes. Mais, au-delà de la frange pionnière et jusqu'à l'expiration du délai si court qui nous sépare de leur saccage définitif, respectez les torrents fouettés d'une jeune écume, qui dévalent en bondissant les gradins creusés aux flancs violets des basaltes. »

J'imagine Lévi-Strauss sur une monture brinquebalante, la tête envahie de romans de chevalerie, traverser des plateaux sans fin à la rencontre des Caduveo. « Les nobles faisaient étalage de leur rang par des peintures corporelles au pochoir ou des tatouages, qui étaient l'équivalent d'un blason. Ils s'épilaient complètement le visage, y compris les sourcils et les cils, et traitaient avec dégoût de "frères d'autruche" les Européens aux yeux embroussaillés. » Lévi-Strauss voit en eux des « Indiens chevaliers » ressemblant à des « figures de cartes » dont la stylistique indigène des motifs et des tatouages improvisés sur le vivant reste un mystère. L'anthropologue sur ses vieux jours pourrait incarner au cinéma le héros de Cervantes, un Don Quichotte amazonien redécouvrant l'Amérique. Les Indiens le leurrent, les chefs caduveos servis par leurs écuyers s'enivrent et les vieilles femmes gesticulent dans la poussière. On peint sur le corps d'une adolescente affublée de nombreux colliers. Les arabesques asymétriques tracées à la spatule de bambou deviennent bleu-noir par oxydation et engendrent des considérations érotiques. Lévi-Strauss croit y reconnaître une prédilection pour le baroque espagnol provenant des conquistadors, mais c'est peut-être une illusion, de celles que les indigènes savent créer dans le regard des Européens par les sources archaïques de leur mythologie. « À quoi donc sert l'art caduveo ? » Paul et Claudia s'en servent pour s'aimer.

Je n'ai jamais rien osé tatouer sur mon corps, pas même un simple symbole. Ce n'est pas tant le marquage à vie de « Don Quichotte *for ever* » sur une fesse qui m'effraie que la vue de l'aiguille. Autour de moi, je constate que la plupart des passagers sont tatoués, Big James aussi, du genre militaire, ancienne génération. Je n'ai posé aucune question à ce sujet. Il n'est pas enclin à parler de lui. Avec mon corps vierge de tout dessin et de toute cicatrice, je serai peut-être considérée dans quelques années comme un spécimen admirable. Sous prétexte d'esthétique et de singularité, l'extension du capitalisme aura marqué de son encre tout son bétail sauf ma peau. Je serai la dernière femme nue de la tribu. Il n'y aura rien d'autre à voir, rien d'autre à dire. Je n'aurai rien à cacher, rien à montrer, en tout cas pas ces tatouages maoris ou chinois improvisés sur une plage du Languedoc. Bon, quoi que je décide, qui en profitera ? J'ai quantité d'idées concurrentielles que je garde pour plus tard et qu'il ne faudra pas oublier de lister au bas de ma nécrologie. Oraison funèbre d'une rabat-joie : « Ô vanité ! ô néant ! ô mortels ignorants de leur destinée ! Ci-gît Jeanne Beaulieu et ses regrets. » Bons ou mauvais, les lendemains d'ivresse empruntent chez moi des détours sinueux pour me dire que j'ai besoin d'amour. Pourtant, le fleuve me le dit, la forêt, le ciel, les nuages, mon ventre. Je connais ça par cœur. Après l'euphorie de l'alcool, le vertige des gouffres.

Le bateau ralentit. À l'arrière monte une fumée noire que le vent propulse vers le soleil. J'aurais bien fait de ce clair-obscur un mauvais présage. De nombreux passagers sont descendus se renseigner aux étages inférieurs. Un vieux monsieur plein de malice remonte avec un coca glaçons en disant que le paquebot a heurté un iceberg. Le haut-parleur annonce qu'il n'y a rien de grave, un simple problème de chaudière. Je crois comprendre que nous allons accoster par mesure de sécurité un peu plus loin sur le fleuve. Je rejoins Big James. Il ne semble pas inquiet, mais selon lui, on attendra un long moment avant de repartir. Si le bateau doit s'arrêter, rien ne dit que le mécanicien peut réparer sur place.

Après avoir dépassé une série d'îles au sable blanc, des maisons sur pilotis sont en vue, des baraques de planches aux couleurs tristes avec un vieux panneau publicitaire d'une compagnie d'aviation qui invite le monde entier à participer au *Festival do Boi-Bumbá*. Big James me dit qu'il s'agit d'une fête folklorique très connue au Brésil où les habitants de Parintins, située plus en aval, doivent départager deux associations qui chacune défend un bœuf, le rouge « *garantido* » contre le bleu « *caprichoso* ». Dans un stade, défilent des chars et des groupes de danse. La ville est en liesse pendant plusieurs jours. Big James y est déjà allé avec sa femme à une époque où chacun d'eux souhaitait faire plaisir à l'autre. Le festival se tient tous les ans à la fin du mois de juin, il y a donc quelques semaines, ce qui confirme à mes yeux que mon timing est excellent pour éviter les bains de foule. Je crois bien n'être jamais rentrée dans un stade et je me méfie des beuveries où l'on se sent obligé de se trémousser. J'ai bien d'autres défauts, mais Big James n'est pas tenu de tous les découvrir le même jour.

À l'approche du ponton en bois, le capitaine annonce que les passagers pourront descendre se dégourdir les jambes et que « sa cousine », qui tient une cantine, se fera un plaisir de nous accueillir puisque l'établissement, exceptionnellement, est ouvert ! Quelle heureuse aubaine ! La manœuvre prend un temps fou. Sitôt posé le pied à terre, les enfants torse nu se courent après dans les roseaux, sans se soucier des serpents ou autres créatures. Les adultes descendent dans le calme. Un couple en voyage de noces en profite pour se faire prendre en photo avec en fond un beau bateau qui fume, un peu comme dans les tableaux de William Turner mais pas complètement.

Je suis saisie par le vacarme qui gronde depuis la forêt et qui, au milieu du fleuve, ne nous parvenait qu'au hasard d'un vent favorable à l'exception des cris d'animaux surdoués tels que les toucans, les arapongas ou des singes en colère. Big James lève les yeux et sait sur quelles branches ils se cachent. Il me fait signe de le suivre, la cantine attendra. Une fois franchi un premier rideau de lianes, le sous-bois est plutôt dégagé et laisse une lumière verte descendue des hauteurs envahir ses alcôves. Un vrombissement d'insectes monte du sol et des racines. Les chants d'oiseaux tournoient sans parvenir à s'échapper de la voûte végétale, crevée çà et là par un tronc colossal. Agitées par le vent, les branches solidaires balancent leur mollesse dans un souffle de feuilles. Des rayons de soleil que l'on pourrait saisir profitent d'un hasard pour atteindre la terre. Je ramasse une plume. Big James me dit que c'est interdit, puis il se met à rire. La vie est partout, sous mes pieds, au-dessus de moi, dans l'air fendu par des vols d'oiseaux invisibles et de libellules. J'aperçois des scarabées bleus de la taille de l'Égypte, des colonnes de fourmis aux mandibules de fer. Big James m'explique que ce sont des fourmis coupe-feuille qui cultivent des champignons pour ensuite s'en nourrir. J'ai dû mal comprendre. On ne doit pas trop s'éloigner. Moi, j'ai envie de m'éloigner. Il faut bien que je trouve mon Indien.

– S'il vous plaît, Big James, continuons un peu. Vous m'avez assommée hier avec votre lait de pirate. Je vous ai fatigué avec mes histoires, mais je ne considère pas que nous sommes quittes.

Big James me précise de ne pas toucher les plantes qui se trouvent à portée de main et d'attacher mes cheveux. Je vais finir par les couper s'ils embarrassent tout le monde. Il s'avance d'un pas hésitant à cause de sa prothèse, mais il n'a aucune difficulté à progresser dans la forêt ni à enjamber les excroissances des troncs qui nous barrent la route.

– Ça m'a plutôt intrigué ce que vous m'avez raconté à propos de Paul et Claudia. Je n'ai pas eu la même jeunesse qu'eux.

– Vous voulez vraiment qu'on en parle ?

Mon ton est provocateur. Je doute de sa capacité à s'ouvrir à des considérations personnelles qu'il doit conserver à l'abri de la lumière, dans un endroit sec, depuis très longtemps. Me savoir à la traîne le rassure peut-être. Il accélère le pas comme s'il avait envie que je n'entende qu'à moitié ses propos.

– Ma grand-mère, celle qui parlait français, vivait en Louisiane, mais moi j'ai grandi en Californie, à Oakland, près du port industriel. Mon père ne faisait pas grand-chose, je ne le voyais pas souvent et ma mère était employée dans un salon de coiffure. Je passais mon temps dans la rue et, à cette époque, ça chauffait dans le quartier avec les Black Panthers. Je gagnais un peu d'argent comme je pouvais. J'ai fait des erreurs, plusieurs erreurs, et j'ai dû m'engager dans l'armée. On ne m'a pas laissé le choix. J'étais jeune, le plus jeune âge auquel on puisse vous envoyer avec un uniforme. On m'a mis dans un avion pour le Vietnam alors que la guerre était finie. Les troupes étaient rapatriées mais lentement, très lentement, et il fallait donner un coup de main pour ranger le matériel. Le temps de perdre une jambe. Pas sur une mine, ni à cause d'une balle, mais dans un accident de voiture. On m'a opéré sur place.

Je ne sais pas quoi répondre. Big James a l'air de parler à

la forêt qui a déjà entendu cette histoire. Pour ne pas laisser un temps mort s'installer après ces confessions inattendues, je cherche à être psychologue. Ce n'est pas une qualité naturelle chez moi.

– Un peu trop jeune pour avoir vécu ça.

– Comme vous dites : encore jeune, invalide et déjà vétéran. Et Noir, à la différence de John Rambo ! Je n'avais pas vraiment la cote en rentrant à la maison. J'avais la rage. C'est pour ça que je suis parti…

Big James s'interrompt et me fait signe de rester où je suis.

– Ne bougez plus.

Puis, il me dit d'approcher en silence et de regarder, juste là, derrière les buissons. Près d'un ruisseau, sur une pierre ensoleillée, je vois s'agiter un nuage multicolore de papillons.

– Qu'est-ce qu'ils font ?

– Vous voyez la tortue ? En dessous ?

Non, je ne vois rien. Je reste un moment à plisser les yeux, laissant planer le doute pour ne pas le faire répéter. Puis, je vois soudain la tortue tourner son cou vers moi avec une lenteur préhistorique, son nez pointu troué de deux orifices minuscules et ses yeux entourés d'ailes de papillons. Big James se rapproche. Il est tout près de moi. Il me saisit par le bras.

– C'est magnifique, n'est-ce pas ? Ils ont besoin de sel, de sodium. Ils n'en trouvent pas assez dans la forêt alors les papillons boivent les larmes des tortues.

Un long silence nous fige côte à côte.

– Oh, merci.

Je prononce ces mots sans m'en rendre compte. À qui s'adressent-ils ? Tout autant au spectacle de la nature qu'à Big James. Il sourit de son sourire d'enfant de la Nouvelle-Orléans. Nous restons un moment à regarder le ballet des papillons dont certains nous dévisagent avec leurs grands yeux sauvages peints sur les ailes. La tortue ne semble pas s'intéresser à nous, profitant du soleil tombé entre deux feuilles. Elle doit se prélasser ici depuis toujours. Je me dis qu'après ça, je pourrais rentrer. Ai-je vraiment d'autres ambitions dans la vie que de voir des papillons boire des larmes de tortue ?

Big James m'explique à voix basse que le sol de la forêt, contrairement à ce que l'on pourrait croire, est très pauvre. Presque malgré lui, il supporte des millions d'êtres vivants depuis des millénaires. Les pluies lessivent sans cesse la terre qui n'a pas le temps d'engranger des provisions alors la flore, la faune et l'atmosphère font du troc. Tout va très vite, la vie, la mort, la putréfaction, le dépeçage, le recyclage de la matière pour rassasier un énorme appétit. Le sol n'est qu'un mince tapis sur lequel est posé le cœur troué de la forêt. Elle réserve aux couches ensoleillées de la canopée, loin des humains, les expressions les plus chatoyantes du vivant.

Ensuite, nous faisons demi-tour, personne ne sachant trop quoi dire sur le chemin, moi parce que je suis émue et n'ai pas envie de lutter contre ça, Big James parce qu'il n'a pas l'habitude de parler lorsqu'il n'y a plus rien à dire. Je devrais en tirer des leçons. Nous sommes partis plus d'une heure. Le vent est tombé. Le bateau n'a pas bougé.

Les membres de l'équipage sont installés à l'intérieur de la cantine. On mange des poissons frits, du riz, des galettes de manioc. On joue aux cartes en se léchant les doigts. On transpire. Les corps se vautrent. Il y a des chambres à l'arrière pour ceux qui voudraient faire la sieste. La cousine du capitaine est reconnaissable à son tablier à carreaux assorti au papier peint d'un établissement qui a dû par le passé allier l'utile à l'agréable. Aujourd'hui, tout tombe en ruine et les prostituées ont fui depuis longtemps cet endroit qui essaie d'exister comme il peut. Il y a même du réseau, ce qui m'inflige un retour brutal à la réalité. Une série de messages en absence m'attendent que je n'ai pas envie d'écouter. Ai-je une vie en dehors de ce fleuve ? J'en profite pour prévenir Sergio de mon arrivée prochaine sans grand désir qu'il me réponde, une façon de ne pas me laisser totalement hypnotiser par les ailes des papillons.

Dans son chapitre « Amazonie », Lévi-Strauss évoque ces cabanes sur pilotis, parfois ces hameaux, au voisinage des rivières navigables permettant aux récolteurs de caoutchouc de se ravitailler et de fournir à leur patron le latex prélevé sur les hévéas. Ces travailleurs appelés des *seringueiros*, maintenus dans une extrême pauvreté, ne quittaient pas la forêt et certains patrons ne venaient qu'une fois l'an récupérer les précieuses boules de caoutchouc afin de les convoyer par voie fluviale. Aujourd'hui, je vois surtout passer des barges et des vraquiers qui vident la forêt de ses ressources, ou qui contribuent à son développement, en fonction de l'idée que l'on a sur la question. À l'époque de Lévi-Strauss, la plupart des établissements comme celui où je me trouve étaient déjà en ruine et ne tenaient debout que grâce à la végétation et aux femmes menant « une existence incertaine de concubinage » avec les rares *seringueiros* restant. « Cela s'appelle *casar na igreja verde*, "se marier dans la verte église". » J'ai comme l'impression moi aussi de m'être mariée dans une église verte, plus vite encore qu'à Las Vegas.

L'anthropologue raconte comment ces femmes, indiennes pour la plupart, en robe légère et fardées, se cotisaient pour l'organisation d'un bal. Les hommes en veste de pyjama invitaient leur partenaire à danser sous les lampes à pétrole ou bien, désœuvrés, jouaient de la boîte à clous pour marquer le rythme. Ces pages qui ramènent Lévi-Strauss dans les petits ports des Antilles du XVIIIe siècle sont les dernières de *Tristes tropiques* se situant au Brésil. Les suivantes, consacrées au retour, développent une réflexion désabusée sur l'impossibilité du voyage et l'incommunicabilité entre les êtres humains. Rétrospectivement, assis à son bureau parisien lorsqu'il rédige *Tristes tropiques* des années après les faits, l'auteur se revoit au Brésil courant les déserts « en pourchassant des déchets d'humanité » avec dans la tête une mélodie de Chopin qui résume par amère dérision tout ce qu'il avait laissé en Europe. Lévi-Strauss n'est jamais tout à fait là où on l'attend. Il se sent appartenir à une autre époque, celle de Chopin, celle de Rousseau ou celle de Jean de Léry dont il se vante de conserver dans sa poche l'exemplaire de son *Histoire d'un voyage fait en la terre du Brésil* écrit en 1578 et qu'il considère être « le bréviaire de l'ethnologue ». Lévi-Strauss est anachronique. Je me sens parfois comme Lévi-Strauss, du moins pour ce qui relève de cette tare.

Je suis d'un autre monde que celui de Big James. Les papillons s'envoleront et je ne verrai aucun Indien. En regardant le fleuve couler, j'ai le sentiment que le pessimisme de Lévi-Strauss me trempe jusqu'aux os et condamnait d'avance, avec ce livre de malheur entre les mains, l'idylle de Paul et Claudia. L'anthropologue écrit que le sens de la vie n'est qu'une morale provisoire et que les créations de l'esprit humain se confondront au désordre dès que celui-ci aura disparu. Bientôt la musique de Chopin ou celle de Stéphanie de Monaco ne seront qu'un égal gargouillis de fange. « Le monde a commencé sans l'homme et il s'achèvera sans lui. » Dépêchons-nous de vivre, dépêchons-nous de retrouver nos semblables, proches ou disséminés dans les tombes à travers le temps. Je me dis que j'irai jusqu'au bout de cette quête, aussi vaine soit-elle. Il reviendrait au même qu'elle ait un but. Il doit bien exister un proverbe chinois pour dire quelque chose de si profond.

14 – INSPECTEUR JACARÉ

Un remorqueur est venu nous dépanner afin de poursuivre la remontée du fleuve. Le moteur de notre bateau continue de fonctionner sans autre ambition que celle de fumer. Le soleil hasardeux recule dans les nuages. Le vert de la forêt s'obscurcit. En l'absence de vent, la couleur de l'eau copie celle du ciel. Big James a pris *Tristes tropiques* sans me demander la permission et se met à le feuilleter. Il regarde un à un les dessins que Paul avait faits de Claudia, de la faune et de la flore dont il reconnaît certains spécimens et du Taj Mahal se reflétant dans la Yamuna quand Lévi-Strauss s'égare à parler de l'Asie.

De l'Ancien Monde, Big James n'a connu qu'une vue d'avion et la zone de son quartier militaire au Vietnam. Un morceau de sa jambe coincé dans une jeep se trouve toujours dans ce pays lointain. Enfin, seule la jeep aux allures de Monstroplantes doit toujours s'y trouver, puisque les insectes nécrophages et opportunistes, les mouches, les larves, les coléoptères se sont chargés de la décomposition cadavérique des chairs. Ce soir-là, Big James livrait des flacons de parfum de luxe à des officiers. Ces derniers, profitant de la désorganisation générale due au retrait des troupes, en faisaient commerce pour compléter leurs revenus, une ultime occasion de s'enrichir au marché noir avant de rentrer au pays. Pour cela, en dehors des heures de service, ils mettaient à contribution les jeunes recrues récemment mobilisées. À cause de la fatigue et de la pluie, Big James s'était encastré dans un arbre. Le moteur avait reculé jusqu'aux genoux. On avait retrouvé le soldat James inconscient, au petit matin, dans une flaque de sang, auréolé de senteurs de musc, de figues d'août et d'écorces de genévrier. On n'avait pas réussi à sauver sa jambe. Il pouvait être considéré comme un ancien du Vietnam même si la guerre était finie, l'honneur était sauf.

Le vent tiède dû à notre faible vitesse agite entre les doigts de Big James les pages de *Tristes tropiques*. Les nuages se sont accumulés au-dessus de la forêt et viennent vers nous. Les cercles formés par les premières gouttes tombées à la surface du fleuve prennent le temps de s'élargir, leurs circonférences se rejoignent comme un jeu de rosaces tracées au compas. Cette douce géométrie prend fin lorsque le barrage du ciel vient à céder, déversant sur nos têtes toute l'eau des nuages. Le capitaine annonce qu'on s'arrêtera à Parintins où un autre bateau nous attendra afin de rejoindre Manaus. Personne ne semble s'émouvoir du retard considérable sur l'horaire prévu. Il est vrai que le mot horaire est mal adapté pour de tels voyages. Et qui sait si les passagers ont même quelque chose à faire à destination ? Ils se laissent dériver comme ces poissons immobiles qui oxygènent leurs branchies grâce aux flots. Ils donnent dans la figuration, revêtus de leurs T-shirts à l'effigie de Frida Kahlo ou de Bob Marley qu'il faudra bien un jour libérer de cette humiliation posthume de se voir ainsi reproduits sur tout et n'importe quoi. Depuis mon départ, j'en suis facilement à deux douzaines de Frida Kahlo. Elle n'a peut-être jamais mieux représenté un corps souffrant. Au-delà de cinquante apparitions, le touriste voit lui-même ses sourcils se rejoindre et se change en panneau publicitaire multicolore. J'ai presque envie d'engager la conversation avec Big James sur ce sujet, mais je sens qu'il est indifférent à ce genre de considérations qui n'intéressent que les gens comme moi, susceptibles et sophistiqués qui veulent jouer aux plus malins en critiquant la société. Big James s'est assoupi, bercé par la surface dansante du fleuve sous la pluie. Aussi charmant qu'un crapaud feuille. Il a enlevé sa prothèse pour soulager son corps. Elle gît sur le sol comme un jouet délaissé. Ses yeux roulent sous ses paupières à la recherche d'une réponse.

Je suis allée me promener sur le pont. Cela m'est égal d'être trempée. Dans quelques jours, ce sera mon anniversaire. Je suis idiote de vouloir croire que ça n'a pas d'importance. Mon frère essaiera de m'appeler et comme je ne répondrai pas, il dira à ses filles de chanter une chanson à « tatie Jeanne » sur sa messagerie. J'y ai encore eu droit l'année dernière. Elles sont adorables, ces petites. Ce n'est pas de leur faute. Ma belle-sœur les a dressées pour qu'elles m'appellent ainsi. Françoise fait ça pour me vieillir, pour donner à « tatie Jeanne » des airs de crème pâtissière. Elle me range dans la vitrine attenante à son monde idéal, un monde où papa travaille dans les assurances et où maman s'occupe d'éveiller les enfants « à la pleine conscience ». Elle ne jure plus que par ça pour sa progéniture. C'est mieux que d'attacher les filles au radiateur pour qu'elles apprennent à tailler des pipes, mais je ne comprends pas comment mon frère a pu épouser une femme aussi convaincue par ce genre de niaiseries. Pardon, j'oubliais. Ce que déteste par-dessus tout Françoise, ma belle-sœur, c'est la vulgarité ! Je me surpasse en sa présence.

Grâce à cette répartition des tâches au sein de leur couple, Françoise atteint une forme d'harmonie et dès qu'elle entend parler d'une notion dépositaire d'une sagesse venue d'Extrême-Orient, elle jubile. Elle n'a pas mis les pieds dans le moindre pays d'Asie mais elle est capable de discuter de la région pendant des heures sans jamais se sentir ridicule. Elle prétend avoir lu deux fois tout Matthieu Ricard – ce qui m'étonnerait beaucoup – et se consacre désormais aux enseignements du taoïsme. Elle compte bien s'en servir à plus ou moins long terme dans les conversations. Douce Françoise. Chez les Nambikwara, les âmes des femmes et des enfants sont emportées dans l'atmosphère et se dissipent à tout jamais.

À vrai dire, je ne sais pas ce que penseraient mon frère et ma belle-sœur s'ils me voyaient au bras de quelqu'un comme Big James, noir, improbable vétéran du Vietnam, boitant sur une jambe en fer. Cet homme est très beau. Ses mains sont magnifiques, puissantes, sèches, directes, habiles. Françoise n'est pas hermétique à l'érotisme des mains, mais demeure surtout sensible, à mon avis, à celui des grosses montres. Un homme comme Darcy Ambrosio par exemple, probablement toujours chic, pourrait la séduire. Elle en pince aussi pour les chevalières et n'est pas fermée à l'idée de voir certains hommes exhiber un ou deux bracelets porte-bonheur, d'autant plus s'ils évoquent une histoire intime qu'elle écoutera « en empathie ». Le style vacancier et garde-robe d'hypermarché qui règne à bord de ce bateau lui ferait horreur. L'enfance de Big James pourrait l'émouvoir – toutes les enfances l'émeuvent, celles où les biberons contiennent du bisphénol A comme celles qui peuplent les orphelinats – mais un œil mi-clos ou la mutilation d'un membre heurterait trop profondément sa sensibilité. Elle n'y peut rien, l'infirmité lui coupe l'appétit. « Bonjour, je vous présente Big James. » Je vois déjà Françoise sur le pas de la porte avec sa tête de clafoutis raté disant aux enfants de ne pas faire de remarques.

J'ai peut-être tort. Ça lui serait égal que les filles posent des questions que les adultes ont l'habitude de garder pour eux. Et puis avec Mamie grillade, elle en a vu d'autres. Je comprends parfois que ma belle-sœur cherche un peu d'aide parmi les sages d'Asie car elle est entourée de gens bien plus tarés qu'elle. Même mon frère sous ses airs d'homme équilibré cache une folie extrême d'autant plus inquiétante qu'elle n'affleure jamais. Les tarés déclarés sont tarés et les tarés non déclarés le sont peut-être encore plus si l'on se donne la peine d'attendre un peu. Il n'y a qu'à écouter les faits divers. Leur seul point commun est que le voisinage n'en revient pas d'apprendre que monsieur Tout-le-monde ait pu faire une chose pareille. Il était pourtant si gentil avec les gens du quartier. Il aidait même à porter les courses des vieilles dames dans l'escalier.

Je crois que mon frère et moi ressemblons davantage à notre mère que nous voulons bien le penser. Mon frère s'est marié avec une dinde, tandis que moi je finirai par me réfugier dans les bras d'un vaurien en attendant de quitter ce monde terriblement décevant. La reconnaissance des tares communes à notre famille devrait suffire à nous réconcilier et nous permettre de blâmer ensemble une maladie congénitale, un gène qui bloque l'expression du bon sens, parfois du bon goût. Quant à notre mère, je pense que ses petites bulles de mousseux ne parviennent plus à lui faire supporter l'enthousiasme débile de Rodrigo pour les barbecues. Elle a dû passer aux drogues dures, à l'opium ou à une herbe plus forte que celle qu'elle fumait en cachette autrefois. Je l'imagine sur une bouée brûlante avec ses rondelles de concombre collées aux yeux en train de rouler un pétard à l'aveuglette pendant que Rodrigo remet du charbon. Je devrais lui répondre plus souvent quand elle m'appelle, mais je n'en ai pas la force. Je laisse sonner et lorsque le répondeur se déclenche, je l'entends hurler pour me faire payer la distance qui nous sépare. Je pourrais passer leur rendre visite à mon retour, même si je n'apprécie guère Port Leucate. Ma mère me manque, finalement. Je ne laisserais personne d'autre que moi dire du mal d'elle. Quant à Françoise, je suis un peu négative à son sujet, mais la rancœur entre belles-sœurs est anthropologiquement structurante, je suppose.

Cette pluie m'a presque donné froid. Je me suis séché les cheveux et j'ai repris ma place dans mon hamac pour vivre allongée comme une lionne. Je vois que Big James, qui s'est réveillé, a posé *Tristes tropiques* sur son torse puisqu'il en a fièrement fini la lecture. Mon œil ! Il peut maintenant attraper son bidon. Il a des réserves pour un long trajet.

– J'ai réfléchi à votre Indien. Vous n'avez aucune chance de retrouver sa trace. Mais vous le savez sans doute, non ?

– Disons que j'ai peu d'espoir mais j'ai bien l'intention d'essayer. Certains se sont jetés dans le vide avec moins que ça.

– Ah bon ? Qui ?

– Je ne sais pas. Christophe Colomb ?

– Que voulez-vous qu'il vous dise, votre réalisateur ? Prenez le sentier jusqu'au carrefour, puis à droite et vous apercevrez une hutte ? Il est sûrement mort, votre Indien. Ce ne sera pas le premier ni le dernier.

– Quel optimisme ! Et ça ne vous fait ni chaud ni froid ?

– Je ne dis pas ça.

– Cher Big James, pourquoi cette soudaine noirceur ? Sans cet Indien, je ne vous aurais pas rencontré. C'est déjà beaucoup, n'est-ce pas ?

– Vous marquez un point.

– Pour tout vous dire, j'ai envie d'aller vérifier plutôt que d'écouter ceux qui savent toujours mieux que moi ce qu'il faut faire, ce à quoi il faut croire, ce qui est dangereux, ce qui ne l'est pas. J'en ai assez qu'on me parle comme ça. Il y a un proverbe chinois qui dit : « Le détour est l'accès. » Ça vous en bouche un coin que je connaisse un proverbe chinois.

– Pas vraiment.

– Je le tiens de ma belle-sœur.

– Je connais un Indien qui pourrait vous plaire et personne ne sait d'où il vient. Mon avis, c'est que lui-même n'en sait trop rien. Il vit près d'une rivière que je remonte quand je vais pêcher. Parfois, il se montre, parfois non. Il répète des phrases dans sa langue et il connaît quelques mots de portugais. Il me dit de m'en aller d'ici, sans pour autant être agressif. Je lui laisse du tabac. Il le fume. Je crois qu'il a peur que je sois meilleur pêcheur que lui, à moins qu'il veuille me faire part d'un grand mystère, le genre d'histoire qui devrait vous intéresser ou vous permettre d'arranger ça à votre sauce.

Big James a bien compris que j'en rajoute quand je fais la conversation, mais je suis touchée qu'il se préoccupe de la suite de mon voyage. Aujourd'hui, il est bien le seul à s'en inquiéter. Je me permets de le bousculer.

– Pourquoi vous n'habitez pas avec votre famille ?

– Ça, je ne sais pas si je peux vous le dire.

– Faites un effort.

– On ne vit plus ensemble. Ma femme et ma fille vivent à Santarem et moi à Manaus. Je viens les voir de temps en temps. Je reste une nuit, parfois deux, et je repars.

– Vous repartez à bonne distance. Elles vous incommodent à ce point-là ?

– J'ai le sommeil léger.

– Vraiment ? Vous ronflez comme un sanglier.

– Un pécari, ici on appelle ça un pécari. J'ai besoin d'être tranquille et ça leur rend service de ne pas m'avoir dans les pattes à tourner en rond.

– Vous avez besoin de tranquillité et qu'on ne vous pose pas trop de questions, c'est ça ?

– Voilà. J'ai besoin de ma rivière aussi, ça repose ma jambe, et d'un travail qui m'occupe, vous comprenez ?

– Elle a quel âge, votre fille ? Elle s'appelle comment ?

– Tina. Elle va avoir 20 ans.

– Non ?...

– Eh si. Parlons d'autre chose, si vous voulez, ou ne parlons pas.

Cet interrogatoire semble avoir assombri l'humeur de Big James et lui donne envie de maltraiter sa radio à cause d'un faux contact ou d'une pile délogée de son rail. Il tape comme un sourd et ça repart. Cet homme a des doigts de fée. Il retombe au fond de son hamac. Le bidon de cachaça-coco posé au sol lui sert de point d'ancrage pour s'équilibrer. J'insiste :

– Et vous, vous ne me posez pas de questions ?

– Non, je ne vous en pose pas.

La pluie a cessé. Il me rend le livre. On en restera là. À l'approche de Parintins, le ciel s'enflamme par une fente ouverte entre le fleuve et les nuages blonds. Les lumières de la ville scintillent derrière une langue de sable qui se dérobe avec lenteur. Il nous faudra débarquer et prendre un autre bateau qui nous attend sur le même ponton. Big James assène :

– Pourquoi ne vous mêlez-vous pas de ce qui vous regarde ?

Un coup de poing dans le ventre. J'ai envie de pleurer. A-t-il mal formulé sa phrase ? Personne ne parle comme ça.

Ma gorge se serre. Mille pensées contradictoires se bousculent dans ma tête. Regrette-t-il d'avoir prononcé ces mots ? Dois-je le faire répéter ? Je m'écrase. Je ne réponds rien. Je suis incapable de dire quoi que ce soit. Ce silence est affreux. Qu'il se débrouille avec ça.

En revanche, la voix nasillarde de l'inspecteur Jacaré se réveille et monte des escaliers. Sa crapulerie continue d'écœurer les téléspectateurs de *Piments d'amour.* Voilà qu'il s'improvise ténor devant sa glace en taillant sa moustache. Elle est parfaite, nette et lustrée. Il est impossible de faire preuve de moins de bonne volonté dans cette enquête. L'inspecteur Jacaré est passé maître dans l'art des affaires irrésolues et peut se vanter de porter les costumes en lin les plus élégants de tout Manaus. Il les fait venir d'Italie, titrage intermédiaire, grammage faible, idéal pour éviter de trop transpirer par les grosses chaleurs. Ce soir, il se rend à l'opéra, au célèbre Théâtre Amazonas pour une représentation de *Nabucco* afin de converser pendant l'entracte avec les huiles et les grosses légumes, tu m'as compris ? Cette débauche de luxe, ces marbres, ces ors et ces galons de passementerie qui décorent le théâtre le ravissent. Le chœur des esclaves chantera sous la voûte du ciel : « Va, pensée, sur tes ailes dorées, va, pose-toi sur les pentes, sur les collines où embaument, tièdes et suaves, les douces brises du sol natal. » Il ne comprend rien, mais ça lui plaît. L'inspecteur Jacaré, un brin nostalgique, pense à cette époque bénie où les barons du caoutchouc portaient encore cravate et costume clair. On envoyait son linge par bateau au Portugal, dit-on, pour qu'il soit lavé et blanchi dans les règles de l'art.

Jacaré n'a pas le teint pâle de Klaus Kinski dans *Fitzcarraldo* mais il en a le regard torve. En ce temps-là, Manaus était un bastion, un joyau isolé au milieu de l'Amazonie dont une poignée d'hommes détenaient la jouissance. Il n'y avait aucun besoin de louvoyer pour faire fortune. Quelle que soit votre profession, policier ou cireur de chaussures, il vous suffisait d'être dévoué à un homme d'affaires influent. Il y avait, on pourrait dire, une éthique du mal et chacun savait se rendre utile. Les téléspectateurs, des honnêtes gens, ne sont pas loin de cracher sur la télévision.

On accoste. Notre nouveau bateau est plus ancien que le précédent et n'a pas dû faire l'objet de la même attention. La peinture de la *Cometa azul* est écaillée et le bois est mangé par l'humidité. Les passagers essaient de reprendre plus ou moins les mêmes places. Une équipe de journalistes télé est montée à bord. *La Comète bleue* doit avoir quelque chose de plus typique pour les reportages que les bateaux modernes. Les gens se sentent observés, mais le cameraman, un homme au débardeur échancré sur un torse musclé, leur dit de se comporter comme s'il n'était pas là. Il est vrai que certaines femmes ont un fessier exagérément rebondi et semblent aimer prendre la pose. Il mâche son chewing-gum et opère quelques réglages. Je ne peux m'empêcher de penser à Sergio qui m'attend à Manaus pour écouter mon histoire invraisemblable à laquelle il va faire semblant de s'intéresser, comme dans ces films érotiques où le scénario ne s'embarrasse pas de subtilités. Comment Sergio va-t-il pouvoir me prendre au sérieux ? Comment va-t-il croire que j'ai parcouru des milliers de kilomètres pour retrouver un Indien vu à la télé ? Je note dans mon carnet :

« Bonjour, vous savez où je peux trouver mon Indien ?

– Qui ça, moi ? Sergio Carlos Andrés Cardoso ? Après réflexion, non, je ne sais pas.

– Alors, on baise ? »

Il croira que je suis venue pour lui, le beau Sergio qui rigole au téléphone avec son ami Felipe. Je déchire aussitôt cette page de mon carnet pour ne pas qu'elle soit mal interprétée une fois sortie de son contexte. Si aucune autre panne n'est à déplorer d'ici Manaus, je répète, si aucune autre panne n'est à déplorer d'ici Manaus, il est prévu qu'on puisse combler rapidement une partie de notre retard. Ce n'est pas moi qui le dis, c'est la voix rugueuse du chef de bord qui l'annonce avec un haut-parleur. Je ne sais pas ce qu'ils ont prévu de filmer sur ce bateau, mais je ne veux en aucun cas y être mêlée.

Big James a retrouvé sa position paresseuse et j'ai fait comme s'il était logique que je m'installe une nouvelle fois à ses côtés. Il ne dit rien. Je ne sais pas si je l'ai blessé avec mes questions ou si je l'ai saoulé de mots au-delà de ce qu'il peut supporter. Je n'aurais pas dû boire autant avec cet inconnu qui désormais ne l'est plus. Ou bien s'agit-il du seul homme à bord avec lequel ce long détour par les amours de Paul Martin et Claudia Ambrosio eût été possible. Pour accéder à quoi ? Se laisserait-il embrasser sur les yeux ? Peut-être m'en veut-il parce que n'importe qui d'autre aurait pris mon comportement pour de scandaleuses avances et m'aurait sauté dessus. Pas lui.

Je ne vais quand même pas déplacer mon hamac maintenant que le mal est fait. Ça me rappelle un souvenir d'autobus où l'enjeu le plus important des voyages de classe était de savoir à côté de qui on serait assis et si on garderait les mêmes sièges au retour. Cela donnait lieu à des négociations sans fin, des promesses et des trahisons définitives qui faisaient des châteaux de la Loire ou du Futuroscope des décors interchangeables dénués de tout intérêt. On se fichait de ce qui pouvait se passer en dehors de ces deux moments d'intimité à bord de l'autobus où pendant des heures, les bras, les cuisses et les mains se frôlaient à la faveur d'une maladresse ou d'une tactique savamment orchestrée. Celle-ci pouvait consister à enlever son pull parce qu'on avait trop chaud, permettant par exemple de laisser voir son nombril, ou à comparer la longueur de ses mains, paumes contre paumes, avec celles de son voisin. Les plus audacieuses, les redoublantes, demandaient aux garçons s'ils savaient masser, avant de faire semblant de s'endormir comme épuisées par un coït imaginaire dont on ignorait jusqu'au nom. La frustration de ne pas oser se lancer pour embrasser quelqu'un laissait dans la bouche un goût de sucre fermenté. Incroyable ce qu'on pouvait passer comme temps pendant les voyages de classe à se masser dans des contorsions de loutre.

Ces sorties pédagogiques donnent sans doute lieu aujourd'hui à des réjouissances moins naïves, mais n'enlèvent rien au caractère indépassable de cette éducation sentimentale d'autobus aussi importante que l'apprentissage de la lecture. Pour moi qui cachais mes seins naissants, calfeutrée dans mon blouson, assise au dernier rang du bus et cernée par des idiots, cette pratique fut un échec aux lourdes conséquences. Pire, j'avais beaucoup aimé Chambord ! En particulier, son escalier à double révolution permettant à deux personnes de l'emprunter en même temps sans jamais se croiser. Un bonheur d'architecture. Depuis, je me suis toujours dit qu'il serait intéressant pour moi d'avoir un escalier semblable dans mon appartement, où deux petits colimaçons imbriqués l'un dans l'autre s'éviteraient, dans le cas où j'aurais à m'installer avec quelqu'un. Bref, mon seul exploit de cette époque lointaine – exploit réitéré pendant toute la durée du collège – fut d'éviter de me retrouver à l'avant du bus, près du chauffeur, où les enseignants plaçaient les geignards qui avaient envie de vomir. Ces derniers n'ont pas dû devenir de grands aventuriers, alors que moi, Jeanne Beaulieu, je navigue désormais sur le fleuve Amazone à bord de la *Comète bleue*, il est vrai quelque peu honteuse à l'idée de faire subir à Big James tous ces malentendus que je parviens à engendrer dès que j'ouvre la bouche. Je m'endors sur ce constat. Il faut qu'on parle.

15 – LES AMANTS DE VÉRONE

L'arrivée à Manaus ne ressemble à rien de ce que je connais. C'est malgré tout l'intérêt des voyages, sinon à quoi bon. Certes, je suis toujours tentée de trouver que les paprikas suspendus aux chaumières hongroises ressemblent à s'y méprendre aux piments rouges qui décorent les maisons d'Espelette, pas vous ? Combien de « Venise du Nord », de « mini-Manhattan », de « Paris des tropiques » ou encore de « Rome noire » (le nom que mon guide donne à Salvador de Bahia) entend-on face au spectacle de la nouveauté ? La contemplation silencieuse doit être à ce point pénible en vacances que nous allons vite chercher dans notre mémoire une ressemblance avec un haut lieu de notre imaginaire où nous n'avons peut-être jamais mis les pieds. Les paysages s'empilent les uns sur les autres. Qu'importe, on tisse des liens sur un canevas bon marché. Les fils grossiers qui nous rattachent à la réalité sont des branchements clandestins entre les rares endroits où nous sommes allés et tout ce que nous avons lu ou vu à l'écran. Comment faire autrement ?

Manaus surgissant de la forêt après un si long voyage me donne d'abord l'espoir que le monde sera toujours assez vaste pour accueillir les prouesses des hommes, puis elle ramène à mes narines des relents familiers d'égouts et de putréfaction. Il paraît que la moitié des Brésiliens d'Amazonie vit dans cette ville. Cela donne une tout autre image des habitants de cette région. La moiteur me prend à la gorge, peut-être parce que l'air qui court sur le fleuve à faible allure depuis mon départ m'a fait croire à la fraîcheur du vent. Tout ce que le climat urbain et tropical me promet de gluant m'est reversé d'un coup comme une huile de vidange qui glisse sur mon corps. À l'endroit où la *Comète bleue* s'amarre, l'odeur du fuel couvre à peine la puanteur des vasières qui stagnent au-dessous des maisons. Des poissons nombreux offrent leur gueule au moindre déversoir qui charrie le trop-plein de la ville. Les passagers des autres bateaux de croisière reçoivent un meilleur accueil en accostant plus près du centre. D'ici, cependant, j'ai une vue imprenable sur le pont en construction au-dessus du Rio Negro derrière lequel décline le soleil. La petite fille à la robe fuchsia va finir par l'avoir, son Golden Gate tropical. Bientôt le pont unissant les deux rives sera terminé et Big James n'y pourra plus rien.

Demain, je dois rencontrer Sergio comme prévu. Il a laissé un message courtois en réponse au mien et m'a donné rendez-vous au marché principal pour « me faire connaître ce qu'il faut voir ». La formulation est étrange, mais aucunement lubrique. Bien sûr, il n'a rien dit sur mon Indien, ce doit être un oubli. Je ne supporte plus de l'appeler ainsi. L'appeler « mon Indien » met une distance ironique et une familiarité entre lui et moi qui condamnent depuis le début tout espoir de rencontre. Quel est le premier Indien d'Amazonie dont je me souvienne ? Difficile à dire. Une image à la télévision me revient. On y voyait un enfant avec une coupe au bol dont les cheveux formaient une tignasse d'au moins cinq centimètres d'épaisseur. Sa tête occupait le centre du cadre comme sur une photo d'identité inexpressive ou comme lorsque chez le coiffeur vous prenez conscience dans le miroir du caractère absent de votre visage autour duquel s'agitent des mains étrangères. Puis, une tondeuse de barbier tenue par un homme dont on ne voyait que le buste commençait à raser à blanc le crâne de l'enfant, ouvrant au sommet une tranchée, du front vers la nuque, puis une autre, parallèle, et ainsi de suite. L'enfant restait impassible, clignant à peine des yeux lorsque la masse entière de ses cheveux tombait au sol comme de lourds rubans de pelouse. Il ne comprenait pas ce qui lui arrivait, mais de l'autre côté de l'écran, nous comprenions. Le son n'était pas celui d'une tondeuse mais celui d'une tronçonneuse électrique. On entendait, tout près de nous, des arbres entaillés à la base qui perdaient l'équilibre et sous leur propre poids emportaient dans leur chute des branchages, des lianes emmêlées et des cris d'animaux. Les écorces et les veines qui résistaient étaient déchiquetées. Les cœurs rouges, pourpres, grenat, écarlates, cramoisis des troncs s'ouvraient béants à la lumière. *Pau Brasil* : bois de braise. Un filet de sang coulait sur l'arcade sourcilière de l'enfant jusqu'à pénétrer dans son œil effrayé. Il restait là, assis sur sa chaise, à me regarder.

L'idée me traverse l'esprit que cet enfant devenu adulte,

m'ayant reconnue à travers l'écran de la télévision le soir où je mangeais ma pizza, me demandait des explications. Lévi-Strauss n'en donne pas. En revanche, dès ses premiers pas dans les faubourgs de São Paulo à son arrivée au Brésil, l'anthropologue voit sur ces terres lointaines le renouvellement continu des forces dévastatrices de l'Occident, celles de la destruction mécanique de la planète, celles des images photographiques volées pour rehausser l'esthétique de notre culpabilité, celles aussi qui permettent de trier comme cela nous arrange parmi les causes justes. Je ne comprends pas ce que je ressens lorsque ces Indiens me regardent, qu'il s'agisse de l'homme apparaissant dans le documentaire, de cet enfant rasé à blanc ou de cet adolescent Nambikwara photographié par Claude Lévi-Strauss sur la couverture de *Tristes tropiques*. Qu'ai-je vu dans leurs yeux, si tant est qu'une même expérience traverse leurs inquiétudes ? Le vague sentiment d'une forêt en danger couvert de vagues paroles de plumes et de couleurs. J'ai peut-être inventé le reste : le désarroi des indigènes face à la laideur incompréhensible du monde qui vient vers eux et l'imminente perspective de leur disparition. En quoi devrais-je me sentir concernée ? Mis à part lorsque je jouais *Roméo et Juliette* sur scène afin de trouver une issue heureuse, je n'ai jamais fait d'efforts surhumains pour tenter d'aider quiconque. À moins que ce ne soit l'inverse. Ces Indiens n'attendent rien de moi et c'est à mon secours qu'ils viennent, au secours de Jeanne Beaulieu entourée d'une laideur incompréhensible. Ce voyage a déposé *Tristes tropiques* entre mes mains, m'a ouverte aux confessions de Lévi-Strauss, m'a plongée dans le roman de Paul et Claudia, puis Big James s'est mis à en feuilleter les pages comme une histoire à double fond pour que je croie encore à la beauté du monde. De là peut-être naîtra un nouvel enchantement, celui de ne jamais considérer la forêt comme un simple décor, mais plutôt comme une invitation à accueillir les possibilités infinies d'enchevêtrements de nos existences. Comment ne pas espérer qu'il existe, au hasard des rencontres, des liens secrets entre les êtres ? Je n'ai pas envie de quitter Big James sur ce quai, ni de laisser s'éloigner avec lui les amants de Vérone. Je veux tout ensemble comme dans la mythologie. J'ai toujours tout voulu et tout perdu.

Big James sur la terre ferme redevient l'homme que je ne connais pas, celui de Santarem qui s'est enfilé deux grosses bouteilles de bière en regardant descendre le soleil. Il a repris son air renfrogné et le regard que je lui ai vu ce jour-là. Je sais bien qu'il n'a pas oublié ce que l'on s'est dit au cours de ce voyage, mais il ne doit plus savoir qu'en faire. Débarquant seule avec mon sac, je me sens fragile. Lui, de son côté, est déjà en train de discuter avec un homme qu'il connaît. Big James me voit indécise sur le quai où chacun s'active. Il ne peut pas me laisser comme ça. Il s'approche de moi et me demande où je loge. Il voit où ça se trouve. Il me conseille de prendre un taxi, en remontant vers l'ancienne capitainerie. Ma gorge se serre. Je ne suis plus certaine de savoir ce qu'est une capitainerie. Je me suis trompée sur Big James. Après ces jours de lenteur au rythme du fleuve et la dilatation considérable de mon imagination pour ne pas mourir d'ennui, tout ce qui m'entoure de réel semble vaciller. Les bâtiments, les grues, les portiques, les immeubles de Manaus flottent dans un bassin de brume.

Lorsque je m'apprête à partir, Big James me retient par l'épaule.

– Vous faites quoi maintenant ? Venez avec moi, je vais vous montrer mes pirogues.

– D'accord.

En un seul mot, je viens de poser le pied à Manaus. Je n'avais jamais pensé auparavant me sentir si joyeuse à l'idée d'aller voir des bateaux. Je prends le parti de me laisser faire et de ne pas relever qu'il aurait pu attendre que je lui dise si j'étais libre. J'aurais très bien pu avoir décidé de voir Sergio toutes affaires cessantes. Mais non.

– Suivez-moi.

Je ne sais pas pour quelle raison je ne ressens aucune inquiétude. De ne voir personne attendre Big James sur le quai m'a peut-être rassurée. J'ai le désagréable souvenir d'un Paris-Hendaye en TGV où un homme séduisant qui n'avait pas pu s'empêcher d'entreprendre une femme seule assise en face de lui, moi en l'occurrence, s'était bien gardé de signaler que sa petite famille l'attendait tout sourire à la gare. Peut-être qu'il s'entraînait pour ne pas perdre la main. Je lui avais naïvement donné mon numéro de téléphone avant d'arriver, en me disant qu'il fallait bien un début à une histoire dont je me méfiais moins que celles qui démarrent sur les sites de rencontre. À tort, sans doute. Il ne m'avait jamais appelée et avait sûrement raconté à sa femme et mère de ses deux jeunes enfants qu'il s'était fait draguer par une allumeuse depuis Saint-Pierre-des-Corps. Pensait-il réveiller chez sa compagne un désir que seul aurait suscité la convoitise d'une concurrente ? Je ne l'ai jamais su. Les couples sont si prévisibles après des années de vie commune. Enfin, c'est ce qu'on raconte.

Big James attrape mon bagage d'une main comme un sac de linge sale et me fait monter à l'avant d'un bateau qui l'attendait sur place. Il allume le moteur et tous les effluves douteux de la ville s'envolent. Je vois la rive à nouveau s'éloigner. Je sens le vent sur mon visage. En amont du Fleuve noir, on pénètre dans un petit affluent, un *igarapé* verdoyant aux rives ombragées. Big James adapte la vitesse du moteur à mesure que l'on progresse. J'aperçois près du bord un couple de serpents entortillés. Des oiseaux bleu et rouge battant très peu des ailes filent au-dessus du cours d'eau. Leurs chants s'amplifient sous la galerie d'arbres, prévenant de notre arrivée. Nous y sommes. Je suis au bout du monde. Le long d'une grève d'ardoise se trouve un vaste atelier de réparation avec des pontons et des hangars abritant toutes sortes d'engins motorisés. Des pirogues sont attachées entre elles et alignées en épis. Des aboiements rauques se rapprochent. En guise de petite famille, langue pendante sur le côté, deux bergers allemands sautent sur Big James puis me reniflent un peu partout sans me laisser le choix.

Les chiens devancent un vieil homme que Big James me présente comme étant le véritable propriétaire des lieux, Zé Couro Fendido que l'on peut traduire par José Cuir Fendu, un surnom qu'il porte depuis longtemps contrairement à ce que sa peau ridée laisserait imaginer. En retour,

Big James me présente sous le nom de Jeanne de France et balance mon sac à terre. Par chance, il ne contenait rien de précieux en dépit du rang qui désormais m'anoblit. Mes souvenirs des cours d'histoire ne sont pas assez précis pour savoir qui était Jeanne de France, sans doute une sainte femme de la royauté, mais Cuir Fendu l'a peut-être connue car il insiste pour me prendre le bras d'une façon révérencieuse. Impossible de savoir s'il souhaite m'accompagner ainsi jusqu'à mes appartements ou si lui-même a besoin de s'appuyer sur quelqu'un pour s'y rendre. En revanche, pour la deuxième fois, l'allusion bien involontaire de Big James à « la petite Jehanne de France » chère à Blaise Cendrars, au milieu de cette Amazonie que le poète a par ailleurs si bien connue, réveille en moi un autre fantôme. Si je me souviens bien – j'ai vérifié depuis –, dans *La Prose du transsibérien*, Jehanne de France n'est autre qu'une prostituée qui elle-même n'est autre que la poésie s'asseyant dans les bordels sur les genoux de Blaise Cendrars.

Elle est douce et muette, sans aucun reproche,
Avec un long tressaillement à votre approche ;
Mais quand moi je lui viens, de ci, de là, de fête,
Elle fait un pas, puis ferme les yeux – et fait un pas.
Car elle est mon amour et les autres femmes
N'ont que des robes d'or sur de grands corps de flammes.

Faire le chemin dans la forêt avec tout le temps qu'il faut pour penser à Jehanne de France au bras de José Cuir Fendu n'est pas déplaisant. Homme sage, Cuir Fendu lui aussi sait faire plusieurs choses à la fois : chasser les moustiques, me regarder, se remettre en route, se souvenir qu'il m'a regardée et puis n'en être plus très sûr. À mi-parcours, il interrompt mes divagations sur mon destin de sainte ou de prostituée, car il a oublié mon nom. Il décide plutôt de m'appeler Aveia, un équivalent de Flocon d'avoine, et reprend la marche. Certes, il manque quelques lettres pour former le mot Jeanne, mais pas tant que ça. Je ne sais pas d'où vient cette manie d'inventer des surnoms.

Les appartements royaux se limitent à une modeste cuisine gagnée par la végétation, prolongeant l'atelier. À l'extérieur, un auvent de tôle ondulée permet d'accrocher des hamacs et des moustiquaires aux rails d'un chemin de fer pour enfants, fixé au plafond. Peut-être que ces rails ont appartenu à Tina, la fille de Big James, et qu'il a trouvé ingénieux de les recycler de la sorte parce qu'elle n'a jamais beaucoup joué avec. J'imagine déjà les locomotives, la tête en bas, cracher leur fumée pour nous protéger des insectes. Afin de me faire admirer les lieux, Cuir Fendu pivote sur lui-même en écartant lentement les bras. Le vieux est fatigué, me dit Big James quand il nous rejoint. Il m'explique qu'il faut le ménager, ce qui, venant de la part d'une brute épaisse, me fait penser que Cuir Fendu doit être mourant.

Il est pourtant encore de bon conseil. C'est un excellent mécanicien qui a régné sur « la ville flottante » de Manaus avant que celle-ci ne soit détruite, autant pour des raisons de salubrité que de criminalité impossible à réprimer. Le dédale des abris, des radeaux, des pontons de planches mobiles, des barques encastrées les unes dans les autres selon des règles que seuls les habitants du quartier maîtrisaient alors, rendait impossible toute compréhension générale. Les villes modernes n'aiment pas ça. Les villes modernes veulent comprendre. Cuir Fendu n'aime pas la modernité. Lorsque les autorités avaient supprimé son royaume, il avait décidé de déménager en amont du Fleuve noir dans un coin reculé. Il avait fait son temps au cœur de l'agitation et seuls quelques pêcheurs aux maisons sur pilotis répondant à des normes d'aménageurs pointilleux avaient été autorisés à rester au pied des courtes falaises. La plupart des Indiens, des parias, des *caboclos* de mauvaise vie avaient été sommés de débarrasser le front d'eau de leur présence anarchique et peu recommandable. Tout ce que connaît Big James en mécanique, il le tient du vieux qui se réjouit d'avoir un successeur doué de ses mains et surtout travailleur. Parfois Big James démonte et remonte sous les yeux de Cuir Fendu tel ou tel mécanisme pour le plaisir, parce que aucun des deux n'aime regarder la télévision, raison pour laquelle elle leur sert d'aquarium.

Tout en poursuivant ses explications, Big James sort une nappe, des bières et un verre poussiéreux. J'en déduis que le verre m'est destiné et qu'il s'agit d'un jour exceptionnel. C'est Cuir Fendu qui lui a fabriqué la prothèse qu'il porte afin de remplacer le modèle bas de gamme de l'armée américaine dont il s'était séparé et cela avait suffi à convaincre Big James de travailler avec lui. Dans son coin, Cuir Fendu nous observe en buvant un bol de lait sorti du micro-ondes qui l'avertit par un signal sonore lorsque c'est prêt. C'est la modernité dans son principe qu'il n'aime pas. Cuir Fendu fait un clin d'œil à son Flocon d'avoine. Il apprécie que je lui rende une telle attention. Il est trop sourd pour nous entendre, me dit Big James, mais il est heureux de voir nos visages éclairés crûment sous les néons de la cuisine.

La sonnerie du téléphone à côté duquel se trouve Cuir Fendu le fait pourtant sursauter. Il décroche et répond quelques mots incompréhensibles avant de raccrocher.

– Ce n'est pas le moment de nous déranger, dit-il à Big James.

Les deux hommes rigolent un peu bêtement sans que je sache pourquoi. On continue à parler de choses et d'autres. Ce tableau idéal de transmission entrepreneuriale et de belle camaraderie n'a rien pour me déplaire, mais je n'ai pas oublié les mots que Big James a prononcés sur le bateau. Je me décide à choisir le chemin le plus court afin de ne pas me laisser trop attendrir par le lait chaud.

– Big James, pourquoi m'avez-vous dit de me mêler de mes affaires ?

Il semble surpris que je sois capable d'ouvrir des parenthèses et de les refermer si longtemps après. Il ne connaît rien aux femmes.

– Ce n'est pas ce que j'ai dit. J'ai dit : « Pourquoi ne vous mêlez-vous pas de ce qui vous regarde ? »

– J'ai prononcé des mots qui vous ont blessé ? C'est ça ? Je n'aurais pas dû vous faire parler de votre famille ? Dites-moi.

– Ce n'est rien.

– Soyez sincère avec moi si j'ai été maladroite. Je ne demande qu'à m'excuser.

– Laissez tomber. Je regrette ce que j'ai dit.

Cuir Fendu sent bien que l'on est parvenu à un point de la conversation où tout peut basculer : de folles étreintes ou deux trajectoires stellaires qui n'auront plus aucune chance de se croiser. Je n'arrive pas à croire que je suis dans ce théâtre de ferraille et de verdure en orbite autour de Manaus. L'unique spectateur de cette représentation s'agite sur sa chaise, faisant signe d'accélérer ou tout au moins de poursuivre la scène. Je sens que Big James a besoin d'un coup de pouce :

– Oublions, alors. Je ne recommencerai plus.

– Jeanne, quand je vous ai dit ça, je voulais vous parler des Ambrosio. C'est un nom connu par ici. Vous ne devriez pas vous mêler de leurs histoires de famille, vraiment pas.

– Vous connaissez les Ambrosio ?

Je n'attends pas de réponse. La danse de la pluie a commencé sans moi. Je suis prise d'un vertige. Pourquoi ne m'a-t-il pas dit avant que cette famille était connue ? Ma première envie est de prendre mes affaires et de partir. Pour aller où ? Je me rassois aussitôt, consciente que je suis loin de Manaus et loin de la réalité. Malgré le sentiment d'avoir été trahie et une pointe de dépit qu'il me faut accepter, je me mets à penser que Big James pourrait m'apprendre quelque chose sur Claudia. J'ai besoin de retrouver mes esprits et de rembobiner ma croisière au début. Je vois que Big James, lui aussi, cherche à sortir de ce maelström.

– Big James, il vous reste du lait de pirate ?

– J'ai de quoi en faire.

Comme lors d'une trêve de Noël dans les tranchées de la Grande Guerre, il se lève afin de préparer notre mixture qu'il dose généreusement en cachaça. Il est mal à l'aise. Alors que je le croyais envoûté par mes contes nocturnes et intéressé, sinon par mes charmes, tout au moins par mon enthousiasme à donner vie à une romance plus palpitante que les bluettes de sa grand-mère, il ne faisait en réalité que repousser le moment où il me mettrait au courant. Moi qui prenais les passagers qui nous accompagnaient pour des ignares, ils devaient tous connaître le nom des Ambrosio aussi bien que celui de l'inspecteur Jacaré. Pourquoi n'avaient-ils pas affiché sur leurs gros ventres les portraits de toute la famille plutôt que ceux de Bob Marley et de Frida Kahlo ? Et pourquoi n'y a-t-il pas dans mon guide un chapitre entier qui leur est consacré plutôt qu'une pleine page sur les exploits du roi Pelé ? Cuir Fendu est perdu – il ne voit pas assez de vaudevilles – mais accepte volontiers de boire avec nous un verre de cachaça-coco. Cette boisson est idéale pour les entractes. Il la déguste et caresse le poil des bergers allemands disposés à ses côtés comme deux accoudoirs rembourrés.

Je n'attends pas de réponse, mais Big James m'en livre une plus surprenante encore :

– J'ai travaillé pour les Ambrosio, il y a longtemps. Il ne faut pas s'approcher de ces gens-là.

Ce n'est bien sûr pas le soin que j'avais pris à imaginer le désir naissant entre Paul et Claudia qui avait intrigué Big James, mais la naïveté qui était la mienne lorsque, galvanisée par l'alcool, j'avais cru le faire pénétrer dans mon univers. Pire que cela, il m'avait interdit d'entrer dans le sien. Il s'était contenté de reproduire la même tactique dont il usait avec sa grand-mère de la Nouvelle-Orléans : ne rien laisser paraître et glisser quelques phrases de relance pour boire tranquillement son verre de lait.

L'inspecteur Jacaré, dans n'importe quel épisode de *Piments d'amour*, aurait pris au sérieux une telle mise en garde et aurait classé l'affaire plutôt que de se compliquer la tâche. À propos des enquêtes ethnographiques qui ne sont pas sans ressemblance avec les enquêtes policières, Lévi-Strauss note qu'il faut savoir « faire montre d'une indiscrétion humiliante ». Je suis prête à en passer par là. Je veux savoir ce que Big James pourrait m'apprendre. Mon désir immédiat est plus hésitant : une scène inoubliable de gifle au ralenti pour m'avoir caché la vérité ou bien sauter au cou de Big James qui ne cherche peut-être qu'à me protéger. Cuir Fendu et ses cabots vont en avoir pour leur argent. Un deuxième coup de téléphone retentit en plein dénouement. Cette fois Cuir Fendu prend un air grave. La conversation dure et Big James finit par se lever pour attraper le combiné. Il répète qu'il voit à peu près où se situe la zone. Il dit que ça tombe mal à cette heure-ci, mais qu'il va venir. Il est bien obligé. Il promet, il va venir. Je crois un instant qu'il n'y a personne à l'autre bout du fil et que le piège est total. Je réussis à mettre en sommeil le cycle versatile des vices et des vertus. Je profite de ce répit pour essayer de me calmer. En fin de compte, la nappe est assez jolie, colorée avec différentes sortes de perroquets.

– Jeanne, je vais devoir aller dépanner un client qui a des problèmes avec son bateau. Ça ne peut pas attendre.

– Oui, je comprends.

Aras, cacatoès, perruches, j'en reconnais certains, pas tous.

– Je risque de rentrer tard. Vous pouvez vous servir de tout ce que vous voulez et accrocher votre hamac avec les nôtres pour la nuit.

– Et Cuir Fendu ?

– Il va dormir avec vous sous l'auvent.

– Et les chiens ?

– Ils vous laisseront tranquille, vous ne risquez rien ici.

– Et les pirogues ?

Vase, amphore, cruche, je suis une cruche. Revoilà Dame-jeanne et sa clisse d'osier. Je poursuis Big James quelques mètres, sans raison, puis il m'échappe. Je l'entends fixer sa prothèse et marcher lourdement sur les planches qui mènent au bateau. Il démarre le moteur. Le bruit est si clair dans la nuit, et il m'accompagne si longtemps malgré le bourdonnement des grillons ou de je ne sais quelles bestioles, qu'il me fait prendre conscience d'une immensité. Des yeux d'insectes phosphorescents peuplent les troncs. Des grenouilles sortent de terre. Des élytres affolés se prennent dans mes cheveux. J'essaie de respirer. Je me sens seule au monde. Cuir Fendu lève les bras d'un air dépité. Il traîne les pieds au sol. Les chiens l'accompagnent avec leur cliquetis de griffes. On a gâché la fin du spectacle.

Il y a encore quelques semaines, j'aurais été terrorisée de me retrouver dans un endroit comme celui-ci. J'accroche mon hamac. Il faut que j'apprenne à faire confiance aux autres. Ma mère ne ferait pas la différence entre un auvent ouvert sur la jungle sauvage et un bungalow sur les côtes du Languedoc. Elle n'a peut-être pas tort, le Languedoc n'est pas sans péril. À quoi ressemblera-t-il, dans un siècle, quand l'eau aura monté ? Mon frère et ma belle-sœur, eux, n'ont que des peurs bien ordonnées. Je m'endors en pensant à eux, ainsi qu'à mon père qui au-delà d'une quelconque menace aurait apprécié l'abondance des couleurs au fond de l'*igarapé*. Je le vois sourire. Son sourire m'apaise. Tant que je suis vivante, je me rends compte du privilège qui est le mien de les aimer ou de les haïr.

16 – UNE TORNADE AU TEXAS

Je n'ai pas réussi à fermer l'œil avant une heure avancée de la nuit. Cuir Fendu a facilement trouvé le sommeil, pas le moins du monde perturbé par ma présence. Il m'a parlé avant de s'assoupir, à moins que ce ne soit à ses chiens. J'ai fait des rêves étranges – en existe-t-il d'une autre nature ? – desquels j'ai mis du temps à me sortir, des rêves qui vous observent comme de l'extérieur et qui hésitent entre deux étages, l'un où vous priez pour vous endormir, l'autre où vous luttez pour vous réveiller, des rêves d'aventures, de moustiques insatiables, de cape et d'épée. Ils empruntent à la vie un vêtement inhabituel, ils ouvrent une commode laissée dans un grenier d'où ressurgissent des ferrets en diamants sur un livre couvert de poussière, puis vous galopez à travers la plaine, mû par un désir de locomotive. Cela m'a valu la découverte d'un chapitre inachevé des *Trois moustiquaires* dont je suis jugée responsable de la bêtise par Richelieu en personne qui me condamne à la peine capitale. A-t-on les rêves qu'on mérite ? Après tout, Lévi-Strauss lui-même avertit que les calembours spontanés véhiculent des leçons symboliques que nous ne sommes pas à même de formuler clairement. Au matin, une des trois moustiquaires était restée vide. Big James n'est pas rentré de la nuit.

Je ne compte pas attendre qu'il revienne. Je ne suis ni sa femme, ni sa mère. Je me dis que vaquer à mes occupations serait le plus grand service à me rendre. S'il avait voulu m'en dire davantage sur Paul et Claudia, sur les Ambrosio ou sur un tout autre sujet, il aurait trouvé le moyen de le faire. Si Big James me l'avait demandé ou s'il était rentré dans la nuit et s'était excusé, j'aurais annulé mon rendez-vous avec Sergio. J'aurais grogné dans mon sommeil pour prendre ma revanche, écarté sa main qui aurait essayé de démêler mes cheveux pris dans les mailles du hamac et je me serais rendormie, heureuse de savoir que je comptais pour lui, même d'une façon qu'il est bien prématuré de nommer. De combien de ces petits moments dépendent les grandes histoires ? Chacun s'arrangera avec l'exactitude de la théorie : le battement d'ailes d'un papillon au Brésil ou sur l'œil d'une tortue peut-il provoquer une tornade au Texas ou dans mon cœur ?

Cuir Fendu est plutôt un penseur de l'aube. Il mange un fruit qu'il me conseille de goûter, un fruit à la chair blanche parsemée de pépins noirs dont je ne saisis pas le nom. Il prépare du café à son rythme et baragouine des histoires de pirogues et de moteurs que je n'ai pas le courage de lui faire répéter. Il n'est pas facile à comprendre, le vieux, mais il est certain qu'il connaît Big James mieux que quiconque. Dans le désordre, il me raconte à grand renfort de bruitages que Big James est un excellent piroguier même dans les courants les plus dangereux, qu'il a un sens de l'orientation hors pair – ce dont les femmes sont dépourvues – et qu'il est très habile à la carabine, ce qui pour Cuir Fendu demeure une qualité suprême dans la jungle. Il me confie enfin un petit prospectus à rabats où sont répertoriés les différents services que propose désormais son entreprise grâce à son disciple, dont les dépannages à toute heure du jour et de la nuit. Je n'ai qu'à me le tenir pour dit. Après un tel panégyrique, j'ai soudain envie de demander des nouvelles de la femme et de la fille de Big James, mais je trouve le procédé quelque peu déloyal. Finalement, je fais comprendre à Cuir Fendu que je ne vais pas rester là, qu'il doit me ramener à Manaus où j'ai rendez-vous. Tout moribond qu'il est, il ne compte pas se priver de cette mission.

Cuir Fendu s'allume un cigare de feuilles dures, celles qui ne prennent jamais l'humidité, et fait démarrer le moteur à la première tentative, un des plus gros moteurs qui se trouve fixé sur la plus belle des pirogues. L'eau de l'*igarapé* protégée par la galerie quasi jointive des palmiers est lisse et miroitante. Pas un souffle d'air ne perturbe son travail de copiste pour dessiner des palmes à l'envers. Cuir Fendu fonce dans ce tunnel d'eau et de feuilles à toute allure, à toute bringue serait sans doute plus juste, car il a sorti sa fiole et sa casquette de capitaine. Arrivé sur le bras principal du Rio Negro, il klaxonne à l'aide d'une sirène dès que l'on croise d'autres bateaux pour qu'ils s'écartent à temps ou qu'ils prennent garde à notre trajectoire. À tous les autres navigants, touristes, pêcheurs, dauphins, ainsi qu'aux simples terriens regardant le fleuve, il adresse des gesticulations de poignet imitant un combiné téléphonique qu'il fait tourner dans les airs. J'apprends plus tard que ce geste de la main, appelé *shaka*, auquel ont souvent recours les Brésiliens et qui est devenu un signe de ralliement des adeptes des sports de glisse, ne veut pas dire de rappeler d'urgence son interlocuteur, ni de mixer une banane à grande vitesse, mais signifie qu'il faut rester cool ! Rester cool en toute occasion. À la manœuvre de sa pirogue qui, au péril de ma vie, tranche la surface du fleuve, Cuir Fendu porte au plus haut cette philosophie. L'espace d'un court instant, grisée par la décharge d'adrénaline, il me serait presque égal de mourir. Cuir Fendu est un chamane affranchi de tous les cultes. Il protège Big James de quelque chose d'enfoui, et me voyant me rapprocher de son ami après des années d'isolement, il me fait parader sur le fleuve comme l'annonce d'un oracle à la jonction des eaux limoneuses et des eaux sombres.

La pirogue arrivée à quai, Cuir Fendu me dit au revoir sans même descendre à terre, bien certain que le destin nous réunira à nouveau. Je suis reprise d'un coup par la torpeur des normales saisonnières. La moiteur baigne les rives et des cumulonimbus aux proportions démesurées prennent de l'altitude par la seule force bouillonnante de l'évaporation. Il y aura de l'orage, ici même ou au-dessus de la forêt. C'est le seul moyen certain de diviser le jour en deux parties. Les barrages du ciel céderont pour rendre à la nature des quantités d'eau considérables dans un cycle sans fin. L'Amazonie transpire, pompe, suinte, ruisselle, déverse, inonde, épuise. Elle alimente les rêves des humains, les mêle dans une même eau, les coule dans l'ombre végétale et se referme sur eux comme une métaphore qui se met à fleurir et devient carnivore.

Je n'ai pas prévenu mon hôtel de mon absence de la veille, ce qui ne change rien pour eux. La réceptionniste, une gentille dame en claquettes, me demande quel numéro de chambre je préfère entre la 7 ou la 8. En face d'un dilemme à ma mesure, je choisis sans hésiter l'impair, « plus vague et plus soluble dans l'air ». Je fais le coup à chaque fois. Il me reste quelques heures avant mon rendez-vous avec Sergio auquel je n'ai plus envie de me rendre, mais je souhaite éviter pour ma santé mentale que rien ne compte davantage que les pirogues de Big James qu'il n'a pas pris le temps de me montrer. Il n'en saura rien. J'y vais pour moi, par fierté, outre le fait que Sergio me mettra peut-être enfin sur la piste de « mon Indien ». Je n'ai toujours pas trouvé comment le baptiser autrement mais, en le voyant dans son monde, un surnom me viendra, aussi seyant que celui de Cuir Fendu dont je ne connais toujours pas l'origine. Il n'y a pas d'explication à tout, ni en Amazonie, ni ailleurs. Il faut savoir l'accepter à l'échelle d'une vie qui tient en quelques pages.

Et puis je me sens redevable envers cet Indien d'avoir su faire décoller l'inerte Dame-jeanne. Je pourrais nommer cet homme « Lance Perçante », mais je trouve cette idée tellement géniale que je m'en passe aussitôt. De toute façon, ils sont tous grotesques, ces surnoms dont on affuble les Indiens à la suite d'une histoire exemplaire dont ils seraient l'allégorie et dont on pourrait reproduire la scène dans un cahier de coloriage, grotesques et trop influencés par les westerns. Si je finis un jour par le rencontrer ou en apprendre davantage sur lui, je suis certaine qu'il balaiera d'un geste toutes les âneries auxquelles je ne cesse de penser depuis mon départ.

Pour l'instant, c'est Sergio qu'il me faut reconnaître près du Mercado Adolpho Lisboa de Manaus dont la plus grande partie est en travaux. Avec sa structure en fer et ses grands vitrages, le marché ressemble aux Halles de Paris d'autrefois. Je lis sur un panneau protégeant les échafaudages qu'il a été construit à la fin du XIXe siècle, au moment de l'âge d'or du caoutchouc. Sergio m'a dit de l'attendre du côté du fleuve et je le soupçonne de m'avoir préparé une visite guidée sur mesure que j'aurai l'immense privilège de partager avec lui car il connaît les lieux comme personne. L'intention est louable, mais je sens que tout cela va m'ennuyer terriblement. Il va me parler de Gustave Eiffel pour m'impressionner et me faire admirer les étals colorés de fruits tropicaux qu'on ne trouve pas en Europe, chez nous, où tout est gris.

Je vais à ce rendez-vous comme certains de mes clients venaient visiter un appartement en ayant décidé à l'avance que tout serait moche en dépit de la bonne volonté que je mettais à leur faire apprécier le charme incomparable de la hauteur sous plafond ou des pierres apparentes. Ils entraient dans la chambre parentale et faisaient une moue dubitative car il n'y avait pas assez de rangements. Ils entraient dans la salle de bain et m'expliquaient lorsqu'ils voyaient une douche à l'italienne que rien ne remplaçait un bon bain chaud. Je suis d'accord avec eux. Ils entraient dans la cuisine et me demandaient l'état des filtres à charbon de la hotte aspirante comme si, trop souvent, ils avaient regretté l'achat d'une maison au prétexte qu'on leur avait caché la vérité sur ce sujet. Ils pénétraient dans les toilettes et je rêvais d'y enfermer ces têtes à claques qui m'avaient fait venir jusqu'à la porte de Saint-Ouen pour s'assurer que « l'appartement qu'ils avaient signé » était une meilleure affaire que celui qu'ils visitaient avec moi. J'éprouve un immense mépris pour les gens qui choisissent l'endroit où ils vivent selon qu'il s'agisse ou non d'une bonne affaire, comme si rien ne comptait davantage dans la vie que la certitude de ne pas se faire arnaquer. Je méprise trop de choses pour être heureuse. Je devrais le marquer quelque part.

Un homme me fait de grands gestes et m'appelle par mon prénom alors même qu'il ne m'a jamais vue. Soit cet homme est tombé par hasard sur le site de l'agence immobilière qui m'employait, soit quelqu'un lui a fait un descriptif suffisamment détaillé pour qu'il n'ait aucun doute, par exemple son ami Felipe de São Paulo qui aurait usé d'un langage choisi. En substance : « Tu verras, elle a l'air coincée comme ça, mais elle est encore bonne pour son âge. » J'essaie de contenir ma mauvaise humeur qui se double d'une période délicate pour les femmes revenant chaque mois aux mêmes dates, peu propice à la patience en ce qui me concerne, et dont les romans d'aventures d'Alexandre Dumas, de Joseph Conrad ou de Pierre Mac Orlan ne tiennent pas assez compte. Selon les situations, cela permet pourtant de dissiper certains malentendus.

Contrairement à ce que j'ai imaginé, Sergio Carlos Andrés Cardoso n'a pas tous les attributs du réalisateur frimeur qui place son métier au-dessus de tout. Mis à part la certitude faite sienne qu'il est beau et intelligent, certitude dont je peux parier qu'elle fut acquise dès l'enfance à cause d'un sevrage tardif et d'une mère en adoration devant son fils unique, l'homme est plutôt affable et à l'écoute. Une femme, ça se respecte. Cuir Fendu, au premier abord, aurait conclu que Sergio était plutôt cool, comme en atteste d'ailleurs sa tenue ample et bariolée, même s'il abuse d'un langage corporel empreint de maîtrise et de sensualité qui est la marque des grands danseurs que je déteste. Il me propose d'aller nous mettre à l'abri car la pluie commence à tomber. Le gros de l'orage épargne Manaus mais laisse de quoi patauger dans ses rues. Sergio parle un anglais dynamique, avec un fort accent brésilien qui lui donne des airs de prof de Pilates pour rombière endolorie. Je ne compte pas prêter le flanc à ce genre de quiproquo et j'évite de me recoiffer en lui parlant, ainsi que de sourire. Je suis comme je suis.

– Alors Jeanne, racontez-moi tout.

J'ai eu le temps de mettre au point une version de mon histoire plus sophistiquée que celle qui m'a valu le désappointement de mon entourage. Je suis désormais journaliste, employée par un célèbre magazine, et je suis en repérages pour un papier sur les drames causés par la déforestation. Je ne suis pas la seule sur le créneau, mais ma rédaction, qui aime casser les codes, a été sensible à mon argumentaire que je lui résume de la sorte :

– Mon idée est de dresser deux ou trois portraits de personnes qui ne partagent pas les mêmes idées sur la question. Je ne veux pas de grandes considérations générales, ni de chiffres qui effraient tout le monde et dont on ne retient rien, vous comprenez ?

– Oui, vous avez raison, vous voulez quelque chose d'incarné !

– Voilà, incarné, exactement. Et l'un des endroits qui apparaissent dans votre documentaire me semblait intéressant à plus d'un titre. On y aperçoit des agriculteurs, des ouvriers du bois, des chauffeurs de camions et le visage énigmatique de cet Indien dans la forêt, vous voyez de quoi je parle ? Même si un autre que lui pourrait tout aussi bien faire le job.

Je suis assez fière de ma formulation finale « faire le job » qui témoigne d'un pragmatisme propre à la profession journalistique et permet de ne pas focaliser excessivement l'attention sur cet Indien. Il ne serait pas crédible, à ce stade, de le considérer comme un acteur indispensable. Sergio n'a mordu qu'à moitié à l'hameçon.

– Oui, Felipe m'a expliqué que vous vous intéressiez à cet Indien. Moi aussi, son visage m'avait marqué. On ne savait pas trop ce qu'il faisait là. Le hasard parfois nous dépasse.

– Et vous croyez que je pourrais le retrouver ?

– Les images ont presque cinq ans et elles n'ont pas toutes été tournées au même endroit. Ce reportage était une commande pour une boîte aux États-Unis et vous avez dû voir une version remaniée pour l'Europe qui n'est pas tout à fait la même.

– Ah.

Je ne vois pas où il veut en venir.

– Au départ, le reportage devait parler du Roraima et

des Yanomami au nord du territoire, mais à l'époque on n'a pas pu tourner là-bas, alors on a bricolé certains plans et on s'est arrangés pour filmer ailleurs des bouts qui nous manquaient. On s'est dit qu'on allait faire quelque chose de plus général sur la forêt. Vous savez, certains font bien pire. Et bientôt, tout sera réalisé par ordinateur, et les gens comme moi, on n'aura plus de boulot !

– À qui le dites-vous ! Si ce papier ne sort pas, je crois que je raccroche et que je me lance dans l'immobilier.

Ça aussi, c'est bien envoyé.

– Vous avez raison, voilà un domaine où il y a toujours du pognon à se faire. Mais vous comme moi, on ne ferait pas le métier que l'on fait si on rêvait de devenir riches, n'est-ce pas ?

Je ne me sens plus très à l'aise sur ce terrain. Sergio doit avoir environ dix ans de moins que moi. À son âge, devenir riche, j'en rêvais tous les jours, sans doute d'un peu trop loin pour y parvenir, mais j'en rêvais. Je cherche à relativiser les malheurs de notre situation professionnelle en disant qu'on n'est pas les plus à plaindre et qu'on ne dort pas sous les ponts, ce genre de banalités répugnantes qui finissent toujours par sortir comme une ligne de fuite vers laquelle s'échappe la honte dès qu'il est question d'argent. Je me sens lasse de cette conversation. Un peu minable aussi. Outre le fait qu'il y ait très peu de ponts en Amazonie sous lesquels dormir – cette idée n'amuse que moi –, je ne connais rien de la pauvreté de ce pays. Heureusement, il me sert sur un plateau l'élément clé qui me manquait :

– J'ai pris le temps de vérifier. Les images avec l'Indien que vous recherchez ont été filmées pas très loin d'ici, enfin pas tout prêt, mais vous n'aurez pas à vous rendre au fin fond du Roraima.

– Qu'est-ce que vous entendez par « pas très loin d'ici » ?

– Deux à trois heures de piste au lieu d'une grosse galère. Mais ne vous emballez pas, ça n'est pas pour autant que vous allez le retrouver.

– C'est ce que tout le monde me dit.

– Mais ça vaut peut-être la peine d'aller voir, au moins pour vous faire une idée de ce que réserve parfois la forêt. Avec tout le mal que vous vous êtes donné jusqu'ici, ce serait dommage de ne pas essayer, non ? Vous n'êtes pas venue pour mes beaux yeux.

Je retire tout ce que je pensais de mesquin sur Sergio, sauf le jugement objectif et sans appel qui concerne ses goûts vestimentaires. Son compère Felipe avait raison. Sergio est quelqu'un de bien, qui a de solides convictions, dans ce monde désenchanté et âpre au gain. En outre, c'est un homme organisé et attentif, ce qui vient à point nommé car je commence à accuser le coup de ma nuit chaotique passée au fond de l'*igarapé* à attendre Big James. Je pense d'ailleurs que j'ai eu raison de ne pas rester là-bas. Big James m'a joué un sale tour à garder le silence au sujet des Ambrosio jusqu'à ce que je me ridiculise à penser qu'il me trouvait plutôt douée dans mes nouveaux habits de conteuse des mille et une nuits. Sergio s'occupe de la suite du programme :

– Voilà ce qu'on va faire, vous allez vous reposer à l'hôtel et demain matin, je passe vous prendre. Vous allez m'accompagner, j'ai une journée de tournage à une cinquantaine de kilomètres de Manaus qui nous rapprochera de l'endroit qui vous intéresse. Si vous voulez, le lendemain, je vous y accompagne et on voit sur place.

Bon, je me suis laissé convaincre. La pluie a cessé et Sergio n'a fait aucun commentaire déplacé ni sur moi ni sur la grisaille de l'Europe. Je suis épuisée et mes règles douloureuses me donnent mal à la tête. C'est la fin, mais je ne me sens pas bien. J'en viens presque à regretter les heures de bus passées à la fenêtre à regarder une jungle sous cloche qui se portait merveilleusement sans moi. Les décisions à prendre étaient bornées par les bas-côtés de la route et le rythme des paysages qui défilaient me satisfaisait. Après l'école du renoncement que je compte ouvrir à mon retour, je proposerai en complément une initiation à la simple satisfaction, rédemptrice de l'*homo economicus* et rétive à toute forme de progrès. Si on voit les choses en grand, à l'échelle de l'humanité, il y a de bonnes raisons de penser qu'être au sec, au coin du feu, avec une cuisse de gibier un peu trop cuite, représente tout ce qu'il y a de plus satisfaisant. Les gens diraient « je suis satisfait » et ne consacreraient, peu ou prou, aucune énergie à faire évoluer la situation. Et ceux qui prétendraient qu'on peut toujours faire mieux devraient apprendre à faire toujours moins bien pour espérer entrevoir un jour les bénéfices de la satisfaction. Je ne suis pas certaine que mon frère s'inscrirait à cette formation.

Avant de me laisser à mon hôtel où je décide de prendre un bain pour me détendre, Sergio ajoute qu'il y a un écolodge tout près du lieu du tournage où se trouve déjà le reste de l'équipe et où je pourrai établir mon camp de base. La forêt est un milieu difficile à pénétrer, mais des avant-postes permettent de s'en approcher. À vrai dire, le mot « écolodge » me semble très moche et je trouve l'expression « camp de base », quoique plus lévistraussienne, un peu inquiétante.

Sur place, à quoi faut-il que je m'attende ? Être au cœur de la jungle ? Être « au cœur des ténèbres » ? Au fur et à mesure que je remonte l'Amazone, comment ne pas penser aux ténèbres africaines de Joseph Conrad qui m'avaient terrorisée tout comme celles d'*Apocalypse Now* au sein desquelles l'absurdité du destin de Big James n'aurait pas déparé. Pourquoi Big James avait-il souhaité se réfugier si loin dans la forêt après sa malheureuse expérience au Vietnam ? Comment la pluie et l'obscurité végétale ne lui rappelaient-elles pas constamment sa sortie de route et les heures d'agonie qui s'en étaient suivies ? À sa place, la moindre goutte d'eau sur une feuille me ferait penser à la mort.

Je reprends *Tristes tropiques* pour tenter d'y trouver des mots rassurants sur ce que je découvrirai demain. Lévi-Strauss est enthousiaste au sujet de la forêt qu'il considère sitôt qu'on y pénètre comme « un nouveau monde planétaire » où renaissent des biens qu'on croyait disparus : le silence, la fraîcheur et la paix. Pour l'instant, ce n'est pas exactement ce que j'ai ressenti. En forêt, afin d'oublier la fatigue, voilà que des petits poèmes se formaient dans sa tête au rythme de la marche :

Dans la forêt céphalopode
gros coquillage chevelu

de vase, sur des rochers roses qu'érode
le ventre des poissons-lune d'Honolulu
[...]
Amazone, chère amazone
vous qui n'avez pas de sein droit
vous nous en racontez de bonnes
mais vos chemins sont trop étroits

Hors son talent et sa science, ce type est bien plus audacieux que moi avec mon carnet. En regard, Paul a tenté d'illustrer au crayon les quatrains surréalistes de l'auteur. Claudia est sensible à sa poésie latino-américaine. Lévi-Strauss errant dans la forêt devait subir un envoûtement, celui des substances chimiques que les arbres répandent autour d'eux pour faire tomber la pluie et plonger les humains dans la folie. Il a trempé ses mots dans toutes les encres et toutes les boues de l'Amazonie. Il a noté ce que les Indiens lui ont raconté. Ce n'est pas lui qui les a étudiés, ce sont eux qui, vautrés dans la poussière ou rallumant le feu, lui ont montré ce qu'ils savaient. Ensemble, ils ont troqué quelques idées. Un beau jour, un esprit de la forêt, inépuisable et chantant, a décidé de nicher dans le corps de l'anthropologue. Son style est devenu une mélodie d'oiseau, son œil, celui d'un aigle dont la vue perce les nuages. Alors que les personnes qui l'accompagnaient dans ses expéditions tombaient malades, Lévi-Strauss a toujours manifesté une légèreté de plume et une santé miraculeuses.

Il quitte le Brésil en 1939. En Europe, la guerre éclate. New York l'accueille jusqu'en 1947. Il ne retournera plus sur les terres de *Tristes tropiques* avant 1985, pour accompagner François Mitterrand et tenter d'y défendre les droits des Indiens. Le petit avion devant alors le conduire à un village bororo pouvait atterrir, mais il n'aurait pas pu redécoller. La clairière n'offrait pas assez d'espace pour s'y rendre par les airs, à moins d'être un oiseau. Il n'a donc pas pu revoir les Bororo comme il l'aurait souhaité, ni bien sûr l'enfant Nambikwara du Mato Grosso en photo sur la couverture de son livre. Mais l'esprit de Lévi-Strauss, mi-homme, mi-oiseau, leur a sûrement rendu visite. Entre-temps, dans les années 1960, il fait entrer dans sa bibliothèque parisienne de la rue des Marronniers des perroquets venus d'Amazonie qui volent au-dessus de sa tête en toute liberté et qui défèquent imprudemment sur tel ou tel article en cours. Il confia dans un entretien que son vœu le plus cher aurait été de pouvoir converser avec un oiseau, pouvoir traverser cette frontière infranchissable du vivant. Une bibliothèque-volière même à la pointe la plus innovante de ce qui pourrait se concevoir ne propose pas ce genre de miracles. Ce serait pourtant tellement pratique. Les oiseaux pourraient exprimer ce qu'ils pensent de nos élucubrations à leur sujet. Ils se moqueraient de notre orgueil qui est de croire qu'avec nos raisonnements d'intellectuels et notre sensiblerie nous pouvons revenir au temps mythique où les hommes et les animaux étaient encore indistincts. Hypothèse depuis mon bain moussant :

Lévi-Strauss est un oiseau qui parcourt à tire-d'aile une forêt structuraliste.

Si un jour, pour tourner définitivement le dos à l'immobilier, je devais reprendre mes études de lettres, d'anthropologie ou de civilisation, qu'importe le fonds de commerce, voilà le genre de formules insensées que je lancerais sur scène pour avoir du succès.

17 – PERSPECTIVISME ET AUTRE POINT DE VUE

Sergio est passé me prendre à l'heure dite dans sa camionnette de safari. Nous avons filé vers le nord. Il m'a fait admirer l'Estádio Vivaldo Lima qui doit être remplacé par un stade de foot plus moderne en vue de la coupe du monde de 2014. Je m'en fiche un peu. Nous avons ensuite longé des pavillons de construction récente, puis des taudis, et nous atteignons la forêt qui s'écroule comme un tas de branches au pied du bitume.

Je n'écoute Sergio qu'à moitié. Mon visage se reflète dans le rétroviseur. Je ne sais pas pour quelle raison j'ai mis du rouge à lèvres, mon Scarlett Gipsy dont j'ai appris avant de partir qu'il ne serait bientôt plus fabriqué. Si je dois défaillir, il faut être présentable. Je n'en mettais jamais quand j'étais jeune et puis j'ai découvert que j'aimais ça, la façon dont le rouge à lèvres transforme légèrement les distances autour de soi. Les gens de loin me voyaient de plus près. Les gens de près me voyaient de plus loin.

Je pense à l'enchaînement des trajets qui m'ont conduite jusqu'ici. Je ne croyais pas être capable d'en faire la moitié. Big James me manque. Jamais je ne me suis sentie aussi loin de chez moi qu'en sa présence et cela n'a rien à voir avec l'endroit où j'aurais pu le rencontrer. C'est lui qui me fait cet effet. D'habitude, l'éloignement agit à l'inverse de ce que j'imagine en matière de dépaysement. Plus je pars loin et plus je suis renvoyée à mon adresse, à mon visage, à mon Scarlett Gipsy. Au lieu de tout oublier grâce aux milliers de kilomètres qui me séparent de l'endroit où je vis, je me sens comme assignée à résidence par le regard des autres. Je voyage, je suis blanche, je suis tellement française quoi que je fasse. Depuis quelques années déjà, je ne prends plus aucun plaisir à entendre à l'étranger les noms de Jacques Chirac ou de Zinédine Zidane, lorsqu'il ne s'agit pas de subir les seules phrases à la disposition d'un hôte égrillard ou d'un touriste mélomane : « Voulez-vous coucher avec moi, ce soir ? » Ni ce soir, ni jamais. La question est rhétorique mais parfois la réponse doit savoir être ferme.

Je n'ai pas ce problème avec Big James, qui se garde bien d'écouter les rumeurs du monde. Il m'a dit sur la *Comète bleue* qu'il n'était pas capable de se soucier du sort de sept milliards d'habitants, ni de faire semblant. Pas plus le foot que la politique ne l'intéressent. Je ne suis pas même certaine que Big James s'intéresse à Big James. Il est peut-être dangereux de me rapprocher de cet homme au-delà de la distance laissée entre deux hamacs accrochés par hasard côte à côte. A-t-on le droit de vivre à ce point coupé de tout ? Pourtant, sa présence et son indifférence au chaos général m'apaisent. C'est difficile à expliquer. Je me sens libre, débarrassée de mes lubies, moins seule sans avoir peur de mourir étouffée par le bavardage. Je ne crains plus de tomber de cette étroite ligne de crête qui me permet tant bien que mal de traverser la solitude et l'exaspération face à mes contemporains, deux pentes abruptes qui donnent le vertige. Je vois Big James au bout du chemin en train de m'attendre, sans reproches. Avec lui, les mots reprennent leur sens. Ils sont simples. Ils pèsent lourd. Ils sont rares et précieux.

– Voilà à quoi j'en suis réduit, une publicité pour un shampoing ! Mais le projet est intéressant. Ça montre que la forêt est *bankable* autrement qu'en la pillant. Vous comprenez ce que je vous dis ?

Je croyais n'écouter Sergio qu'à moitié, je ne l'écoutais pas du tout. J'ai dû répondre oui à ses questions sans m'en rendre compte, pendant qu'il regardait la route. Cela n'a pas suffi à le convaincre. Le tournage a lieu près d'une petite cascade. On n'a pas le droit de faire couler le shampoing dans l'eau. Quelqu'un d'autre sera chargé de faire de la mousse sur l'image. On sera comme prévu à l'écolodge en fin de journée. Il résume l'essentiel du propos, bien conscient que j'ai la tête ailleurs.

– Parfait.

Tout ça me semble parfait et je ne vois rien à redire. On est bientôt arrivés. Sergio emprunte un sentier de terre sur quelques kilomètres. On débouche sur une enfilade de vasques étagées, bordées par une plage et entourées d'une végétation luxuriante, au-dessus desquelles se jette une eau transparente. Je suis persuadée d'avoir déjà vu cet endroit baigné de soleil, mais Sergio me dit que c'est impossible car très peu de monde connaît ce coin de paradis.

– Je dois confondre avec un précédent voyage en Indonésie.

Je poursuis :

– Je m'étais rendue là-bas pour écrire un papier sur la disparition des orangs-outangs.

Il est rassuré, mais il me signifie d'un air complice dont il prend seul la responsabilité que ma confusion avec l'Indonésie l'a épouvantablement vexé et que je ne perds rien pour attendre. Je le vois venir d'ici avec ses gros sabots, son désir enfantin de faux procès pour qu'une dette s'installe entre nous. Il croit sans doute pouvoir la solder à l'horizontale. Dois-je le laisser persévérer ?

L'équipe de tournage composée de trois hommes et d'une maquilleuse en stage est en place. Je n'ose imaginer ce qu'ils pensent de moi. Sergio me présente comme une amie journaliste qui s'intéresse à la région. Cela n'entraîne aucune réaction de leur part, peut-être parce que le chef opérateur est contrarié. Entre parenthèses, il préfère qu'on l'appelle le « dir-phot » ! Tout le monde se tourne les pouces parce que l'actrice qui doit faire semblant de se laver les cheveux sous la cascade est en retard. La petite avait pourtant promis qu'elle serait à l'heure. Sans doute pour apaiser sa propre impatience, Sergio me sort une photo d'elle en maillot de bain, une jeune et belle métisse à la chevelure impressionnante.

– Regardez, c'est elle. Qu'est-ce que vous en pensez ?

Quelle idée de montrer la photo d'une jolie femme à une autre femme. Quels que soient les projets de Sergio – si ce n'est celui de protéger la forêt des forces du mal –, je ferai tout pour les gâcher. J'exagère. Il me confie l'ensemble du dossier de presse de la gamme de soins capillaires développés par la marque AmazING. Cela devrait m'aider à attendre dans le calme. Il me prend vraiment pour une imbécile.

Les shampoings AmazING qu'il faut donc éviter de verser dans la nature afin de ne pas perturber l'écosystème sont accompagnés d'une huile de rinçage – le concept me paraît ambitieux –, d'un masque réparateur ciblant le cœur de la fibre et d'un baume gainant la cuticule sans l'alourdir ni l'empeser. Shampoing, huile, masque et baume conjuguent les bienfaits d'un cocktail de plantes et de graines amazoniennes utilisées traditionnellement par les tribus autochtones des rives du Rio Negro dont le secret, blablabla... blablabla...

Le packaging n'est pas très original mais plutôt joli. Je reste indifférente à tout ce que cette comédie devrait provoquer. J'assume pleinement d'avoir mis du rouge à lèvres pour une sortie dans la jungle et je m'assois sur un rocher. Je m'ennuie. Je note dans mon carnet :

Quelle chaleur, dites-moi !

Je ne sais plus trop ce que je fais là et la perspective de rester avec Sergio jusqu'au lendemain où nous risquons de nous retrouver en tête à tête ne me dit rien de bon. Cela me paraît même suicidaire. Mais peut-être que cet intermède publicitaire au paradis me détendra et me permettra de retrouver mes esprits. J'en aurai besoin si je veux revoir Big James.

Suis-je réellement en train d'attendre qu'une jeune fille fasse semblant de se laver les cheveux sous une cascade ? Mais qui, vivant près d'une cascade, pourrait se dire que ce serait une bonne idée ? Et qui se lave en maillot de bain ? Ce que je crois, c'est n'être pas assez courageuse pour tenir tête à Big James et lui demander s'il sait oui ou non quelque chose au sujet de Paul et Claudia. Je serais pétrifiée par son silence. Je suis en train de les abandonner eux aussi, comme j'abandonne petit à petit mon Indien, comme j'ai abandonné mes études et tant de choses dès que ça devenait trop compliqué ou trop émouvant. Je souffre de ce syndrome affligeant, celui d'aimer commencer et de ne rien aimer finir, ni les coloriages, ni les puzzles, ni les desserts parce que cela signifiait que je devais aller au lit, ni mes histoires d'amour sinon brutalement. Je joue la montre depuis l'enfance, je joue la montre devant la mire d'un écran immobile parce que je ne sais pas où je vais et que j'espère toujours qu'un événement extraordinaire viendra dissiper tous mes doutes. Je n'arrive pas à composer mon propre rôle. Voilà peut-être ce qui me plaisait tant au théâtre, qu'on me souffle mes répliques quand je perdais pied, qu'on m'autorise sans crainte à donner un dernier baiser à Roméo, que je puisse mourir et qu'on m'applaudisse à la fin.

Je me rappelle bien le lieu où je dois être
Et c'est là que je suis. Où est mon Roméo ?

[...]
Je vais baiser tes lèvres,
Peut-être y reste-t-il encore du poison !
[...]
Ô bienheureux poignard,
Voici ton fourreau, rouille en ce sein et donne-moi la mort.

Actrice, mannequin ou modèle, la terminologie exacte n'est pas encore fixée par l'équipe de tournage pour désigner la « femme chevelure », mais elle n'est toujours pas là. La maquilleuse, qui doit avoir le même âge qu'elle mais pas le même physique, a l'air d'être la plus agacée par son retard. Les autres continuent à dire à tour de rôle qu'elle va finir par arriver. Cette mansuétude pour voir son cul sous la cascade me désole.

Je me suis rapprochée de la maquilleuse pour lui glisser un mot à l'oreille. Une idée malicieuse. Je n'ai pas de mal à la convaincre. Il faut dire qu'il fait chaud. Je me déchausse, elle se met pieds nus. Je déboutonne mon short, elle enlève le sien. Je retire mon T-shirt, elle fait de même avec son débardeur, sans précipitation. Une fois en sous-vêtements, sous les yeux ahuris de l'équipe, nous échangeons un sourire et nous plongeons dans l'eau. J'ai pris le shampoing avec moi et j'en verse tout le contenu sous la douche naturelle de la cataracte. Quel parfum extraordinaire ! L'eau se met à mousser jusqu'à produire d'énormes quantités d'écume qui dévalent d'une vasque à l'autre en se multipliant. Comme c'est beau ! Elle enlève le haut sans hésiter, je reste plus prudente, et nous nous baignons dans la mousse inépuisable d'AmazING. Toute l'Amazonie en est recouverte. Il doit faire 40 degrés. Ce bain est une bénédiction. Le cameraman se met à nous filmer. Grâce aux conseils de Cuir Fendu, je balance quelques *shakas shakas* la main en l'air dont la traduction en *body language* pourrait être « relax », « détendez-vous les gars ». Je crois que la maquilleuse plaît beaucoup au cameraman. Elle lui fait signe de venir se baigner. Il se déshabille et fonce. L'écume aphrodisiaque les aide à s'enlacer.

Le philosophe Peter Sloterdijk que je lis souvent dans mon bain sans comprendre grand-chose mais avec une indéniable fascination écrit : « Chaque situation dans l'écume offre un mélange relatif à la bulle proprement dite, de circonspection et d'aveuglement ; tout être-dans-le-monde, compris comme un être-dans-l'écume, ouvre une clairière dans l'impénétrable. » Avouez que c'est intrigant. « Ce tournant vers une ontologie pluraliste est anticipé par la biologie et la métabiologie modernes, depuis que celles-ci, avec l'introspection du concept d'environnement, ont abouti à une nouvelle vision de la vie. » Et l'auteur de citer, dans une cascade de références, un certain Jakob von Uexküll : « Ce fut une erreur de croire que le monde humain offrait une scène commune à toutes les créatures vivantes. Chaque créature vivante dispose d'une scène spécifique, tout aussi réelle que la scène spécifique de l'être humain. [...] En faisant cette découverte, nous acquérons une vision entièrement nouvelle de l'univers. Celui-ci n'est pas composé d'une unique bulle de savon que nous avons gonflée au-delà de notre horizon, jusqu'à l'infini, mais de millions et de millions de bulles de savon étroitement délimitées qui se recoupent et se croisent partout. »

Qu'il est bon, une fois rafraîchie, de ne rien faire dans l'air brûlant. Aucune autre activité à déclarer. Je repense à Claudia au bord de sa piscine, le lundi, pendant que tout le monde travaillait. Je note :

Claudia s'accapare la piscine à bulles.
Mon frère adoré ne sait pas ce que c'est que de prendre une bulle en physique-chimie.
Ma mère s'étourdit dans les bulles de champagne du Languedoc-Roussillon.
Je suis une bulle immobilière.
Je suis un cirque ambulant.
Je m'emballe toute seule dans du papier bulle.
Les bulles s'isolent ou se rejoignent.
Les bulles éclatent et s'éclaboussent.

Comme promis, je brûlerai mon carnet en arrivant en France, mais d'ici là personne ne pourra m'empêcher d'y écrire ce que je veux. L'Amazonie m'en voudra-t-elle personnellement d'avoir répandu tant de bulles dans ses rivières ? Faut-il que je rédige une lettre d'excuses ? Je retourne me baigner. Ma peau scintille dans l'eau fraîche de la jungle. Je suis joyeuse et insolente. Je suis une Amazonienne. La sortie du bain d'Aphrodite, née de l'écume, coïncide avec l'idée unanimement partagée que cette journée de tournage est un véritable fiasco ! Afin de sauver les apparences, le réalisateur et le « dir-phot » font semblant de n'en vouloir à personne sinon à la jeune fille irresponsable qui n'a pas tenu ses engagements. L'équipe finit par plier bagage à cause d'elle, d'autant que la pluie menace.

En arrivant à l'écolodge, on la trouve assoupie dans son hamac, le visage gonflé et recouvert de boutons. Elle est méconnaissable, dit-on. Elle s'appelle Pamela et, la nuit dernière, sa moustiquaire s'est décrochée. Sergio n'affiche plus son sourire d'homme tolérant. Il est énervé contre elle et se retient de me faire la leçon. Certes, j'ai fait des choses plus intelligentes au cours de mon existence que de vider une bouteille de shampoing dans une rivière, mais j'en ai aussi accompli de bien pires. Sergio ne me fera pas croire qu'il est irréprochable. Je le garde pour moi mais ses tenues vestimentaires qui jurent dans la forêt sont peut-être responsables de la raréfaction de certains coloris et de certaines espèces animales. Le rose par exemple, ma couleur préférée, est celle du dauphin Boto dont on me parle et que je ne vois jamais. Et c'est bien dommage, parce que le rose en brésilien se dit *cor-de-rosa*, « couleur de rose », ce qui déjà est très beau, et que le dauphin Boto couleur de rose est un grand séducteur. Une légende raconte qu'il se transforme en charmant jeune homme à la tombée du jour et cherche des femmes restées seules pour passer la nuit avec l'une d'entre elles. Au petit matin, il redevient dauphin et s'en retourne dans les eaux du fleuve. On dit d'une mère qui accouche d'un père inconnu qu'elle a dû rencontrer un dauphin rose. L'espèce est pourtant menacée. Une autre version dit que les Botos sont des femmes tentatrices qui attirent les hommes dans le fleuve, alors…

Sergio finit par lâcher que mon attitude est puérile. Il ne fait pas référence à ma couleur préférée, ni à la légende des dauphins roses, mais à mon comportement dans la rivière. Il faudra attendre des jours avant que l'eau soit entièrement débarrassée des bulles de shampoing. Je lui réponds que l'Amazonie s'en remettra plus vite que le visage de la petite Pamela dont personne ne s'occupe. Il devrait plutôt se soucier d'elle au lieu de la laisser toute seule. Et si le shampoing AmazING prétend réellement respecter la nature, il faudrait en faire une démonstration enthousiaste au lieu de filmer une nymphette en maillot de bain avec de fausses bulles. Les gens n'en peuvent plus de ces conneries. Pour ma part, je suis prête à signer un document qui céderait mes droits à l'image. Sergio n'apprécie ni mon sens de l'humour ni mon sens du marketing. Il affiche un air raisonnable, un antidote viril qui le place du côté de la sagesse. En somme, il serait prêt à tout me pardonner, mais pas devant les enfants. Comment dit-on « être en froid » en Amazonie ?

L'écolodge rassemble des cabanes en bois disposées en gradins autour d'un étang. Une plateforme sur pilotis, baptisée Marilou et percée de palmiers, domine le site. En fin de journée, on va chez Marilou écouter les toucans, observer les ouistitis ou boire un verre autour d'une table, chacun selon sa passion. Après la pluie qui a couvert la forêt d'un crépitement soporifique, Marilou prend des allures de tour de Babel. Parmi les gens qui s'y pressent, je repère des touristes japonais amateurs de batraciens, de jeunes anthropologues qui sourient d'un air condescendant de me voir trimbaler *Tristes tropiques*, un couple d'Américains habillés en fluo, un homme seul portant un bouc taillé comme celui d'un conquistador, ainsi que Sergio et Pamela en train de discuter. La voilà, la jungle.

J'écoute les anthropologues, mais je ne comprends pas tout. Je suis définitivement ringarde avec mon Lévi-Strauss. Ils n'ont pas l'intention de m'adresser la parole. En revanche, l'homme au bouc, un Français, n'hésite pas à venir vers moi, oubliant les convenances de l'Hexagone. Ma présence ici ne peut s'expliquer que par un enthousiasme partagé au sujet des recherches qu'il mène et dont il me fait part. Ce professeur, spécialiste de la Guyane et des forêts, est invité quelques jours à l'université de Manaus pour discuter d'une tombe nazie située au bord du Jari, un affluent méconnu de l'Amazone.

– Vous voyez, c'est ici.

Pour engager la discussion, il me montre la photo d'une croix de trois mètres de haut plantée sur la rive, au sommet de laquelle est gravé un swastika en hommage à un certain Joseph Greiner, décédé le 2 janvier 1936, emporté par la fièvre. L'homme avait dû employer toutes ses forces à franchir les derniers jours de l'année 1935. Cette expédition scientifique commanditée par le IIIe Reich avait pour ambition de remonter le fleuve Jari vers les Guyanes afin d'avoir accès à une région où leurs ennemis britanniques, français et néerlandais étaient implantés. Je pense aussitôt qu'à la même époque Lévi-Strauss parcourait lui aussi le Brésil. Que faisait-il, ce 2 janvier 1936 ? Il devait noircir un carnet d'invariants, réciter des poèmes ou se lasser d'en découdre avec le terrain. Les deux hommes auraient pu se croiser si les affluents de l'Amazonie en étaient venus mystérieusement à se recouper dans une région où l'on aurait parqué tous les aventuriers. L'anthropologue aurait été horrifié d'observer ces jeunes militaires s'enfoncer bruyamment dans la forêt et envieux des moyens dont ils disposaient grâce au gouvernement brésilien. En effet, le chef de l'expédition, un certain Otto Schulz-Kampfhenkel, s'était assuré les bonnes grâces du président Getúlio Vargas ayant à cœur de flatter l'Allemagne en pleine démonstration de sa puissance. L'équipée possédait un hydravion, du matériel de tournage, des armes lourdes, de solides gaillards capables de défricher la forêt et le renfort d'Indiens Aparai pour les escorter.

Sur la photographie, on voit trois Indiens se tenant impassibles autour de la croix. Difficile de savoir ce qu'ils pensent. Quelle que soit la nationalité des envahisseurs, il y a de bonnes raisons de détester à jamais les voyages et les explorateurs lorsqu'ils sont investis de sombres projets mille fois répétés dans l'histoire de l'Amazonie. L'expédition allemande fut un échec si l'on en juge par l'hydravion fracassé contre un écueil sous-marin du Jari, le matériel tombé à l'eau depuis les pirogues, les désertions, la mort de Joseph Greiner ayant succombé à la malaria et finalement l'impossibilité d'atteindre la Guyane. Les Allemands auraient échoué parce que, selon les Indiens, ils avaient manqué de respect envers la nature et dépecé un anaconda de sept mètres de long, un animal sacré. Après m'avoir exposé les détails de cette histoire édifiante, mon interlocuteur marque un temps d'arrêt.

– Ils n'auraient jamais dû tuer ce serpent, ajoute-t-il alors avec sérieux, pour ensuite éclater de rire.

Percy Fawcett, pour sa part, affirmait en avoir tué un de dix-neuf mètres, ce qui avait provoqué la risée de ses contemporains. Je vois que nos voisins boivent du vin blanc dans des verres en bambou, du chardonnay paraît-il. Je décide d'en commander et je propose au professeur de m'accompagner afin qu'il poursuive son récit. Il accepte bien volontiers même si ses joues sont déjà cramoisies par la fougue avec laquelle il mime les épisodes de cette épopée.

Les survivants de retour en Allemagne, après avoir tiré à vue sur tout ce qui bougeait dans la forêt, ont néanmoins reçu les honneurs de Goebbels. Il y a toujours une histoire dans l'histoire : Otto Schulz-Kampfhenkel, membre du parti nazi, avait eu une fille aux yeux bleus avec la descendante d'un chef indien. Quel étrange destin ! Qui sait si d'anciens nazis après la guerre n'étaient pas revenus la chercher pour qu'elle puisse enfin rencontrer ses cousins des mornes plaines de Poméranie ? Qui sait s'ils n'étaient pas retournés au pied de cette croix autour de laquelle se trouvent sûrement enterrés d'autres mystères, un trésor, un tunnel, une base secrète ? Dans son roman *Le Transport de A. H.*, George Steiner imagine qu'Adolf Hitler ne s'est pas suicidé mais qu'il s'est réfugié dans la jungle amazonienne où il finira par être capturé. Le Führer est alors âgé de 90 ans, mais il est toujours maître de son verbe démoniaque prêt à laver le cerveau de toute créature tentée par la haine. L'histoire ne tire aucune leçon du passé. Mon interlocuteur m'invite cependant à lire un texte plus léger, *Le Cratère des immortels* d'Henri Vernes, où il y a davantage d'action. Le colonel Jouvert prévient Bob Morane que le professeur Valentin Noblecourt, membre de l'Institut de Géographie, et son adjointe Andréa S. ont découvert en Amazonie, là encore des décennies après la guerre, un mystérieux camp d'entraînement nazi.

Le professeur m'indique que la réalité est plus banale et non moins effrayante. Les rives du haut Jari sont aujourd'hui désertes. La forêt se tait. Les Indiens sont morts ou ont fui les ravages causés par les orpailleurs, les missionnaires, les romanciers ou la rougeole.

– C'est comme ça, conclut-il, la fin est toujours la même.

L'Amazonie qui est la mienne commence à ressembler à un bric-à-brac de brocante, où des bouts d'histoires se percutent dans un kaléidoscope. Je vois dans mon verre de vin des soldats nazis aux prises avec un serpent géant. Je vois des touristes imitant chez Marilou le sourire des ouistitis. J'entends des anthropologues intelligents qui se moquent de moi. Je crois que ma tendance instable, lunatique, maniacodépressive, cyclothymique, bipolaire, comme chacun voudra bien la nommer selon sa compétence ou son envie, cherche une forme d'équilibre entre la possibilité de la joie et la certitude de l'enfer.

Je trinque avec le professeur. Je me risque à une blague qui me revient de je ne sais où – moi qui n'ose jamais en raconter, et de surcroît sur Adolf Hitler, ce qui est interdit dans les règlements d'à peu près toutes les fédérations :

– Vous savez pourquoi Adolf Hitler n'avait pas droit au vin blanc ?

– Non.

– Parce que ça le rendait méchant.

Le professeur rit de bon cœur, peut-être davantage en raison de ma témérité que parce qu'il trouve ça drôle. J'esquisse un sourire pour le remercier d'être accommodant, puis le silence nous gagne. Il n'y est pour rien mais ce qu'il m'a raconté m'a plongée dans une tempête de désespoir, de celles qui périodiquement balaient la terre pour laisser le sol nu, une latérite dure comme le mal.

Je regarde vers le ciel, j'écoute les oiseaux. Ils se foutent de ce que l'on pense. Comme le répètent nos voisins anthropologues, nous ne sommes rien d'autre que des animaux humains face à des animaux non humains depuis qu'il est convenable de ne plus nous jucher indûment au sommet du vivant. En effet, vu ce dont nous sommes capables, il y a débat. Je ne devrais pas tendre l'oreille mais j'ai l'impression que leurs calembours de philosophes ne protégeront pas les oiseaux. Le vin blanc sans doute m'empêche d'avoir de l'esprit. Mes pensées se fragmentent en petits bouts d'éponge. J'absorbe tout. Je ne sais plus qui dit quoi.

Nous sommes inqualifiables. Les humains sont inhumains. Les humains sont des animaux…

Les mots rusent, baptisent, sanctifient, débaptisent pour nous bercer d'illusions et hisser de nouveaux prophètes au sommet de la montagne. Ils brandissent leurs nouvelles lois, octroient des suppléments d'âme comme bon leur semble et inventent de meilleures façons de nommer les êtres pour exprimer à quel point nous ne sommes que des bêtes. Puissions-nous être chéris comme certaines d'entre elles.

Demain, ce seront les plantes dont on fera valoir quand ça nous arrange qu'elles possèdent des sentiments et qu'elles savent mieux que nous régler leurs conflits d'ego. Nous leur prêterons de meilleures intentions que les nôtres. La forêt pense ? Admettons. La savane ? Le chiendent ? Peut-être. Pourquoi ne pas s'en remettre à la sagesse chlorophyllienne ?

De quel bois étaient faits les Monstroplantes de mon enfance ? Si les forêts pensent, je leur conseillerais volontiers d'aller voir un psy car les traumatismes sont nombreux.

Nous trouvons de belles formules pour essayer de nous racheter. Au passage, les esprits les plus ingénieux, souvent les plus ésotériques, en tirent les bénéfices de la gloire derrière laquelle des apprentis sorciers courent comme des précieuses ridicules.

Mais quel besoin de faire penser les plantes ? Pourquoi ramenons-nous à ce que nous sommes l'irréductible singularité de ce qui nous échappe ? Bien que l'on prétende le contraire, nous ne pouvons pas nous empêcher de parler à la place des autres. Le silence incompréhensible d'une mélodie d'oiseau nous effraie. Les plantes ne sont pas des plantes. Les jaguars ne sont pas des jaguars. Tout est question de perspective. Il n'y a désormais ni nature, ni culture. Rires convenus des uns. Indignation des autres.

Pourquoi ne pas laisser les mélodies d'oiseaux être des mélodies d'oiseaux ? Préservons-les parce qu'il serait insupportable que tant de beauté disparaisse et non parce que nous croyons voir en elles ce que nous sommes. Je déteste tout autant les discours qui nous poussent à persévérer dans la destruction de notre planète que les lubies accusatrices qui nous invitent à croire aux anges démagogues.

Pourquoi suis-je si triste par moments ? Je m'en mords les lèvres. Mon cerveau est coupé en deux. On me dit que c'est normal. Mes pôles opposés me donnent la migraine. Je n'écris rien dans mon carnet.

18 – LE JOURNAL D'UNE AVENTURIÈRE

J'ai passé une nuit agitée. J'ai rêvé que mon hamac ne voulait plus de moi. Il négociait mon renvoi. Cette femme n'a rien à faire dans un écolodge ! Sergio n'est pas aussi rancunier. Il me conduit à l'endroit où les images du documentaire avaient été filmées. Je dois lui reconnaître un certain fair-play, ou bien s'agit-il du dernier lieu de tournage dont il peut encore s'enorgueillir. J'y vais comme on se rend sur une plage du débarquement, persuadée que je ne verrai rien d'important mais contente d'y contempler les vagues. C'est à deux heures de route, m'a-t-il dit. Tout le monde ici a abdiqué pour décider si les lieux où l'on va sont proches ou lointains. L'immensité rend les gens fous au moment de comprendre qu'ils se démènent sur un timbre-poste. La piste est encombrée d'obstacles. Je suis secouée de partout. Ça devient gênant. Sergio transpire au volant, mais il a l'air de savoir ce qu'il fait.

Il gare enfin la camionnette sur un parking à trous et me déclare que nous sommes arrivés. Certaines parcelles sont encore occupées, riz, manioc, haricots. D'autres sont à l'abandon. Des vaches blanches et bossues, aux longues oreilles de biches, paissent au loin, sans ferveur, sur une prairie piquetée d'arbres morts. Sergio me dit que ce sont des zébus. Ces animaux sympathiques font beaucoup de mal à la forêt. Autour de nous, des tas de gravats sont abandonnés à proximité des maisons en construction et forment des buttes ravinées d'où s'élancent vers le ciel des touffes d'herbes hautes. Des dalles en béton, renforcées par des tiges de fer, sont disposées pour un meilleur futur, vieux d'il y a dix ans. La broussaille mange des rouleaux de grillages couchés au sol et par endroits la forêt se ferme à nouveau. Un peu plus loin, l'abattage des arbres et les feux continuent d'avancer. Le long des routes, les fronts pionniers progressent en arêtes de poisson, formées par le recoupement perpendiculaire des pistes de part et d'autre. On les voit très bien sur les images satellitales et bientôt on les apercevra depuis la lune. À la revente, les parcelles valent plus cher une fois déboisées pour le pâturage que lorsqu'elles sont encore tapissées de forêt, en dépit de la valeur éventuelle des arbres. Sergio m'explique que les forestiers, les agriculteurs et les éleveurs se tiennent la main. J'ai comme l'impression qu'il l'a en travers de la gorge.

– Tant que ça dure, rien ne pourra sauver l'Amazonie. Et si seulement c'était l'unique problème. Il y a la folie des barrages, les compagnies minières, les pesticides, le soja, Bunge, Cargill, Monsanto, vous voulez que je continue ?

Quant aux Indiens, à sa connaissance, il n'y en a jamais eu dans ce coin ou alors ils ont été exterminés depuis longtemps. La présence de mon Indien fantomatique sur ces lieux demeure un mystère. Peut-être était-il attiré par le bruit des machines comme un insecte par la lumière ou cherchait-il à rejoindre Manaus par un moyen quelconque ? Il en avait assez d'être un Indien dans la forêt en travaux et rêvait de porter un T-shirt à l'effigie d'une grande figure de la liberté, homme ou femme. Le lieu est désolant. Il me donne l'impression que personne n'a jamais été capable de s'en tenir à une décision. On a une idée, on se lance avec frénésie et on froisse le papier d'une main brutale, persuadé que la prochaine tentative sera la bonne. Désordre et répétition. Mais ici, les brouillons, ce sont les gens, la terre, de vieux arbres, de rares oiseaux, de sales insectes que l'on écrase et des profits exorbitants, je suppose, pour quelques-uns. Sergio paraît satisfait de me montrer ce bout de terrain aux prises avec tous les désastres.

– J'espère que cela pourra vous aider, dit-il sans ironie.

Dire que je suis déçue serait exagéré. On est déçu de ne pas trouver les portes de l'Atlantide ou de se faire voler par les nazis l'Arche perdue. On n'est pas déçu de ne pas trouver un Indien qu'on ne sait pas nommer, quelque part où il n'est pas. À quoi je m'attendais ? À autre chose, mais à quoi ? Je ne serai pas la première à suivre là-haut une étoile qui brille. Je prends conscience une nouvelle fois que cette aventure me va comme un gant. Partir en connaissance de cause, le plus loin possible, dans un but assez mal défini ou qui n'existe pas. Et ceci, contre l'avis de mon frère, peut-être même motivée par ses plates certitudes sur la raison. Je pourrais en tartiner des pages et des pages.

Le journal d'une aventurière en Amazonie :

Au début, je suis toujours pleine d'espoir.

Je ne sais pas où est le nord, à peine que le sud se trouve à l'opposé.

Un singe m'a volé mon briquet chez Marilou et je n'ai osé en parler à personne.

Je ne sais pas faire de feu. J'échouerais même avec un briquet, incapable de protéger du vent ou de la pluie des flammes naissantes.

Je regrette décidément de ne pas avoir fait les louvettes pour tout un tas de raisons, sauf religieuses, sauf vestimentaires, sauf musicales.

Je ne sais ni chasser, ni pêcher. Je ne m'en vante pas.

Je ne sais pas reconnaître un fruit vénéneux ou comestible à coup sûr, à part les pommes et les poires que je ramassais dans le jardin de mes grands-parents. J'exagère, mais je sais d'où je viens.

Je viens d'un milieu tempéré.

Mon père aussi vient d'un milieu tempéré à tendance océanique et dépressive. Je ne connaîtrai jamais les raisons pour lesquelles il s'est suicidé. Je ne peux qu'inventer une histoire avec des bouts de ficelle.

Je rêve parfois d'une autocombustion de Mamie grillade ou d'une mithridatisation contre le poison familial pour ne plus en sentir les effets, puis je le regrette. Ma mère n'y est pour rien. Elle ne guérira pas mes blessures, ni ne guérira des siennes.

Je ne sais pas à quoi sert la moitié des options de mon couteau suisse.

Me casserais-je un ongle en ouvrant le poinçon ? Qui se sert du poinçon, au juste ?

Je ne suis plus rien sans mon téléphone portable qui n'existait pas encore quand j'ai eu mon bac. Que saurais-je sans lui ? Je délègue à la technologie quantité d'options qui enrichissent ma vie et m'encouragent à acheter au prix fort des produits adaptés à mes nouvelles dépendances.

J'outille ma mollesse.

Le plus simple serait de ne plus vivre et ça ne coûte presque rien.

J'aurais dû me faire livrer Tristes tropiques *par Amazon et le lire à Paris, dans un bain parfumé. Est-ce que l'écrire dans un carnet, le dire et fermer les yeux permet d'y plonger tout son corps par procuration ?*

L'Amazonie brûle.

Amazon flambe. Est-ce que j'allais m'en priver ?

Jusqu'à quand pourra-t-on dire que le fleuve Amazone traverse une forêt ?

Henri Michaux dit dans Ecuador *: « L'Amazone n'était pas d'une taille à se laisser voir avant le XX*^e^ *siècle. [...] Il faut monter. Il faut l'avion. Je n'ai donc pas vu l'Amazone. Je n'en parlerai donc pas. »*

Lévi-Strauss, né en 1908, dit qu'il est un homme du XIXe *siècle. Jusqu'à quel point faut-il croire un centenaire et jusqu'à quand ?*

À l'embouchure de l'Amazone, Henri Michaux dit avant de rentrer au Havre : « C'est qu'elle fait rudement la gueule, la forêt équatoriale ! À gauche et à droite du fleuve. » Michaux est un homme du XXe *siècle, né en 1899.*

Le titre choisi par Lévi-Strauss, Tristes tropiques, *aurait pu s'inspirer des mots de Michaux qui dans les années 1920 considère déjà que « cette terre est rincée de son exotisme ».*

Mais Lévi-Strauss semble s'être inspiré de la poésie de Saint-Exupéry dans Terre des hommes, *même si l'emprunt n'est nulle part mentionné : « Heureux les pays du Nord auxquels les saisons composent, l'été, une légende de neige, l'hiver, une légende de soleil, tristes tropiques où dans l'étuve rien ne change beaucoup. »*

Tout a déjà été écrit par d'autres.

Je devrais aussi me faire livrer une débroussailleuse, aplanisseuse, épandeuse d'asphalte, bâtisseuse de pont transatlantique d'ici à l'Arc de triomphe pour en finir avec le voyage. Ce serait un beau cadeau d'anniversaire.

Et me faire livrer un nouveau téléphone portable, car le mien chauffe et s'éteint tout seul.

Je n'ai pas d'adresse postale à indiquer à Amazon en cas de livraison dans la jungle.

Ne pas penser à Big James signifie-t-il penser à lui ?

Mon frère aussi me manque. Il essaiera de m'appeler. Il tombera sur mon répondeur qui ne lui répondra rien. Il prononcera cette phrase ridicule, mais on n'a rien trouvé d'autre : « Je te souhaite un joyeux anniversaire. » Tous ceux qui s'essaient à des stratégies plus sophistiquées de peur de se répéter chaque année trouvent des formules encore plus ridicules.

Je dois me faire à cette idée. Je ne retrouverai pas mon Indien, mon amer Indien, mon étoile que je ne sais pas nommer.

Sont écrits sur la page de garde de Tristes tropiques *les noms et prénoms de Paul Martin et de Claudia Ambrosio. Je peux les nommer. Je ne les trouverai sans doute pas non plus.*

Je ne veux pas les abandonner. Je n'ai pas envie de tourner la page.

La vie est si peu chronologique.

Après m'avoir fait explorer les environs, Sergio a attendu sagement contre la camionnette que je finisse de prendre mes notes. Je travaille à l'ancienne. Mes carnets de reportage sont un modèle de rigueur à montrer dans les écoles de journalisme. Je lui promets que je lui enverrai une copie de mon article dès qu'il sera publié ainsi qu'à toute l'équipe du tournage afin de me faire pardonner. Je leur dois bien ça. Des bulles de shampoing, c'est presque rien, c'est volatil, mais tout de même. Il jette un œil par-dessus mon épaule pour vérifier que je ne déforme pas ses propos. J'en profite :

– J'ai une autre question à vous poser. Vous n'êtes pas obligé de me répondre.

– Pour votre papier ?

– Oui. Vous connaissez la famille Ambrosio ?

– Les Ambrosio. Pourquoi vous me demandez ça ? Bien sûr, enfin ce qu'on en sait.

– J'aimerais en parler dans mon article.

– Vous n'êtes pas la seule. Mais je vous le déconseille. Le patriarche n'est plus tout jeune, mais il sait encore se défendre.

– Qu'est-ce que vous pouvez m'apprendre sur lui que je ne sache déjà ?

– Ah, moi, rien du tout. Hector Ambrosio est un homme assez secret qui a fait fortune dans les affaires, la plupart assez louches. Tout le monde est d'accord là-dessus. Les procès n'ont rien changé. Franchement, à part vous attirer des ennuis, je ne vois pas ce que ça va vous rapporter.

– Comment ça ?

Il me regarde de travers d'un air étonné.

– Vous ne connaissez pas grand-chose à l'affaire Ambrosio, n'est-ce pas ?

– J'ai un peu perdu le fil.

Il se met à rire.

– Le fil ? Certains qui ont voulu fouiner semblent avoir perdu plus que ça.

– C'est à sa fille que je m'intéresse, à vrai dire, Claudia.

– Sa fille ? Ça ne me dit rien. Si vous voulez des histoires croustillantes, vous feriez mieux de vous intéresser au neveu d'Hector… son nom m'échappe…

– Darcy ?

– Oui, voilà, Darcy Ambrosio. C'est lui qui a repris les commandes. Hector l'a élevé comme son fils. Il semble avoir moins de démêlés avec la justice, mais fait plus souvent la une de la presse à scandale.

Sergio marque un temps d'arrêt.

– Vous savez, toute cette corruption est impossible à arrêter. On pourra découvrir les saloperies qu'on voudra sur ce genre de gens, on s'apercevra qu'il y a toujours pire ou qu'il y en a d'autres tout aussi motivés pour les remplacer.

– Votre ami Felipe n'avait pas l'air de vous savoir si résigné.

– Je ne suis pas résigné. Je fais ma part. Je montre que la forêt vaut la peine qu'on s'y intéresse avec tout ce qui va avec, les Indiens, les éleveurs, les escrocs, les gens comme les autres, les shampoings et tout ce qui ne peut plus être effacé. Vous voulez quoi ? Qu'on reparte à zéro ?

– Je ne veux rien du tout.

– Par pitié, rendez-moi ce service, ne vous mêlez pas de l'avenir de l'Amazonie.

Le ton est monté. Je n'ai pas envie qu'il se fâche. Il a bien le droit de compenser les petites humiliations qu'il a encaissées devant son équipe. Certes, il est mieux placé que moi pour parler de son pays. Je comprends qu'il soit agacé par les leçons de morale tous azimuts et les incessantes revendications visant à protéger le « poumon vert de la planète » de la part des gens qui butinent un peu partout sans même s'en rendre compte.

– Et cette histoire de poumon, vous voulez que je vous dise, ça ne veut rien dire, c'est une énorme arnaque ! La forêt est le plus bel endroit du monde et c'est déjà beaucoup, pas besoin d'aller raconter des foutaises.

J'allume une cigarette. Je ne regrette pas d'avoir laissé le shampoing m'échapper des mains. Il ne pourra pas m'assimiler à ces justiciers de l'univers qui ne voient le monde qu'à travers des phrases toutes faites ou de grands principes vertueux. Ce n'est pas mon genre, encore que je sois parfois bon public. Je reste silencieuse pour qu'il soit assuré de m'avoir cloué le bec avec son gros marteau. Je fume. Il serait malvenu de lui révéler que je me suis ruinée pour un bar en palissandre dessiné par un créateur norvégien des années 1960 dont je ne me rappelle pas le nom. Bulles de savon, bois exotique, méconnaissance du fonctionnement des écosystèmes sans que Jeanne Beaulieu s'inquiète de rien :

ma responsabilité concernant les désastres qui s'abattent sur l'Amazonie n'est plus à démontrer.

Mais ce n'est pas pour cette raison que mon cœur bat si fort. Entendre prononcer « Darcy Ambrosio » par quelqu'un d'autre me prouve que je ne suis pas folle. Si Sergio connaît ce nom, il est évident qu'il en est de même pour Big James. Quel faux jeton celui-là. Quelle eau sombre ! Et quelle calamité de vouloir y plonger.

Nous reprenons la route en direction de Manaus. J'ai presque envie de consoler Sergio, mais je ne vois pas quoi lui proposer que je ne regretterais. Je ne me suis pas intéressée à lui et ce serait maladroit de le faire maintenant que l'on rentre. Il ne doit pas comprendre au juste pourquoi j'ai entrepris un si long voyage. Les magazines parisiens ne savent vraiment plus quoi faire de leur argent.

– Sergio, quand j'ai vu cet Indien dans votre documentaire, j'ai eu l'impression qu'il voulait me dire quelque chose. Je vous assure que c'est ce que j'ai ressenti.

– Je ne sais pas quoi vous dire, ça ne devrait pas vous effrayer.

– Cela vous est-il déjà arrivé ?

– Non. Mais j'envie les gens à qui ça arrive. Je serais sans doute moins vulnérable. Ici, beaucoup de gens baissent les bras. Tout ça va mal finir. Cette forêt va disparaître. C'est tellement déséquilibré, le temps qu'il faut pour qu'un arbre pousse. Essayez d'en faire quelque chose.

– J'essaierai, je vous le promets.

– L'Indien dans le documentaire, ce pourrait être un Yanomami. Mais je n'en suis pas certain. Au moment du tournage, on n'avait pas pu se rendre dans le Roraima parce qu'il y avait des conflits avec des orpailleurs, ça dure depuis des décennies. Tout le monde était très nerveux. Mais on avait fait des repérages et les Indiens que l'on avait rencontrés là-bas étaient d'accord pour qu'on les filme. On a dû se rabattre sur un autre endroit et changer ce qu'on voulait dire. Un Indien est venu nous rendre visite, plutôt nous observer. Il nous avait peut-être suivis. Il est venu plusieurs fois sur le lieu du tournage, puis il est reparti. J'ai eu envie de le laisser à l'écran. Tout n'est pas très bon dans ce documentaire, mais c'est comme ça. Vous n'avez aucune chance de retrouver cet homme, mais ce n'est pas le plus important. Vous seriez très déçue de n'avoir rien à lui dire.

– J'ai bien aimé, à la fin du film, l'histoire sur les oiseaux qui se liguent contre un monstre géant pour sauver les humains. Ça m'a beaucoup plu même. J'y repense souvent. Je ne connaîtrais pas cette histoire si je n'avais pas vu le regard de cet Indien dans la forêt. Alors, c'est un peu grâce à vous.

– C'est un mythe amazonien assez répandu. L'origine de la couleur des plumes. On le retrouve sous différentes versions. Je ne crois pas que ce soit spécifiquement un mythe yanomami. Vous avez raison, c'est ça que les gens veulent voir, des plumes, de la couleur, du sang et que ça finisse bien. Vous n'avez pas trouvé votre Indien, mais vous avez vu sa forêt. Dans leur idée, ce n'est pas si différent.

– Je voulais m'excuser. Je vous ai pris de haut avec votre publicité pour les shampoings. Je voulais m'excuser et vous remercier de la patience dont vous avez fait preuve avec moi. Je crois que je vais arrêter le journalisme.

Il hausse les épaules. Dans le fond, Sergio est déçu. Le charme auprès des personnes qui d'habitude le côtoient dans son univers n'a pas opéré. Son amour de la forêt, lorsqu'il lui est rendu par davantage de considération, lui donne envie de continuer à la défendre, au-delà du seul plaisir qu'il a lui-même de la parcourir. Sergio aime l'Amazonie. Il aime aussi qu'on le voie en train d'aimer l'Amazonie. C'est humain. Il a compris que je n'étais qu'à moitié journaliste. Il me laisse devant l'hôtel. Il ne coupe pas le moteur, son visage n'affiche aucune expression. Pour la première fois, au volant de sa camionnette et débarrassé de tout orgueil, Sergio me paraît presque séduisant. Son air blessé le rend plus humain. Il me laisse partir sans que j'aie à ajouter aucune explication. J'aime les hommes qui font ça.

Je m'étale sur mon lit en regardant le plafond et sa large hélice qui ventile la pièce. Je voulais trouver mon Indien, je suis revenue à la case départ en essayant en vain de suivre sa trace. Il y a un personnage qui hante l'Amazonie et qu'on appelle Curupira. Il a les traits d'un jeune garçon aux cheveux rouges et parvient très facilement à dérouter ses poursuivants. Il joue des mauvais tours à qui ne respecte pas la forêt puis s'en va en courant. Et il court vite, mais surtout la légende prétend que ses pieds sont inversés, le talon est à l'avant, les orteils à l'arrière, de sorte que ses empreintes vous guident toujours vers son point de départ quand vous pensez pouvoir le pourchasser. Je me dis que l'Amazonie n'en finit pas de naître sous mes pas. L'œuvre n'est pas achevée. Ses dimensions sont immenses vues du ciel, un vaste fond vert qui attend qu'on y projette nos métaphores et nos effets spéciaux. Chacun croit en connaître un morceau qui en réalité n'excède pas la taille d'un studio de cinéma. La forêt se crée, les sous-bois s'improvisent, ceux que nous laissons derrière se reforment devant. Les pirogues n'avancent pas. Un méandre incurvé vous fait prendre vers l'ouest et vous ramène à l'est, à votre feu de camp. Vous êtes perdu dans les raccords mouvement. Les arbres ont simplement changé de côté et se répliquent au rythme de vos illusions jusqu'à vous faire douter que vos yeux sont les vôtres. Quand vous stagnez dans un marais de boue, des milliers d'animaux vous distancent, les oiseaux en vols serrés, les fourmis d'herbe en herbe, les anguilles en troupeau sous de tendres muqueuses. Alors, vous sortez votre boussole et l'aiguille vous montre le temps que vous avez perdu à tourner en rond. Vous ne sortirez jamais du labyrinthe, vous pouvez interroger quelques éphémérides, truquer les sabliers, démonter les horloges. Vous êtes impatient que la nuit tombe car enfin rien ne sera plus visible, mais les bruits autour de vous continuent de creuser des galeries et l'écho vous lacère le corps comme des chauves-souris. Croyez-vous dans le noir vous cacher de la peur ? Les abstractions s'en mêlent. Les longitudes vous attachent au poteau. Les méridiens vous ficellent. Les mailles se resserrent sur votre corps d'enfant qui étouffe. Vous l'avez, le titre de vos aventures : *Surplace Amazonie.*

J'ouvre la vitre de la voiture pour respirer. Je passe mon bras à l'extérieur et mes mains jouent dans le vent. Mes doigts potelés de petite fille se tortillent comme des serpents pris dans les vagues. Le soleil tombe sur la forêt des Landes qui filtre entre les arbres la lumière jusqu'à moi. Ça fait cligner des yeux. Le jour se rembobine. Il y a la plage en super-8, les châteaux de sable et faire la course avec mon père sur le revers de la dune. D'ici, je suis protégée des rouleaux effrayants qui déchirent la mer avec un bruit de papier calque. Mon père me tient dans la pente, puis je roule-boule jusqu'au tapis d'aiguilles de la forêt de pins. Une pigne décrochée par un animal tombe à mes pieds avec un tremblement de coquille brisée. Les troncs ressemblent à des cous de girafe craquelés par la dérive des continents. Je colle mes doigts à la résine figée des pins dégoulinants. Je regarde mon père pour m'assurer qu'il a déjà vu ce que c'était que l'éternité. Je me dépêche de remplir mes poches de morceaux d'écorce pour les faire flotter dans le bain. On se dirige déjà vers la voiture. Mon frère et ma mère nous ont rattrapés par les caillebotis. Demain, c'est la rentrée des classes.

Mon père me dit de fermer cette fenêtre. Je lui demande pourquoi. Il me répète de remonter la vitre. Je ne comprends pas pourquoi je n'ai pas le droit de jouer avec le vent. Cela ne gêne personne. Je suis petite, mais cela me semble injuste. Je n'aime pas les décisions arbitraires des adultes qui me privent de tout ce qui m'amuse. Il me dit que je suis insupportable. Je laisse un filet d'air entrer par une fente qui siffle à mes oreilles. Il se fâche, ma mère me dit d'obéir. Mon frère, assommé par les coups de soleil, me regarde comme une étrangère. Le pare-brise moucheté d'éclaboussures safran continue son massacre d'insectes. Le jour suivant, mon père se suicidera. Un jour de pluie. Daisy, sa fleur, son insupportable pâquerette, est morte avec lui ce jour-là.

Demain, j'aurai l'âge que mon père avait lorsqu'il nous a quittés. Que suis-je allée chercher en Amazonie ? Je marque dans mon carnet :

Un invisible Indien.
Un lopin de tristesse.
Une forêt de fin d'été.
Je fais quoi maintenant ?

Voir Big James. J'ai besoin de lui. Je pense à Paul Martin perdu dans les bois. Tout le monde finit par s'y perdre. Il écrit en juin 1993, en marge de la huitième partie consacrée aux Tupi-Kawahib : « Pourquoi n'as-tu pas dit que tu ne m'aimais plus ? » Je réfléchis depuis longtemps à ces mots, à l'humiliation d'avoir dû les écrire. Je ne sais pas quoi en faire. Paul semblait persuadé de pouvoir retrouver Claudia et la serrer dans ses bras en venant au Brésil. Il écrit plus loin : « Je ne le croirai jamais. » Que voulait-il dire ? Pensait-il que Claudia ne l'avait jamais aimé ? Qu'elle avait joué la comédie le temps d'une parenthèse ? Paul est seul dans la forêt, il tente d'allumer un feu avec des allumettes. Il trouve des brindilles. Elles s'enflamment en un rien de temps et s'éteignent aussi vite. Leur rencontre à Séville n'est qu'une amourette d'adolescents qui a disparu au premier coup de vent. Ou bien Paul ne croit pas un seul instant que

Claudia ne l'aime plus. Quelque chose lui échappe. Darcy est pire que du poison. Paul prend des écorces, du bois sec, du kérosène, toute la forêt va flamber. Il veut savoir ce qui est arrivé à Claudia. « Je t'aime, ici comme ailleurs. » Ces mots de Claudia sont écrits à la seule page de *Tristes tropiques* où Lévi-Strauss mentionne une adresse : « rue Uruguayana, Manaus ». L'anthropologue a recopié dans son livre l'affiche d'une publicité vantant « l'usage continu de la très nouvelle préparation *Alisante* » pour lisser les cheveux, en vente rue Uruguayana, au magasin La Grande Bouteille. L'ancêtre d'AmazING, en quelque sorte.

Paul est venu chercher Claudia jusqu'ici, jusqu'à Manaus, sans succès. Pourquoi ne l'a-t-il pas trouvée ? Je pense au pire, à Roméo et Juliette, à la mort des amants de Vérone. Je pense à mon obstination à les ressusciter alors que je suis la seule à croire à cette histoire. La réalité est sans doute plus simple. Claudia a décidé de rentrer chez elle avant même de passer ses examens. Elle est contente de retrouver ses parents. Ces quelques mois à l'étranger l'ont transformée. Elle se donne des allures de jeune femme indépendante, pique une cigarette à sa mère, mais cette nuit elle s'endormira au milieu des peluches qui l'attendent sur son lit. Le lendemain, elle appelle Paul pour lui annoncer par téléphone qu'elle est rentrée au Brésil. Elle lui dit qu'elle a été très heureuse d'être avec lui pendant cette année. Elle ne précise pas qu'ils se quittent vraiment, la distance fera le reste. Elle a du chagrin, mais c'est quoi la suite ? À leur âge, que veut dire « être avec quelqu'un » ? On manque de mots. On dit « avoir un petit copain », n'est-ce pas ? Claudia est à la fois très triste et très heureuse d'avoir eu un petit copain comme Paul Martin. Voilà tout. Elle raccroche le combiné et verse quelques larmes, ajoutant sa contribution au mythe universel d'une histoire comme les autres. Elle ne verra jamais Châteauroux.

L'amour, l'amour, répétez-moi ce mot, saignez-le, videz-le de son sens.

Le téléphone se trouve dans la cuisine où les colocataires de Paul font frire du poulet. Il y a du bruit, des crépitements d'huile bouillante. Reyes et Alejandro sentent que Paul est bouleversé. Ils ne lui demandent pas qui était à l'autre bout du fil, mais ils s'en doutent. Paul reste un moment le visage dans le frigo à la recherche de réconfort. Ils lui servent une bière. Paul se vautre dans le canapé et prend la parole. Il veut aller au Brésil pour convaincre Claudia de ne pas tout gâcher. Ses colocataires ne savent pas quoi dire. Le poulet va refroidir. Ils finissent par éclater de rire. Ils connaissent Paul à Séville, alors Paul au Brésil… Ce serait un désastre. Ça le fait sourire. Il ne peut pas vraiment leur donner tort. Ils ne comprennent pas à quel point il est amoureux de Claudia. Il se vexe, mais ne dit rien.

Il retourne le problème dans sa tête pendant quelques semaines et finit par prendre une décision. Paul ne prévient pas ses parents. Il ne dira rien non plus à ses colocataires. Il dépense tout ce qu'il lui reste de sa bourse Erasmus pour s'acheter un billet d'avion. Il n'est jamais parti aussi loin. Arrivé à Manaus, il se rend compte qu'il ne sait pas où chercher Claudia. La ville est immense, beaucoup plus grande que Séville, beaucoup plus grande que Châteauroux. Il tente sa chance rue Uruguayana, là où Claudia l'aime comme ailleurs ! Il faut bien commencer quelque part. Il reste planté sur le trottoir à regarder les gens passer. Ce ne sont pas les forêts du Rio Xingu, mais il voit sur un fil un couple d'oiseaux de couleur. Ce genre de détail peut suffire à lui redonner de l'espoir. Il entre dans un bureau de tabac pour savoir si par hasard personne ne connaît Claudia Ambrosio. Il montre un portrait d'elle qu'il a dessiné dans *Tristes tropiques*. Il cache avec sa main la partie où elle est dénudée. C'est un désastre, en effet. Les gens ne lui répondent pas. Il achète des cigarettes et s'en va. Il se demande ce qu'il fait là. Il se met à penser à Charles Aznavour, au temps des amours mortes. Que c'est triste Manaus. Il chiale un bon coup pour vider son chagrin, fume des clopes sur un banc et rentre en France. Paul s'en amusera dans quelques années. Ou pas. Je n'en sais rien. Je n'ai aucune idée de ce qu'il s'est passé.

TROISIÈME PARTIE

19 – NAGER DANS LE FLOU

Ne suis-je pas devenue une plante grimpante ? Je regarde vers le ciel, je m'enroule sur moi-même et je m'accroche aux autres. Cette propriété vient de l'auxine, une phytohormone de croissance qui en fonction de la lumière et de la gravité fait monter certaines plantes en hélice dissymétrique autour de leur support. Les grimpantes dites volubilis ne s'enroulent pas toutes de la même façon. Je ne comprends pas bien pourquoi les unes forment des spirales qui tournent dans le sens des aiguilles d'une montre comme la glycine, le chèvrefeuille, le houblon, alors que d'autres tournent dans le sens inverse comme le liseron ou l'ipomée. À moins que ce ne soit le contraire. Vu d'en haut ou vu d'en bas ? Dans l'hémisphère sud ou dans l'hémisphère nord ?

Des ipomées s'accrochent aux branches.
Daisy pommée remonte le temps.

Et parmi les grimpantes, suis-je une liane parasite plongeant mes suçoirs dans l'écorce pour atteindre la sève ou une liane épiphyte qui ne demande qu'à être soutenue ?

Des broméliacées, *Tillandsia aeranthos*, sont appelées couramment « filles de l'air ». Ma phobie de l'avion et ma disposition naturelle au vertige m'interdisent d'appartenir à cette famille, même si je lis qu'on les trouve chez nous surtout dans les vérandas. Je me vois plutôt en orchidée sauvage dans l'ombre végétale, plante symbiotique à fleurs blanches, munie de racines aériennes, jamais les pieds sur terre mais d'altitude moyenne et se méfiant du soleil nu. Le Brésil abriterait 2 500 espèces d'orchidées dont varient les formes, les couleurs, les textures, les parfums et les ruses.

Leurs fleurs repiquées sur un revers en tweed habillent la forêt pour le carnaval. Derrière la frange des lichens, les arbres maquillent leur identité, échangent une branche pour un rameau, retiennent un nid de guêpes suspendu dans le vide. Les plus grands spécimens tombent dans l'anonymat. Les petits que l'on croyait perdus s'infiltrent au sommet de l'État. Les hiérarchies deviennent un tissu de mensonges pour gagner la guerre. De surcroît, le brouillard les confond. On ne sait plus très bien si les cadavres exquis aux racines rongées sont morts ou tenus par un voisin brancardier. Les arbres ainsi fleuris processionnent à l'occasion des naissances et des deuils. Impossible de parler de génération. On se succède dans le désordre. On ne sait plus qui fait quoi. Dans la pénombre, les morts et les vivants s'entraident et se dévorent. Tous les moyens sont bons pour la prolifération. Généralement, les orchidées ne sont pas toxiques. En revanche, pour attirer les pollinisateurs, il en existe des mimétiques, affriolantes et trompeuses, qui tapissent les murs de velours, qui font griller des fèves, qui laissent voir à travers les carreaux, qui accrochent des boules à facettes, qui oublient les clés sur la porte, qui parfument les draps, qui offrent les consommations, qui déboutonnent leur chemisier, qui fournissent des menottes, qui surclassent en business, qui programment des matrices.

L'unique livre que possède Big James est un ouvrage de botanique en anglais qu'il doit feuilleter à l'occasion, lorsqu'il a fini de bricoler. Je considère cette éventualité comme un encouragement à ne pas désespérer de lui. Une semaine que je vis avec Big James et Cuir Fendu et rien n'avance. Je n'en sais guère plus au sujet des Ambrosio, soit que Big James s'en aille dépanner des bateaux, soit qu'il travaille dans son atelier lorsque j'essaie de lui parler. En revanche, je suis une attraction pour les bergers allemands qui me sollicitent afin que je remplisse leur gamelle car ils ont senti que j'étais tendre et facilement corruptible. Je m'accroche, ce qui ne semble au fil des jours ni vraiment les déranger ni les faire sauter de joie. Je me rapporte ici aux humains, à la différence des chiens qui eux s'excitent pour un rien contre ma jambe.

Le lendemain de mon circuit dans la forêt avec Sergio, je m'étais décidée à appeler Big James. Il paraissait content de m'entendre au téléphone. Il a compris que j'étais triste pour différentes raisons, de ne pas avoir trouvé mon Indien, certes, mais surtout de passer mon anniversaire toute seule à l'hôtel. Je n'ai pas réussi à garder ce lourd secret pour moi. Au moins, cet homme est doué de pitié. Big James n'avait pas le loisir de se déplacer en personne, mais Cuir Fendu était ravi de venir me chercher au port illico. Mon chauffeur particulier m'attendait au ponton où il m'avait déposée quelques jours auparavant. Il portait beau à bord de sa pirogue qu'il avait décorée d'une guirlande lumineuse pour mes 40 ans. Une trompe de chasse devait avertir de notre départ les autres bateaux qui, une nouvelle fois, étaient sommés de s'écarter sur notre passage. Toujours pas de dauphins roses, mais je les devinais nous suivre sous la coque en récitant de vieux poèmes.

Je savais qu'il n'y avait presque pas de réseau au fond de l'*igarapé* et que je m'exposais à écouter en différé les messages de mon frère et de mes nièces, ainsi que ceux de mes rares amis qui auraient pensé à me souhaiter un bon anniversaire. Si mon téléphone, bien sûr, acceptait un jour de se rallumer. En général, ma mère se trompait de date en prétextant qu'elle mélangeait les chiffres et que les maths, ça n'était pas son fort. Je me faisais à moi-même ce cadeau, repousser ce moment fatidique, même si tous ces gens devaient s'inquiéter de ne pas réussir à me joindre, et j'essayais de me convaincre que d'avoir 40 ans au milieu de l'Amazonie était en soi la réussite insolente d'une vie banale. Big James et Cuir Fendu m'ont simplifié la tâche en allumant deux pauvres bougies, chacune valant environ vingt ans. Cuir Fendu se révèle être un bon cuisinier. Il nous a servi un filet de *cachorra*, « la chienne » en portugais du Brésil, accompagné de galettes de manioc. Cette fois, j'offrais la cachaça, une bonne bouteille. En voyant la taille du poisson avec ses dents de sabre surdimensionnées, je pense que Percy Fawcett lui-même aurait pâli à l'idée de se retrouver en face de ce monstre. J'ai eu le droit de garder la plus grande dent dont je pourrais faire un bibelot sur mon bar en palissandre ou un pendentif à la Rahan, le fils des âges farouches. Lévi-Strauss, lui aussi, était avec nous pour observer nos insolites manières de table. J'imaginais ses yeux attentifs à la moindre bizarrerie qui se confondaient avec ceux de mon père ou d'autres fantômes qui remontaient le fleuve jusqu'à nous dans le noir. Big James m'a dit que les paires d'yeux lumineux qui surgissent parfois de la forêt ne sont autres que des lucioles. J'en doute. C'était un bel anniversaire.

Depuis, je fais partie de leur campement. Ils ne me posent aucune question, ni pour savoir quand je compte partir, ni pour comprendre pourquoi je reste. Ce n'est pas clair pour moi-même. Cuir Fendu continue de m'appeler Flocon d'avoine et Big James de mal prononcer Jeanne de France. Ils s'habituent à moi et, malgré tout, ne sont pas indifférents à la présence d'une femme. Je prends la chose ambitieusement comme un atavisme de l'évolution où les hommes sont attirés par les formes génériques et généreuses de la fécondité. Je réfléchis cependant à une monographie d'anthropologie érotique au cœur d'un village tropical de deux habitants où surgirait sans raison une Européenne un peu bourgeoise, en mal d'amour, qui ne sait plus vraiment comment rentrer chez elle. La moiteur me dénude sans outrance. Je porte le plus souvent une robe blanche parce que je souhaite rehausser la pureté de mon âme ou bien parce qu'elle est plus légère que mes autres tenues. En revanche, je garde mes chaussures de marche à cause des insectes rampants. Ni Big James, ni Cuir Fendu n'attachent beaucoup d'importance à ce genre de détails.

J'ai pris l'habitude de me baigner tous les jours dans une eau claire où j'ai pied, sans jamais avoir à déplorer de visite inopinée. Parfois les chiens m'accompagnent. Ils me surveillent depuis le bord, s'étonnent quand je disparais par le fond et s'émeuvent à nouveau de me voir ressurgir en balançant mes cheveux mouillés en arrière. Aujourd'hui, sur la rive, les chiens sautent et claquent leurs dents pour attraper des libellules.

Je n'ai pas fait l'amour depuis longtemps. Cette expression est curieuse, je n'en trouve pas de meilleure, son pragmatisme m'écœure et pourtant j'en redemande. Faire l'amour. Parce que la chose est belle ? Parce que les termes sont dépareillés ? Parce que je cherche encore une adéquation mystérieuse entre le mot et l'idée ? Ne nous plaignons pas. Faire le mort, c'est faire semblant de l'être.

Le soir, nous mangeons tous les trois à la cuisine. Il fait à peine plus frais que dans la journée. Le thermomètre reste au-dessus de 30 degrés. Cuir Fendu allume la radio, prépare du riz ou du manioc, parfois du poisson, rarement de la viande. Il nous regarde, Big James et moi, comme s'il avait compris qu'il se tramait quelque chose, à moins qu'il ait en permanence cet œil malin. Big James ne devient accessible que lorsqu'il prend un air vague et tranquille. Il est devenu plus taciturne, même lorsqu'il essaie de se montrer d'une grande patience avec moi. Je ne ressens plus la complicité que nous partagions sur le bateau. Il ne laisse rien paraître. À propos des Ambrosio, il m'a simplement dit d'aller lire les journaux si je voulais en savoir davantage sur cette maudite famille et m'a confirmé qu'ils contrôlaient la moitié de l'Amazonie, façon de parler. J'irai vérifier, je me méfie du peu de mots que Big James articule. Je n'ai pas osé répéter le nom de Darcy. Big James me cache quelque chose. Il sait que je l'ai deviné.

Je remarque qu'il travaille jusqu'à l'épuisement. Ses cauchemars suffocants que ses shoots d'inhalateur ne suffisent pas à calmer continuent de le secouer. Ça siffle dans ses poumons. La nuit, il retourne parfois à l'atelier jusqu'au matin car il ne trouve plus le sommeil. Je l'entends parler tout seul sans comprendre ce qu'il maugrée. Il sourit avec les chiens, mais je ne le vois plus rire. Il mange peu et boit beaucoup d'alcool, jusqu'à tomber dans son hamac. Ce type est une sombre falaise. J'ai envie d'écrire ces pertinentes observations dans mon carnet. Pour en faire quoi ?

Je nage sur le dos. Je regarde mes pieds. Chaque orteil est un personnage hideux d'une comédie aquatique où tout le monde se plaint, les spectateurs, les acteurs, le metteur en scène. Les décors changent, bain, douche, bulles, rivière, fleuve, mais je nage dans le flou. J'ai soif et pourtant je n'ose pas boire cette eau qui est sans doute plus pure que toutes celles que j'ai connues. À travers les persiennes d'un palmier açaï, je vois le ciel, l'œil rond d'un tangara multicolore, une fleur haut perchée qui évoque la fragilité. Je fais la planche. Chauffées par le soleil, seules dépassent de l'eau mes « mammes vermeilles ». Je ne sais plus dans quel poème Arthur Rimbaud parle de mes seins.

Finalement, je n'ai presque rien écrit. Acheter des carnets tout neufs, voilà ce qui me plaît, depuis toujours, avec l'espoir que le dernier sera le plus important. Celui qui m'accompagne pendant ce voyage possède la bonne taille, un papier lisse, un solide élastique, un stylo à bille qui se glisse à l'intérieur. Il finira au trois quarts vide, comme tous les autres. Je ne sais pas ce que ça dit de moi. Cela dénote-t-il un trait de caractère d'une affligeante banalité ? Allons, pourquoi mégoter ? Jeanne Beaulieu est une femme d'une affligeante banalité, le pire étant de vouloir lutter contre ça. Je devrais au contraire m'en réjouir. Les gens n'attendent rien de moi. Je suis discrète. Je ne suis spécialiste d'aucun sujet d'actualité et je suis à l'abri de toute forme de compétition visant à gagner une médaille ou le ciel. Je suis libre, de cœur banal certes, mais encore prête à tomber sauvagement amoureuse, bien davantage que lorsque j'étais plus jeune. Je devrais passer une annonce dans le *Times* ou *Le Petit Amazonien*.

Je révise ma position sur les gribouillis, qui ont besoin d'être encouragés, tout comme les plantes épiphytes, pour aller chercher la lumière. À la relecture, ils forment une jungle de mots dont personne ne prend l'entière responsabilité. Plutôt que d'égarer des carnets presque vides, je ferais mieux d'écrire au bas des livres qui me plaisent. Il y a largement la place pour ce que j'ai à raconter et certains esprits clairvoyants comprendront peut-être mieux que moi-même ce que j'ai voulu dire. Qui sait ? Quelqu'un pourrait se réjouir de découvrir par accident toute une collection d'ouvrages annotés par une femme aussi banale que Jeanne Beaulieu. Je crois encore à cette idée idiote que les livres comptent dans les histoires d'amour, ceux que l'on a lus ou ceux que l'on partage. Paul et Claudia seraient-ils tombés amoureux avec la même fièvre sans les heures passées ensemble à lire *Tristes tropiques* ? Je pense que oui. Mais, avec ce livre entre les mains, écrire et dessiner dans la marge était la promesse qu'ils avaient tout le temps de rester l'un contre l'autre où qu'ils se soient trouvés. Rien à faire de plus important : tourner les pages, faire le mort, faire l'amour. Voilà les promesses des bibliothèques pleines à craquer le dimanche pour réviser des examens – ou faire semblant –, avant de sortir avec son amoureux jusqu'au lendemain.

À Paris, je me souviens d'avoir moi-même souvent fait la queue le dimanche, dans le froid, pour aller à la bibliothèque de Beaubourg. La rue était venteuse, on entrait par-derrière, par la rue du Renard. Les passants qui nous regardaient attendre sous nos bonnets de laine nous trouvaient très studieux. Ils défilaient en pantalon de jogging avec des baguettes sous le bras et des sachets de croissants avant de remonter chez eux se mettre au chaud. Aucun ne devait nous envier. Nous ne les envions pas non plus d'être vieux et de passer le dimanche en famille. Dans quelques minutes, nous serions installés sur ces grandes tables de travail avec des heures de silence et de rêverie devant nous. À cette époque, j'étais très intriguée par un garçon qui semblait prendre des livres un peu au hasard, du moment qu'il pouvait m'apercevoir depuis les rayonnages. Moi, je ne cessais de relire la même phrase en le cherchant des yeux ou je faisais des listes pour planifier ce qu'il faudrait réviser, plus tard, dès qu'il aurait fini de me regarder. Les livres nous séparaient. Les livres nous rapprochaient. Il n'osait pas me parler et moi non plus. Les autres jours de la semaine, il ne venait pas à la bibliothèque. Le temps semblait si long d'un dimanche à l'autre.

Un matin, je l'ai regardé une heure sans qu'il s'en aperçoive. Il ne m'avait pas vue. Regarder n'est pas le bon mot, j'ai plongé mes doigts dans ses cheveux bruns, je l'ai déshabillé cent fois, j'ai dormi sur son ventre, j'ai embrassé ses cuisses, j'ai joui trois jours sans respirer, j'ai fondé une famille quelque part dans le Montana, j'ai pris sa main ridée dans la mienne au soir de nos vies. Il faut dire que cette histoire durait depuis septembre. Puis, ce qui devait arriver arriva. Il m'a parlé à la machine à café parce que j'avais choisi de prendre une soupe pour faire mon intéressante. Nous n'avons pas su profiter de ce premier pas. Je crois qu'il était aussi timide que moi dans ce genre de situation et après avoir bavardé au sujet du vent glacé de la rue du Renard, nous sommes retournés à nos places. Tout comme moi, ce jeune homme devait faire un malheur dans les bars et les discothèques… Le dimanche suivant, il n'est pas venu à la bibliothèque, ni le suivant, ni les trois ou quatre suivants. Ça m'a rendue dingue. La force du désir. Le manque.

Peut-être qu'il était tombé malade ou qu'il s'était cassé une jambe et n'avait pas pu se rendre pendant un temps rue du Renard. Je n'en savais rien, mais je l'ai pris pour moi. Je me suis persuadée, semaine après semaine, que je ne lui plaisais pas. Il n'y avait aucune raison de le penser, mais j'avais un tel manque de confiance en moi et j'étais si fière… J'aurais follement aimé ce garçon quel que soit le genre de livre qu'il ait pu mettre entre mes mains : botanique, bricolage, Barbara Cartland. Je me suis plutôt convaincue de ne plus aller à la bibliothèque, avec la certitude que ce serait un échec. Il me trouvait charmante de loin, mais de près avec mon gobelet de soupe et mes réflexions sur la météo… Je n'ai pas supporté cette idée. Je serais morte de chagrin de le voir dans les rayonnages en train de chercher du regard une autre femme qui l'aurait ravi.

Ou bien il était revenu, mais moi j'étais partie. Il s'était absenté pendant plusieurs semaines le temps de préparer sa longue déclaration d'amour évoquant notre rencontre inespérée, un dimanche de novembre, autour d'un potage de légumes. Il y aurait mis tout son cœur, debout sur une table de la bibliothèque, et nous aurions quitté les lieux sous une pluie de sachets lyophilisés, soupe à la tomate, minestrone, velouté de champignons, velours de courgettes. N'en jetez plus. Une histoire comme toutes celles qui n'ont pas eu lieu. La plupart des gens s'en remettent et après n'y pensent plus. Moi, j'avais choisi une combinaison complexe. J'étais dans ma période Marguerite Duras. J'étais comme Lol V. Stein. Je resterais prisonnière toute ma vie de ce manque, comme une éternelle spectatrice de moi-même, irréparable, nostalgique de ce vide creusé. Le vide, autour, en moi. Le vide. Je ne voulais plus recroiser cet homme beaucoup trop bien pour moi, mais j'y pensais tout le temps. Je ne savais plus s'il fallait craindre ou souhaiter retomber sur lui par hasard. Combien de fois mon cœur s'est-il mis à battre, croyant l'apercevoir dans les allées d'un centre commercial avec une petite musique d'ambiance ? Il s'appelait Jean. Nous étions jeunes. Je m'appelais Jeanne. Je reste une héroïne de moyenne surface, une hypersensible de supérette. De ne pas avoir pu me blottir dans ses bras a-t-il fait croître ma frustration ? Sans nul doute, mais je serais encore plus triste si un homme comme lui n'avait pas existé au moins une fois et même si peu. J'aurais simplement aimé avoir plus d'audace. Par la suite, j'ai calmé le jeu. Je me suis résignée à penser que nous étions comme Roméo et Juliette, mais sans les problèmes de famille, sans les fioles de poison et sans aucun spectateur, ce qui réduisait nos chances d'accéder à la célébrité.

Tachés de soleil et d'ombre, les chiens me regardent sortir de l'eau. La température est idéale au fond de l'*igarapé*. Nous formons un tableau élégiaque. J'écris dans mon carnet ces vers qui me reviennent :

Sombre est la paix qu'apporte ce matin.
Le soleil endeuillé ne montre pas son front.
On reparlera de ces choses si tristes : partons !
Certains seront punis, d'autres seront pardonnés,
Car jamais il n'y eut pire cortège de maux
Que dans l'histoire de Juliette et de Roméo.
Signé William Shakespeare, dit le Barde immortel.

Assez vite après ne plus avoir mis les pieds à la bibliothèque, j'ai également arrêté d'aller à l'université. C'est à ce moment-là que j'ai décidé de devenir agent immobilier, un métier où il fallait que j'affronte ma timidité et que je range ma fierté. Plus prosaïquement, je n'arrivais plus à aller en cours, payer mes études et acheter du rouge à lèvres, disons. « Certains seront punis, d'autres seront pardonnés. » J'ai des regrets. Je me dis que Paul et Claudia, eux aussi, doivent avoir des regrets si la vie les a brutalement séparés. *Tristes tropiques* n'est pas seulement un livre qui les a rapprochés. Peut-être sentaient-ils qu'une menace planait sur eux et qu'il fallait se dépêcher de noircir ces pages de leurs mots pour que quelqu'un les retrouve, pour que quelqu'un comme Jeanne Beaulieu puisse témoigner de leur amour. Certains gravent des initiales sur des troncs d'arbres, d'autres s'embrassent dans des photomatons et oublient leur tirage. Ils ont l'espoir qu'un jour un inconnu dise à leur place à quel point ils se sont aimés, même si tout est terminé. L'amour que les autres ont vécu a toujours quelque chose d'incommensurable. Si je suis punie, ce sera de ne rien essayer. Si je suis pardonnée, ce sera d'avoir tenté le tout pour le tout. Les chiens depuis la rive du Styx surveillent les portes de l'enfer. J'écris à la suite :

La pesée des âmes.

Derrière la porte, il y a le vide, l'ennui et la résignation.

Je veux être une aventurière qui décide de ses priorités, banales ou absolues.

Rien ne donne plus soif que les histoires d'amour et les pizzas.

De quel mal souffre Big James ?

Dans son Petit manuel du parfait aventurier, *Mac Orlan écrit : « Elle [la femme] doit occuper dans un roman d'aventure, la place qu'occupe un poisson volant desséché et pendu au plafond, dans un petit bar à matelots, sur les quais de la Tamise. » J'ai soif et donnerai tort à Mac Orlan.*

Signé Jeanne Beaulieu, dite Jeanne de France, Flocon d'avoine, Daisy dératée (?)

Petite hésitation. Je laisse ainsi. Je ne changerai pas un mot. Il est temps d'assumer mon humour potache, l'humour potage de Daisy au ras des pâquerettes. Je le dis à voix haute tout en me rhabillant. Les chiens s'intéressent. En rentrant vers l'atelier, je croise Big James concentré sous son masque de tortionnaire lorsqu'il soude à l'arc électrique. Je l'embrasse de loin, un baiser qui s'envole. Il relève sa visière pour vérifier qu'il n'est pas blessé.

Le soir même, j'annonce à Big James et Cuir Fendu que je veux retourner à Manaus. Les chiens me font toute une comédie pour que je reste. Cuir Fendu ne comprend pas si je pars pour toujours. Il verse une larme qui coule dans une rigole de sa peau. Je le serre dans mes bras. Big James prend un air détaché que je n'aime pas. Tout va très vite. Il se chargera de me ramener.

Nous partons Big James et moi sur le Fleuve noir. Le bruit du moteur et le vent ne permettent pas de se parler. Ça l'arrange sans doute de revenir à la situation où ses conseils étaient les bons : « Jeanne, vous êtes trop délicate, Jeanne, cet endroit n'est pas fait pour vous, Jeanne, vous feriez mieux de rentrer. » Je pose ma main sur la sienne, il ne réagit pas, son pouce peut-être, qui par instants caresse mes doigts. Je vois que c'est déjà beaucoup. Sa main est chaude et je sens ses veines gonfler au rythme des battements de son cœur. Ses mains, mon Dieu, ses mains qui pourraient faire ce qu'elles voudraient de moi, m'attraper, m'attacher, m'anéantir, me coucher sur le bateau.

À l'approche de Manaus, de grands paquebots illuminés supportent des villes entières. Je ne peux m'empêcher de penser à l'obscurité qui nous enveloppait sur la *Comète bleue* lorsque nous remontions l'Amazone. Big James avec sa jambe mécanique posée sur le sol était prisonnier de son hamac et somnolait en écoutant mes histoires. Du ciel, nous devions ressembler à un point de lumière minuscule zigzaguant dans la nuit. À peine une luciole sans importance, voilà ce que nous sommes. Je veux ralentir, remonter le courant vers sa source. Je suis sans doute la seule parmi tous les explorateurs qui ont affronté ses méandres à avoir regretté que le fleuve Amazone n'ait pas été plus long. Je ne suis pas une exploratrice, je suis une extrapoleuse. Ce mot, s'il existait, m'irait bien. Sur le quai, Big James hésite. Il attend que j'aie enfilé mon sac à dos pour me prendre dans ses bras. Il me recouvre entièrement, sac inclus. Je reste un moment contre lui sans bouger.

– … Je crois que je n'y arriverai pas…

Je ne comprends pas ce qu'il essaie de me dire. Je ne veux pas le faire répéter de peur de sangloter. Je décide de lui tourner le dos avant qu'il ne le fasse.

Rentrer chez moi ? Il me prend pour qui ?

20 – DARCY

Je patiente dans le hall. En attendant, je me sers un café au distributeur automatique. J'ai eu d'autant moins de difficulté à trouver la tour Ambrosio que je m'y suis rendue en taxi. On voit de loin l'édifice bâti dans la zone franche de Manaus. Cette enclave au milieu de l'Amazonie bénéficiant d'avantages fiscaux a été créée en 1967 pour dynamiser la capitale qui n'avait rien connu de palpitant d'un point de vue économique depuis la fin du cycle du caoutchouc, vers les années 1910-1920. De cette précédente aventure visant à exporter la sève des hévéas, les Amazoniens et les Amazoniennes, disons les petites gens qui vivaient là, n'ont pas pu tirer beaucoup d'avantages. Les barons du latex contrôlaient l'ensemble de la filière, de l'exploitation des ouvriers *seringueiros* condamnés par leurs patrons à moisir dans les bois, à la navigation fluviale et océanique permettant de fournir aux industries européennes de quoi fabriquer des pneus de bicyclette. Tout à l'export. Il est vrai que faire du vélo sur un chemin de halage du fleuve Amazone, en corsage froncé et jupe-culotte, aurait eu quelque chose d'incongru.

Lévi-Strauss écrit de belles pages sur les *seringueiros* et prend acte du premier des paradoxes. Ceux qui récoltent le caoutchouc sont appelés des « clients ». Ils sillonnent la forêt par de longs parcours quotidiens afin de saigner un à un les hévéas que la nature a dispersés au bord des rivières, puis le soir ils engraissent la boule de caoutchouc qui coagule au coin du feu. Ces itinéraires forestiers sont reliés à des dépôts de vivres et de matériel auprès desquels, en bon « clients » qu'ils sont, les *seringueiros* s'endettent sans pouvoir jamais rembourser. Les patrons qui leur confient une zone de récolte sont eux-mêmes à la merci des transporteurs et des compagnies de navigation qui fixent comme ils l'entendent les tarifications de leurs services, car ils en ont le monopole. Autant dire que lorsqu'un *seringueiro* est au fond de la forêt à manger à même le sol une bouillie de haricots tout en faisant tourner le caoutchouc au-dessus d'une flamme, il est fait comme un rat ! En outre, il devient nerveux et proche de son fusil, et il lui arrive de confondre la griffe d'un paresseux avec celle d'un jaguar perché dans un arbre. Il entretient le percuteur comme un nouveau fétiche. Il s'assure après chaque pluie que la poudre des cartouches n'a pas pris l'humidité. Il en couvre certaines d'une fine pellicule de cire afin d'être sûr d'en garder au moins une qui ne fasse pas long feu, peut-être celle qu'il se réserve pour lui-même si ça devait mal tourner. Dans le meilleur des cas, il a pu s'endetter afin de construire un cabanon décent qui sera certainement le caveau poisseux du reste de ses jours. Si par bonheur il parvient à convaincre une femme de le suivre dans cette vie difficile, les nuits seront plus douces, un enfant pourra naître et la responsabilité du foyer l'obligera à redoubler d'efforts s'il veut avoir une chance de quitter la forêt. En général, il n'y parviendra pas ou alors en s'enfuyant couvert de dettes sous la menace de représailles. Les patrons eux-mêmes subissent la faillite si les *seringueiros* viennent à disparaître sans laisser de trace. À en croire les photos accrochées aux murs dans le hall d'entrée, il semble qu'un ancêtre Ambrosio avec de belles moustaches qui rebiquent ait piloté un bateau à vapeur chargé d'acheminer la précieuse marchandise en Europe.

Certes, grâce au caoutchouc, il est possible d'assister depuis plus d'un siècle à une représentation de *Roméo et Juliette* au cœur de la forêt, au Théâtre Amazonas de Manaus. Quel charme ! Acier anglais, marbre italien, mobilier style Louis XV, lustres de Murano, cristal de France, pains de glace en sous-sol à effet climatisant et pour couronner le tout, une coupole de 36 000 tuiles vernissées venues d'Alsace. L'excellence de l'Europe se trouve rassemblée dans « l'Opéra de la jungle » dressé au milieu des sauvages. Par-dessus, imaginez un bel orage tropical de fin d'après-midi et des éclairs qui déchirent un ciel noir. Le rideau de scène où se trouve brodée la rencontre des eaux sur le fleuve Amazone s'ouvre enfin sur Vérone. Chaque baron du caoutchouc ayant financé la construction du Théâtre Amazonas dispose d'une loge à vie du haut de laquelle il congratule son voisin. La Manaus de la Belle Époque était devenue pour un temps la ville la plus attrayante d'Amérique dans cette atmosphère européenne de modernité et d'élégante corruption. De génération en génération, les Ambrosio ont conservé un air de famille. La presse s'amuse de ce même sang qui coule dans leurs veines.

Le problème se pose éternellement. Les pigments rouges du « bois de braise » à cause desquels des centaines de milliers d'Indiens sont morts ont permis à la Renaissance de rehausser son faste. Il n'est de richesse que d'hommes pourpres. Sans l'Amazonie, les rouges bruns du Tintoret auraient-ils eu le même éclat ? L'histoire se répète. Ces messieurs désirent-ils sucrer leur café ? Le Brésil fournira aux nantis du café et du sucre de canne jusqu'à ce que d'autres pays ne les concurrencent avec ou sans esclavage. Ces messieurs souhaitent-ils s'acheter une automobile ? Tout le caoutchouc de l'Amazonie n'y suffira pas, mais les plantations britanniques en Asie du Sud-Est prendront bientôt le relais. L'histoire économique du Brésil est faite de cycles d'espoir, de greffes et de faillites dont la zone franche de Manaus n'est sans doute qu'un énième soubresaut. Les photos de la saga des Ambrosio, impeccablement vêtus, à cheval, en deux-roues, sur un yacht, en avion, et les affaires auxquelles ils semblent avoir été mêlés me font penser qu'ils n'ont pas beaucoup œuvré au bien-être collectif. Je suis sans doute incompétente pour mener ce genre d'analyses, mais j'ai pris le temps d'aller consulter les journaux auxquels Big James m'avait renvoyée avec un certain agacement. Les Ambrosio, en bien ou en mal, font parler d'eux à Manaus depuis le XIXe siècle. Dans les années 1990, Hector Ambrosio, le père de Claudia, a fait l'objet de nombreuses accusations : corruption, possession illégale de terres, détournement de fonds publics, trafics divers, j'en passe. Aucune de ces affaires n'a suffi à le disqualifier totalement, en raison d'appuis politiques importants, semble-t-il. Hector, aujourd'hui vieillissant, a officiellement passé la main à son neveu. Je repense aux mots de Sergio dans sa camionnette. Faut-il repartir à zéro ? Manaus n'y est pour rien. On n'a plus d'autre choix que de la prendre comme elle est. Manaus est un ristretto amazonien. Ne pas remuer, ne pas tremper les lèvres, ne pas chercher à analyser les arômes en tenant sa tasse avec le petit doigt en l'air : avaler d'un coup sec et se brûler. Le chaos de la ville perdue dans la grande forêt n'y est pour rien non plus si je ne trouve aucune trace de Claudia, ni dans les journaux, ni sur Internet, ni dans le marc de café. J'avais quelque espoir de voir son visage apparaître au fond de mon gobelet.

– Madame Beaulieu ?

– Oui.

– Darcy Ambrosio est prêt à vous recevoir.

– Très bien.

– Je vais vous demander de laisser sur le plateau votre sac, d'éventuels objets métalliques et votre téléphone. Prenez simplement ce que vous vouliez lui montrer.

– Entendu.

La secrétaire qui est venue me chercher m'accompagne à l'étage. Encore un ascenseur tapissé de miroirs. Il faudra peut-être que je me coupe les cheveux, en effet. Impressionnée par le détecteur de métal que le vigile approche de mon corps, je serre fort contre moi *Tristes tropiques*. La secrétaire referme la porte derrière nous. Darcy

Ambrosio aussitôt se lève, souriant. Il fait quelques pas vers moi et me tend la main.

– Bienvenue madame, asseyez-vous, je vous en prie.

Il parle un anglais parfait avec un accent qui ne doit plus exister qu'au fond de la bibliothèque de Westminster. L'homme est élégant, gominé sans excès. Il a probablement les dents refaites. Je m'en étais doutée en regardant les photos des articles de presse qui relataient ses frasques. Faut-il que je m'en veuille d'avoir laissé mes chaussures à talons dans ma valise ? J'ai la fâcheuse impression d'être une stagiaire en reprise d'études dans une ONG. Encore un sourire, toujours le même. Paul avait bien perçu que le sourire de Darcy, identique en toutes circonstances, était le siège du mal.

– Bonjour monsieur Ambrosio, je voulais d'abord vous remercier d'avoir accepté de me rencontrer.

– En quoi puis-je vous aider ? Vous avez indiqué à ma secrétaire que vous étiez en possession de quelque chose de précieux qui a appartenu à ma cousine Claudia, n'est-ce pas ?

– Oui, voilà. J'ai un peu insisté parce que je n'arrive pas à la joindre et je crois vraiment qu'elle serait heureuse de récupérer ce livre.

Je tourne vers lui la couverture de *Tristes tropiques* qui ne suscite d'abord aucune réaction de sa part, si ce n'est un long silence.

– *Tristes tropiques*… dit-il enfin. Claude Lévi-Strauss. Je prononce comme il faut ?

– Oui. Voilà.

– Comment connaissez-vous Claudia ?

– Houlà, ça remonte à loin. J'étais en Erasmus avec elle, à Séville. Vous voyez le tableau. On était copines à l'université et on s'est un peu perdues de vue. Vous savez comment ça se passe, on se jure que c'est pour la vie et puis…

– Ah Séville, une ville merveilleuse.

– Oui, on ne peut pas dire le contraire.

– Les bords du Guadalquivir…

– Oui, les bords du Guadalquivir.

– Le quartier de Triana…

– Oh oui, Triana, vous pensez.

– La Alameda…

Va-t-il me balader dans toute la ville en souriant ?

– Beaulieu… Jeanne Beaulieu, je ne crois pas me souvenir de vous.

– Parce que vous étiez…

– Oui, je me trouvais aussi à Séville à cette époque. Pas en Erasmus, vous vous en doutez. Je travaillais pour le consulat du Brésil.

– Le consulat. Ce devait être passionnant, non ? De travailler en Espagne, pour le Brésil.

– Comment ça ?

– Non, rien, votre travail, ce devait être un joli poste.

– Oui, un joli poste comme vous dites, un poste d'observation.

Il faut que j'arrête de regarder sa bouche. Je n'y peux rien, il sourit tout le temps et j'aperçois mon reflet sur ses dents. C'est très perturbant. Darcy se lève et se dirige vers la fenêtre près de laquelle se trouve un meuble assez moche, un globe terrestre qui s'ouvre à l'équateur. Il en sort une bouteille, attrape deux verres et reclaque le monde comme il doit être, clos et sans échappatoire.

– Pedro ximénez, vous connaissez ? Vin liquoreux, peu présent sur la zone de dénomination d'origine Jerez Superior qui préfère planter très largement du cépage palomino pour produire du fino ou de l'oloroso par exemple.

– Oui, j'en ai entendu parler.

Ce type est très malsain. Les types qui parlent de vin dans le vide sont en général très malsains, mais ils ne sont pas tous vicieux. Je comprends mieux la détestation immédiate de Paul à son sujet. Il pivote avec la bouteille tout en servant les verres et m'en tend un. Combien cet homme a-t-il de doigts pour ne pas tout faire tomber ? Il faut que je garde mon calme, je dois rester cool comme Cuir Fendu au milieu du Fleuve noir.

– Redites-moi ? Vous l'avez connue comment, Claudia ?

– À l'université, en 1992, l'année de l'Exposition universelle.

– Ah oui, *La Expo'*. Le pavillon de la France était très réussi, d'ailleurs.

– Ah bon, vous trouvez ?

– Pourquoi me rapportez-vous ce livre ?

– Alors voilà, j'ai égaré les coordonnées de Claudia et je pensais que vous pourriez m'aider. Elle semblait y tenir à l'époque et…

– Et…

– Et donc, je le lui rapporte.

– Vous le lui rapportez ?

– Oui, je le lui rapporte.

– Elle vous l'avait prêté et vous le lui rapportez parce que vous avez fini de le lire.

– Oui, enfin non, pas tout à fait. En réalité, il appartient à un ami commun qui l'avait conservé par mégarde et qui comptait le lui rendre.

– Donc vous êtes venue de France jusqu'ici pour lui rendre un livre dont elle a oublié l'existence.

– Non, non, j'étais de passage au Brésil, enfin à Manaus, alors je me suis dit que ce serait l'occasion.

– Vous l'avez pris dans vos bagages et vous avez passé dix coups de fil à ma secrétaire pour essayer de retrouver Claudia parce que c'était l'occasion. Qu'est-ce qui vous prend madame Beaulieu ? C'est ça, je prononce bien ?

J'ai la nausée. Soit il a mis du poison dans le pedro ximénez, soit le pedro ximénez est du poison. Ses dents carnivores exposent de minuscules placages nacrés de Jeanne Beaulieu en train de mentir.

– Attendez, je vous explique. En fait, cet ami de l'époque m'a confié ce livre. Il aurait aimé le lui remettre en personne, et disons qu'il a profité de ma venue pour que je puisse le faire à sa place. Mais si ce n'est pas possible, je ferai autrement. Ne vous en faites pas. C'était à tout hasard.

– Vous ferez autrement ? Comment s'appelle votre ami ?

– Martin. Paul Martin.

– Paul ou Martin ? Donnez-moi ce livre.

Je ne pensais pas le lâcher si vite des mains, mais je n'ai plus aucune force pour le retenir. Ce type me fait peur. Je pense qu'il est anthropophage. Il tourne les pages, mouille son doigt et tourne encore les pages. Je prie pour qu'il ne se reconnaisse pas en golfeur, pull jacquard sur les épaules, vainqueur du trophée des ânes.

– Paul, Paul, Paul. Qu'est-ce que Claudia a bien pu vous raconter ?

– Pas grand-chose. Je sais qu'ils étaient ensemble à l'époque.

– Paul, Paul, Paul. Je me rappelle, oui. Un petit copain de Claudia. C'était une jolie fille, faut dire. Pauvre petit Paul.

– Qu'est-ce que vous voulez dire par là ?

– Je crois qu'elle n'aurait pas envie de revoir ce livre, ni d'avoir des nouvelles de Paul Martin.

– Ah bon ?

Il pose le livre sur son bureau et le tapote.

– Claudia l'avait quitté et il l'acceptait mal, si mes souvenirs sont exacts.

– Ah bon ?

– Oui, Claudia en avait assez de Séville. Elle voulait rentrer au Brésil. Paul est venu me voir après son départ et j'ai dû lui dire… Qu'est-ce que j'ai dû lui dire ? Enfin vous voyez… elle m'a chargé de lui faire comprendre que ça ne servait à rien de s'accrocher. Pauvre petit Paul. À cet âge, ces choses passent.

– Ça oui, ces choses passent. Écoutez, ce n'est pas grave. Je vais rendre le livre à Paul, alors, et on verra bien comment ils s'arrangent entre eux. Vous ne savez pas comment je pourrais la contacter ?

Il feuillette à nouveau *Tristes tropiques*. Il regarde soit les photos des Nambikwara vautrés dans la poussière, soit Claudia allongée nue au bord de la piscine. Il saisit entre ses doigts le ticket de caisse du paquet de cigarettes que Paul avait acheté à Manaus et me dit :

– Il avait un bon coup de crayon, ce Paul.

Il me tend le ticket.

– Tenez, vous avez laissé ça.

– Oui, un très bon coup de crayon. Il dessine toujours d'ailleurs.

– Vous fumez, madame Beaulieu ?

– Beaucoup trop, je fume comme un pompier.

– Ce n'est pas logique.

– Comment ça ?

– Fumer comme un pompier ! Ce n'est pas logique, c'est le feu qui fume, pas le pompier. Je vous offre une cigarette ?

– Non, non merci, j'essaie d'arrêter en ce moment.

Je finis mon verre en silence. Je suis à sa merci. Darcy se ressert une rasade de pedro ximénez, s'allume une cigarette et plonge à nouveau son regard dans le livre.

– C'est très sucré. Je n'en avais pas bu depuis longtemps. Trop sucré, vous ne trouvez pas ?

– Oui, vous avez raison.

– Qu'est-ce que vous venez faire ici madame Beaulieu ? Qu'est-ce que ce Paul Martin vous a raconté sur Claudia ?

– Rien… je vous assure.

– Ça fait plus de quinze ans que Claudia a disparu et vous venez me voir comme ça avec vos pataugas et votre grimoire. Claudia a été adoptée, ce n'est un secret pour personne. Cela n'explique rien du tout. Elle n'a jamais manqué d'amour. On ne sait pas ce qu'elle est devenue. Personne ne l'a revue, personne, vous comprenez ?

– Je…

La porte du bureau s'ouvre. La tête de la secrétaire passe dans l'embrasure. Elle voit bien que son patron est énervé.

– Monsieur Ambrosio, je suis désolée de vous interrompre, mais c'est urgent et le vigile est parti.

Darcy lâche le livre, comme gêné de regarder Claudia toute nue devant son employée.

– Oui. Dites-moi.

La secrétaire passe le corps et avance un plateau.

– Je suis désolée, mais le téléphone de madame Beaulieu s'est mis à vibrer, vibrer, puis à chauffer. Il est devenu brûlant, le nom d'Hélène s'est affiché, puis plus rien.

– Oh non, ma mère.

– J'ai préféré vous prévenir aussitôt.

Oh oui, Mamie grillade ! Mon anniversaire ! Elle y a pensé ! Profitant de la distraction de Darcy, je reprends *Tristes tropiques* et traverse la scène d'un mouvement de tragédienne afin de récupérer mon téléphone – il est vrai assez mal en point. « Se quitter est un si doux chagrin que je pourrais le dire jusqu'au petit matin », Sir William Shakespeare. « Je me casse d'ici, et vite », Jeanne Beaulieu. Darcy sort à son tour du bureau et me regarde prendre l'ascenseur sans essayer de me retenir. Ses yeux larmoient de tristesse ou de colère comme ceux d'un roi fou.

Dans le taxi qui me ramène à l'hôtel, mes mains continuent de trembler. Le vin liquoreux ne passe pas. Je dis au chauffeur que j'ai besoin d'ouvrir la fenêtre. L'air tiède sent l'huile d'olive et le mazout. Je dis au chauffeur que j'ai besoin qu'on s'arrête. J'ouvre la portière et je vomis. Le pedro ximénez me laisse un goût de pruneau moisi dans la bouche. Je n'ai pas dû vomir depuis une terrible cuite à la tequila. J'étais restée deux jours alitée avec une bassine à portée de main en écoutant la radio pour essayer de penser à autre chose. Ça n'avait fait qu'aggraver mon cas. J'avais pris des résolutions pour l'éternité, ne plus boire une goutte d'alcool, jamais, et ne plus écouter les flashs info ponctués de relents de bile. Le chauffeur reste discret et parfaitement professionnel. Je dois reconnaître que la gentillesse du personnel dans les transports est un gros point positif de mon voyage au Brésil. En revanche, Darcy Ambrosio est un homme terrifiant, capable de vous faire vivre une expérience de mort imminente si vous restez dans ses effluves. Je ne parviens même pas à me souvenir avec précision de nos échanges. Je pensais qu'en jouant la naïve, ma présence serait moins menaçante. Je fais quoi maintenant ? Je meurs sur le trottoir ? Je demande de l'aide ? Où sont mes clés de Paris ?

21 — PARS !

Claudia a-t-elle vraiment disparu ? Je ne sais pas si ce que m'a révélé Darcy est vrai, mais je suis maintenant certaine qu'elle était encore très amoureuse de Paul quand elle est rentrée au Brésil et surtout qu'elle n'aurait jamais demandé à son cousin de le dissuader de venir la retrouver. Je pense même qu'elle l'attendait et qu'elle est peut-être morte de chagrin, de l'attendre. Lorsque Paul se rendait chez Claudia certains jours de canicule pour profiter de la piscine, il devait croiser Darcy. Paul s'en méfiait, il se moquait de son air supérieur, ce qui n'était pas toujours du goût de Claudia, mais il avait fini par s'habituer à la présence de son chaperon. « Darcy n'est pas si tordu que tu le crois », lui répétait Claudia. À en juger par la fièvre qui s'était emparée de son regard lorsqu'il feuilletait *Tristes tropiques*, je pense que Darcy ne connaissait pas l'existence de ce livre, mais qu'il avait compris depuis longtemps la nature profonde des liens qui unissaient Paul et Claudia. Ces choses passent, mais parfois elles ne passent pas. Paul et Claudia devaient veiller à ne pas en faire trop en sa présence, ne pas se tenir par la main, ni s'embrasser lorsqu'il était dans les parages. Darcy n'a peut-être jamais accepté de la voir aimer quelqu'un d'autre d'un amour si différent de ce qu'il pouvait partager avec elle.

Darcy gare sa voiture dans l'allée, à l'ombre des grands cyprès. Il rentre du golf plus tôt que prévu. Il est contrarié. Il s'est fait bêtement disqualifier du tournoi pour une erreur de pointage. À croire que le mauvais sort s'acharne. Comme d'habitude, il signale son arrivée :

– C'est moi !

On est lundi. Il monte l'escalier et distingue un bruit dans la salle de bain de Claudia. Il s'approche pour écouter. Il reconnaît la voix de sa cousine. Son timbre est plus ingénu que d'habitude, comme si elle cherchait dans l'enfance ce qui tenait lieu de tendresse. Il comprend que Claudia n'est pas seule. Plus un rire, plus un mot, de longues minutes de silence à peine entrecoupées de soupirs. Il colle son oreille contre la porte, entend des gémissements, puis Claudia jouir sans retenir le son de sa voix, une voix de femme qu'il ne lui connaît pas. Darcy n'ose plus bouger. Il se recule lorsqu'il sent qu'on saisit la poignée de la porte et, plaqué contre le mur, il voit débouler Claudia dans les escaliers avec un garçon, celui qui peu de temps avant s'était ridiculisé lors d'une soirée sur une terrasse de Séville. De l'avis de Claudia, ce garçon s'était conduit comme un mufle en lui disant qu'elle ressemblait à une forêt, impressionné qu'il devait être par ses yeux verts et son épaisse chevelure. Darcy voit sa cousine nue, dévalant les marches sans pudeur, ses seins s'agitant comme lorsque rien n'est plus important que de courir et d'être heureuse. Il n'a jamais entendu Claudia rire avec autant de joie dans la voix. Son rire résonne sous les hauts plafonds de la maison vide.

Il n'y a pas que ça. Darcy se sent coupable parce que son oncle comptait sur lui pour que ce genre de débordement n'ait pas lieu sous le toit familial, n'ait pas lieu tout court. Darcy n'a pas rêvé. Claudia courait, mais il a vu son visage et son corps couverts de tatouages indiens. Si Hector Ambrosio apprenait ça, il entrerait dans une rage violente. Depuis la fenêtre du premier, Darcy observe Paul et Claudia en train de se baigner dans la piscine. L'eau bleue scintille, leurs corps ne font plus qu'un. Ils s'embrassent sous le soleil, diluant l'encre de leur rêverie, leurs bouches avides de baisers. Ils remontent par l'échelle chromée, ils plongent à nouveau et recommencent. Claudia mord les fesses de Paul. Plus rien ne compte autour d'eux, ni la chair, ni le soleil éblouissant, ni la pelouse qu'ils traversent en courant, ni la noblesse de la demeure, ni Darcy, en retrait dans le couloir obscur, dont les pupilles des amants ignorent la présence lorsqu'ils remontent faire l'amour.

Paul avait appris que Claudia avait été adoptée. Le dessin d'un arbre tropical et généalogique incomplet ne laissait aucun doute sur cette question. En équilibre sur une branche, la place de Darcy, dont la silhouette et le nom raturé surgissaient en plusieurs endroits de *Tristes tropiques*, semblait hésitante. Hector en revanche, le patriarche, avait les traits d'un roi paisible. Cette reconstitution n'était pas là pour illustrer les structures élémentaires de la parenté chères à Lévi-Strauss, mais bien pour raconter un pan de la vie de Claudia sur lequel elle devait parfois s'interroger. Paul l'écoutait. Paul dessinait et cela suffisait sans doute à apaiser certaines des angoisses de Claudia. Quoi qu'il en soit, rien de ce qu'ils avaient noté dans *Tristes tropiques* ne semblait faire allusion à un quelconque mystère à ce propos, à part quelques mots, peut-être, soulignés au milieu de tant d'autres: « la perpétuation du groupe s'effectuait par adoption bien plus que par génération, un des buts principaux des expéditions guerrières étant de se procurer des enfants ». Simple coïncidence, probablement. Les Ambrosio n'ont jamais eu besoin d'imiter les mœurs des Indiens. Claudia n'avait pas manqué d'amour de la part de ses parents, mais lui avaient-ils tout raconté? Darcy avait parlé avec emportement à ce propos. Je pense que rien ne s'est passé comme il l'a laissé entendre dans son bureau. Comment faire confiance à ce genre de sourire?

Claudia est revenue dans la précipitation au Brésil pour je ne sais quelle raison, quelque chose d'urgent, admettons. Sur un coup de tête, son père autoritaire lui a dit de rentrer, ou bien Darcy lui avait révélé auparavant que Claudia s'était entichée d'un Français romantique et insignifiant au point de ne plus suivre les cours à l'université. Ses parents lui faisaient pourtant confiance. Sanction immédiate: retour au Brésil! Je n'imagine pas Hector Ambrosio s'énerver pour si peu. Il l'aurait peut-être sermonnée, mais lui aurait demandé de finir son année et sa mère aurait pris sa défense s'il s'était montré trop sévère. Quelque chose d'autre a dû la forcer à s'en aller subitement.

Hector Ambrosio ordonne à Darcy de mettre Claudia dans le premier avion parce qu'il commence à avoir des ennuis avec la justice et veut rassembler les siens autour de lui, sans délai, afin de tout contrôler. Avec la presse qui s'en mêle, il entend ne rien laisser au hasard, encore moins ce que l'on pourrait apprendre en s'intéressant à Claudia. Sur le conseil de ses avocats, il préfère s'éloigner de Manaus avec sa famille le temps que les affaires se tassent. Claudia n'a que quelques minutes pour prévenir Paul par téléphone, lui dire qu'elle part, qu'elle ne peut pas en dire davantage pour l'instant. Elle est en larmes. Paul aussitôt abandonne ses colocataires, en pleine préparation d'un plat de nuggets. Il veut la voir, mais il arrive trop tard. Le temps de monter dans le bus, de courir jusque chez elle, Claudia est déjà partie. Il est en nage. Il tombe sur la tante de Claudia qui lui dit de se calmer et d'attendre Darcy qui l'a accompagnée à l'aéroport. Elle lui propose un verre d'eau. Il n'en veut pas de son verre d'eau.

Darcy gare sa voiture dans l'allée, toujours à la même place. Il dit à Paul que Claudia a dû rentrer pour des raisons familiales et invente une histoire qui ne tient pas debout. Non, elle n'a pas eu le temps de laisser un mot, ni même une adresse où Paul pourrait lui écrire. Mensonge odieux. Paul est en colère.

Pire. Claudia a le temps de confier à son cousin une lettre à l'attention de Paul qu'elle rédige à la hâte dans la voiture.

– Darcy, promets-moi que tu donneras cette lettre à Paul.

– Oui, je te le promets.

Claudia embrasse son cousin et le serre dans ses bras avant de monter dans l'avion. Mais sitôt sorti du parking de l'aéroport, Darcy déchire la lettre et ouvre la fenêtre. Grand souffle d'air qui emporte les bouts de papier dans le vent, sauf un, échoué sur le tableau de bord, juste assez fin pour se sortir d'entre les dents un reste de nourriture. Hector Ambrosio a été très clair. On coupe les ponts. Il n'y en a pas sur l'Amazone. Rien ne sort, rien ne rentre, sans l'autorisation du patriarche. De retour, Darcy en rajoute. Il dit à Paul que Claudia n'est pas la fille qu'il croit connaître. Elle sourit tout le temps pour faire bonne figure, mais elle a le mal du pays depuis plusieurs semaines, une *saudade* inconsolable. Elle s'ennuie en Europe, tout est triste en Europe et cela ne sert à rien d'essayer de la revoir.

– Lâche l'affaire, Paul. Pour le bien de Claudia, lâche l'affaire.

Oui, ses mots sont pires qu'un poison mortel.

Les colocataires de Paul le voient revenir les yeux rougis. Il s'enferme dans sa chambre. Il n'en ressort que tard dans la soirée. Comment réfléchir le ventre vide ? Il se dit que Claudia se trouve au-dessus de l'océan Atlantique. Dans une assiette, il reste quelques nuggets, autrement appelés en espagnol *lagrimitas de pollo*, « petites larmes de poulet ». Il repense à ce que Darcy lui a raconté. Paul cherche dans le frigo une sauce qui couvre le goût du mensonge. Le lendemain, il appelle ses parents pour leur expliquer qu'il est invité quelque temps au Brésil chez une amie et qu'il hésite à s'y rendre. « Et avec quel argent ? Finis au moins ton année, tu iras la voir plus tard. C'est qui cette fille, d'abord ? » Mais au fond, ses parents s'en foutent. Ils ne lui ont pas demandé une seule fois si ça se passait bien. Ils ne remarquent jamais lorsque Paul a la voix qui tremble.

Paul retourne voir Darcy car il ne le croit pas, mais lui aussi maintenant est rentré au Brésil. Là-bas, cela ne s'arrange pas. Les chefs d'accusation à l'encontre d'Hector Ambrosio et de sa clique s'accumulent. L'affaire Ambrosio fait la une des journaux pendant plusieurs mois, corruption, ventes illégales, tentatives d'intimidation, disparitions suspectes. De vieux dossiers ressurgissent. Parions que l'inspecteur Jacaré fait tout ce qui est en son pouvoir, mais rien ne dit cette fois que cela suffira à protéger Hector. Il faudra viser plus haut. Hector Ambrosio connaît des hommes politiques capables de peser dans ce genre de situation. Et quand ce sera terminé, il fera construire une grande tour vitrée à son nom afin qu'on sache aux quatre coins de l'Amazonie qu'il est lavé de tout soupçon. Hector Ambrosio trouve toujours un moyen de s'en tirer. Et s'il faut viser plus haut encore ? Eh bien, il se présentera aux élections présidentielles.

Claudia meurt de ne pas pouvoir prévenir Paul. Paul meurt de ne pas avoir de nouvelles de Claudia. Mais Darcy a peut-être raison. Ces choses passent. Paul retourne à la fac. Il a la tête ailleurs, enfin pas tout à fait. Il pense au colonel Percy Fawcett. L'aventurier britannique n'a jamais renoncé à poursuivre jusqu'au bout ce en quoi il croyait, seul contre tous, quelle que fût l'immensité de l'Amazonie. Et son épouse, jusqu'à la fin de sa vie, était persuadée qu'un jour ils se retrouveraient. C'est Romero de Solis qui en a parlé à Paul à la fin du cours. Paul dessine sur une feuille blanche un couple d'inséparables sur un fil télégraphique et l'offre à son professeur pour le remercier. Il est impossible que Claudia ne l'aime plus, quelque chose les relie. Le monde est un décor, les distances sont une illusion, les racines des arbres forment des réseaux profonds. Claudia est amoureuse de lui, ici comme ailleurs. Paul tourne les pages de *Tristes tropiques*. Il reprend espoir au contact du livre qu'elle a tant de fois serré contre sa poitrine. Faut-il partir, rester ? Pars, pars !

22 – ÇA TOURNE À MANAUS

Je suis dans de sales draps. Je n'aurais pas dû aller voir Darcy. À l'étranger, une incertitude trop forte peut vous gâcher le voyage et vous n'osez plus sortir de votre trou. Vous pensez au pire. Vous cherchez à vous changer les idées mais votre esprit s'obstine. Vous êtes cernée. Chaque arpent de terrain que vous croyez avoir apprivoisé se tapisse à nouveau de ronces qui vous griffent la peau et s'accrochent à vos cheveux. Les belles statues s'écroulent, les balustrades cèdent, les fontaines débordent et alimentent les marécages. Les caïmans se jettent à l'eau depuis la rive parce qu'ils sentent que vous êtes affaiblie. Big James m'avait conseillé de me mêler de ce qui me regarde. Mais ici tout me regarde depuis le premier jour, les yeux de cet Indien qui ont plongé dans les miens, les yeux de Claudia qui ne laissent personne insensible et tout au bout du labyrinthe ceux d'Hector Ambrosio dont la figure maléfique plane désormais au-dessus de mon Amazonie. Hector, celui qui tire les ficelles des marionnettes, celui qui sème le malheur au hasard de la jungle et qui se cache, bien sûr, au cœur des ténèbres. Il faut en faire, des détours, pour espérer voir son visage.

Un écran de fumée.

Un écran de cinéma.

Avertissement : des scènes, des propos ou des images peuvent heurter la sensibilité des spectateurs.

D'abord, il y a un Jacaré de service, face caméra, un type comme tant d'autres qui au départ n'y est pour rien. Il grimace. Il n'est plus tout jeune, son dos lui fait mal. Il suspend son costume pour ne pas le froisser. Il n'aime pas quand les vestes font des plis. Les bières sont au frais, comme toujours des Cerpa. Il se parle à lui-même. Ce soir, le pack va y passer et les bouteilles, les unes après les autres, seront jetées dans la cour par la fenêtre. L'eau potable de Manaus lui reste sur l'estomac, alors la bière est d'un grand secours pour s'hydrater par ces grosses chaleurs. La cour, il n'y va jamais. Il s'agit plutôt d'une décharge dont il a la jouissance, où la végétation prolifère sur un tas d'immondices avec des mouches. Rien ne se perd, tout se transforme. Le tri des ordures ? Le siècle prochain.

Jacaré se déshabille devant le miroir. Il déboutonne sa chemise. Son corps a changé. À son âge, ce n'est plus récupérable même quand il essaie de rentrer le ventre. On s'est habitué à sa silhouette. Certains spectateurs seraient d'ailleurs déçus de ne pas le reconnaître. Il enfile son peignoir et se gratte l'entrecuisse. Il est important d'être à l'aise quand on est chez soi. Lola, son ex, n'a jamais compris ça. Tant pis pour elle. L'inspecteur Jacaré veille encore à être présentable durant ses heures de service, parfois même convenable, mais il aime qu'on lui foute la paix lorsqu'il rentre à la maison.

Rien de bien sorcier, la fermer un petit moment, le temps qu'il décompresse. Lola était bien contente pendant toutes ces années de ne pas payer de loyer, mais il a fallu qu'elle ramène sa grande gueule de *cabocla* ! Jacaré aime éructer ce mot désignant des métis aux origines confuses comme si leur sort était d'abord et avant tout de la boucler. Oui, la bière, ça fait roter, ce n'est pas nouveau. Oui, on a le droit de se curer les ongles des pieds devant la télévision quand les journées d'un inspecteur sont harassantes. Il y en a beaucoup d'autres, des Lola, tout aussi appétissantes et qui savent tenir leur langue.

L'inspecteur Jacaré pose une bouteille de whisky près de la télécommande. Les bières n'y suffiront pas. Il passe ses doigts à rebrousse-poil dans sa moustache, les renifle et allume le poste de télévision : le maître de l'univers. Il y a toujours quelque chose à regarder quand on est un peu curieux, des faits divers passionnants ou des reportages sur les zoos. Tout est lié. Quand on parvient à ce niveau d'indifférence envers les bêtes, voilà ce qui arrive, c'est la civilisation elle-même qui est en danger de mort, comme le dit Bouddha, ou le Dalaï-Lama. L'inspecteur Jacaré les respecte l'un et l'autre. Il y a aussi des jeux télévisés formidables qui permettent de gagner des cadeaux, des écrans plats, des voyages, de l'électroménager. Ce qui passe à la télévision est toujours plus réjouissant que ce à quoi est exposée la vie d'un inspecteur dont la retraite approche. Plus que quelques semaines. Jacaré en a assez vu.

Manaus n'est pas sans charme si on l'ampute d'à peu près tout et Jacaré n'a eu droit qu'au sordide. Gagner une croisière sur le Rio Negro dont on vante la splendeur ne lui procurerait aucun plaisir. Il n'y verrait que les noyés passer au large, les corps gonflés par la putréfaction qu'il vaut mieux laisser aux piranhas plutôt que de chercher à tout expliquer. Filmées depuis le pont d'un bateau, les rives de Manaus que les touristes ont l'air de trouver tellement typiques ne sont pour l'inspecteur qu'un ramassis de problèmes. Les quais d'aujourd'hui malgré les nouvelles façades n'ont rien à envier à l'ancienne « ville flottante » qui ourlait le Fleuve noir. Surgissant derrière un paquebot haut comme un immeuble, Jacaré reconnaît à l'écran la *Comète bleue* qui pendant des années a servi de rafiot de contrebande. Lui qui venait d'être nommé inspecteur se rappelle y avoir fait des descentes à l'époque, lorsqu'un indic le renseignait. Il était facile de s'arranger à l'amiable et de faire disparaître une partie de la marchandise, tu m'as compris ? Être flic à Manaus comportait quelques avantages.

À la télévision, les gens ont l'air heureux. Ils ne savent rien de toutes ces histoires qui hantent la ville et les touristes offrent aujourd'hui d'autres possibilités de racket. Ces cons, ils apportent eux-mêmes le fric à destination et paient de leur poche les frais de port. Jacaré se demande quelle autre industrie réussirait cet exploit ! Pas besoin de grues, ni de dockers, ni de flics corrompus, ni d'escrocs. Entassez-vous encore un peu, il reste de la place sur le pont supérieur ! On croit que les voyages permettent de s'évader, mais c'est la pire des arnaques. Ça, les reportages ne vous le disent jamais. Vous vous faites vos petits films sur des inconnus qui vous paraîtraient parfaitement insignifiants si vous les croisiez dans votre quotidien. Mais là, vous souriez niaisement à tout le monde pour ne pas paraître mal élevé. Regardez par exemple sur ce bateau, cette femme fait semblant de lire dans son hamac pour qu'on la remarque, pendant que son estropié de voisin la reluque en écoutant la radio. Ces deux-là s'imaginent plein de choses inavouables. Ils s'en contrefoutent des rives du Rio Negro. Le gars avec sa jambe en fer, s'il pouvait se taper cette pétasse qui joue les intellos, il se la taperait, mais voilà, il n'ose pas, parce qu'on n'est pas au cinéma. Et la pétasse, bien sûr, elle a bien envie qu'on s'intéresse à elle, mais elle ne sait pas comment s'y prendre, alors elle se fait remarquer, elle se tortille et le temps passe et le temps passe. Ils arriveront à Manaus, et après quoi ? Rien. Tout est tellement prévisible. Qu'on ne vienne pas faire la leçon à l'inspecteur Jacaré. Il n'est jamais parti en voyage à l'étranger, mais il a vécu bien assez d'aventures pour savoir que ça ne se déroule jamais comme on le croit, surtout les histoires d'amour. Pour tout dire, il en a marre de l'aventure ! Mais ça, c'est l'expérience qui vous l'apprend.

Au sortir de l'école de police, Faustino Bonzi, qui ne portait pas encore le sobriquet de Jacaré – petit caïman sadique du Rio Negro –, fut envoyé à São Gabriel da Cachoeira, une bourgade fluviale perdue à plus de mille kilomètres de Manaus. Saint Gabriel de la Cascade ne comptait alors qu'un port misérable et une dizaine de rues dont la moitié sans électricité. Quand son supérieur hiérarchique avait vu débarquer ce gringalet, il n'avait pas su à quoi l'occuper et l'avait chargé, entre autres tâches insignifiantes, des relations avec les fonctionnaires de la FUNAI, la Fondation nationale de l'Indien, dont personne ne voulait entendre parler. Au début des années 1970, la FUNAI n'avait que quelques années d'existence et venait de remplacer le SPI, le Service de protection de l'Indien, emporté par la corruption. Le SPI, au moment de sa fondation en 1910 par le respectable Cândido Rondon, un homme bercé d'illusions positivistes et rêvant d'intégrer les indigènes au destin national, avait une tout autre ambition que celle de corrompre et de pervertir. Mais des individus de la trempe de Jacaré s'étaient chargés de faire perdurer dans la région les habitudes ancestrales des Blancs vis-à-vis des sauvages. Le supérieur de Faustino Bonzi vouait un véritable culte à Cândido Rondon, métis, ingénieur militaire et haut gradé, célèbre dans tout le pays pour avoir aussi dirigé au début XXe siècle la construction des lignes télégraphiques de Cuiabá à Corumbá, puis du Mato Grosso à l'Amazonie. Pendant sa formation, Faustino Bonzi, futur inspecteur Jacaré, aurait dû avoir pris connaissance de ces éléments ou tout au moins être capable de reconnaître le célèbre visage de Cândido Rondon sur les photos qui s'alignaient dans les couloirs du commissariat.

D'autres lacunes de ce type avaient convaincu son supérieur qu'on ne ferait pas grand-chose de Faustino Bonzi. Le général Cândido Rondon était un fin connaisseur de l'Amazonie, de ses forêts, de ses plateaux, de ses fleuves, et un explorateur des terres reculées que Lévi-Strauss, quelques décennies plus tard, fut amené à parcourir pour y étudier les Bororo et les Nambikwara. Dans *Tristes tropiques*, l'ethnologue français fait référence à l'entreprise opiniâtre de Cândido Rondon de laquelle ne subsiste, le long de la ligne télégraphique qui porte son nom, qu'un fil à terre ou accroché sur des poteaux victimes des termites et des indigènes qui prenaient le bourdonnement des transmissions pour celui d'une ruche d'abeilles. On s'éloigne, certes, mais c'est le propre des confins d'égarer les esprits!

Point de fils distendus à travers le temps, ni d'histoires en cascade pour Faustino Bonzi, pas plus que de considérations factuelles sur Claude Lévi-Strauss que la jeune recrue devait confondre avec l'inventeur du blue-jean. Dans le bureau de Faustino Bonzi, sur une plaque de cuivre au-dessous du portait de Rondon, une devise était gravée: « Mourir s'il le faut, mais ne jamais tuer! » Rondon s'efforçait de faire appliquer ce mot d'ordre aux hommes sous son commandement lorsqu'ils étaient au contact des Indiens. Pour Faustino Bonzi, nouvel arrivant ignare aux shorts toujours trop grands et rebuté par la nature sauvage, il aurait été plus simple de raser entièrement la forêt afin d'y voir un peu plus clair et de régler de la sorte quantité de tracasseries imbriquées les unes dans les autres dont personne ne savait se dépêtrer: « Tuer s'il le faut, mais ne jamais mourir! »

Le Jacaré est un animal patient et sournois sous ses airs endormis. S'il est d'habitude difficile de lire dans l'œil de ces reptiles les sentiments profonds qui les animent, le regard de Jacaré ne laissait aucun doute à ce sujet. Ce qui l'emportait était un désir de revanche face aux humiliations dont il se croyait victime depuis son enfance, ne laissant dépasser entre les nénuphars que ses pupilles froides. Un homme était venu le voir que son supérieur avait recommandé, un certain Hector Ambrosio qui l'avait invité à déjeuner pour faire connaissance. L'homme d'affaires avait de grands projets en vue de dynamiser la région. Il parlait route, bois précieux, filons, terres vacantes, ingénierie, grillons, syndicats, liberté, décadence et, d'une voix nostalgique, caoutchouc dont ses ancêtres d'origine italienne avaient été de grands exploitants. La famille de Faustino Bonzi, elle aussi, était venue au Brésil pour fuir la misère du sud de l'Italie, mais elle n'avait pas connu une telle réussite. Hector Ambrosio aurait certainement gagné à tous les jeux télévisés s'il avait voulu y participer. L'homme était cultivé, malin, toujours bien habillé même au cœur de la jungle, ce qui fut peut-être la première leçon que Faustino Bonzi reçut de son mentor. Malgré tout ce qui pouvait les séparer, les deux hommes se lièrent d'amitié. Leurs déjeuners se répétèrent toutes les semaines pendant presque une année et sans Hector Ambrosio, il faut avouer que Faustino Bonzi se serait senti très seul.

Hector le faisait venir parfois sur des chantiers pour lui expliquer comment tout ça fonctionnait, les difficultés qu'il rencontrait dans ce pays où rien n'allait. Et par-dessus le marché, il fallait se coltiner les Indiens, encore et toujours ces maudits Indiens ! C'était la hantise des équipes d'orpailleurs qu'Hector avait réparties dans la jungle et qui s'échinaient à proposer des solutions pragmatiques afin que la région puisse prospérer à la hauteur de son potentiel. Faustino Bonzi était bien d'accord avec ça ! Les Indiens n'en foutaient pas une rame pour aider le pays à se développer.

Hector lui montra près du cœur une cicatrice formant un horrible cratère qui était le stigmate d'une flèche ennemie. Un peu plus bas et c'était fini. Hector eut aussi la gentillesse de le présenter à son frère cadet et bras droit, Santos Ambrosio, un homme doté de beaucoup d'énergie à qui Faustino Bonzi finit par confier son désir d'aller de l'avant, à l'image de ce que cette grande famille était capable de réaliser. Santos voyait tout à fait ce que Faustino Bonzi voulait dire. Lors d'un séjour à Manaus, les frères Ambrosio en profitèrent pour lui faire connaître des gens haut placés qui pourraient l'aider dans sa carrière. Voilà qui était une marque évidente de confiance qui le changeait des longues journées passées à trier de la paperasse à Saint Gabriel de la Cascade.

Et pour dire à quel point ils étaient devenus complices sur bien des sujets, Hector, un jour, l'emmena aux putes. Il s'agissait d'un endroit perdu dans la jungle, le long des innombrables *igarapés* qui s'éloignent du centre-ville de Manaus. Il y avait là des femmes très belles, c'est certain. Pas besoin de faire un long travelling pour comprendre que ce lieu était aussi un affreux coupe-gorge.

– Si tu préfères, tu peux rester à surveiller tes arrières, lança Hector d'un ton moqueur, en laissant Faustino Bonzi seul au comptoir.

Hector commença à se déshabiller, à peine avalé son premier whisky, abandonnant ses affaires sur place, puis monta à l'étage en bonne compagnie. Régulièrement, il redescendait pour commander à boire et, à chaque voyage, répétait à Faustino Bonzi de s'amuser au lieu de rester planté là avec sa tête de contribuable. Il allait finir par vexer les filles. Voyant que le jour se levait et qu'il serait difficile de le sortir de sa réserve, Hector demanda discrètement à l'une d'elles, la bien nommée Aurora, de s'occuper de lui, mais d'y aller mollo. Assis sur un tabouret haut, Faustino Bonzi agitait les cuisses, ce qui à cause de la moiteur, de la nervosité et de son adorable voisine lui procura un début d'érection. Aurore aux doigts habiles posa sa main sur lui pour qu'il cesse de gambiller, puis remonta le long de sa jambe par l'ouverture du short jusqu'à saisir et caresser le sexe de Faustino Bonzi. Il y avait une musique romantique qui aide à fermer les yeux. Faustino laissa faire Aurora sans un geste pour elle.

Hector descendit soudain par l'escalier, une lame brillante sous la gorge, tenue par une femme qui l'avait suivi à l'étage. Celle-ci répétait à chaque marche :

– Doucement, doucement mon grand.

Et Hector, en mauvaise posture et dans le plus simple appareil, ne pouvait qu'acquiescer par un mince filet de voix de peur que le couteau ne vînt trancher son cou. Les yeux injectés de sang, il fixa Faustino Bonzi et murmura dans un italien approximatif de gangster ayant quitté la mère patrie :

– *Pistola, jaqueta, boom !*

Faustino Bonzi comprit qu'il y avait un pistolet dans la veste d'Hector et qu'il fallait tirer sans hésiter. Faustino saisit l'arme et profita d'un pas de côté de son ami pour ouvrir le feu vers la femme au couteau tout en criant afin de s'enhardir. La main tremblante, il appuya aussitôt une seconde fois sur la détente en direction de la pauvre Aurora.

Tout le monde éclata de rire en voyant la tête de Faustino Bonzi.

– Je vous l'avais dit, qu'il marcherait !

Hector s'approcha de Faustino qui, dans son short taché de sperme, secoué par son cri de femmelette, ne s'était pas aperçu que l'arme qu'il avait saisie n'était qu'un pistolet à pétards.

– Je t'adore, Faustino, tu es plus bête et plus cruel qu'un jacaré !

Prenant dans ses bras le petit caïman encore sous l'émotion du mauvais tour que lui avait joué son mentor avec la complicité de toute l'assemblée, Hector n'en revenait pas de constater que Faustino Bonzi avait aussi voulu descendre Aurora. Quelle ingratitude ! Depuis ce jour, Hector Ambrosio le tenait. Combien de fois n'avait-il pas raconté cette histoire au sujet de Jacaré pour expliquer d'où venait son surnom. Hector pouvait exiger ce qu'il voulait de sa créature. Jacaré prit enfin son rôle au sérieux et, tout en jouant le naïf auprès de la police pour laquelle il travaillait toujours, s'occupa de prévenir ce qui pouvait contrarier les divers trafics des frères Ambrosio. Il excellait en eaux troubles exigeant discrétion et lâcheté. Bien lui en prit. À la suite d'un dossier sensible pour lequel Jacaré avait su faire disparaître des témoignages compromettants, il finit par obtenir un poste d'inspecteur à Manaus, Hector s'étant chargé de placer d'autres hommes dans l'administration grâce à des méthodes moins extravagantes.

23 – SIX JOURS ET SIX NUITS

Je me suis décidée ce matin au réveil. J'arrive sur le bord de l'Amazone et demande à un pêcheur du dimanche de me conduire à l'atelier de Cuir Fendu, le réparateur de bateau, vous savez, un peu plus haut sur le fleuve. L'homme voit très bien de qui je parle et connaît le chemin.

À quel moment la disparition d'un être cher ou un caillou dans une chaussure deviennent-ils de simples faits divers ? Étant enfant, je pensais qu'il y avait une saison pour les faits divers, et puis j'ai compris comment cela s'orthographiait, et puis je n'ai plus compris ce que voulait dire cette expression parce qu'elle est très étrange : faits divers, divers faits dont on parle à la télévision ou dans les journaux intéressant des gens qui vivent eux-mêmes sans le savoir un tas d'événements invraisemblables. Il y a bien quelqu'un qui les sélectionne, ces événements, permettant à chacun de se dire qu'il est comme tout le monde, dans la moyenne, ni plus ni moins, sans attendre le chauffard ivre qui roule trop vite sur une départementale ou le ticket gagnant au loto pour s'écrier « j'existe ». Je n'arrive plus à comprendre ce qui se mélange dans ma tête, des petits riens, des mensonges, des coups de théâtre, des souvenirs, des peccadilles. Comment font les gens pour démêler le vrai du faux ? Comment font-ils pour organiser tout ce bazar ? Je perds mon chemin. Désorientée, j'en cherche un autre qui ne mène nulle part et je n'ai besoin d'aucune drogue hallucinogène pour confondre les gens que je croise avec de curieux personnages. Rien ne pourra tout à fait me persuader que je ne suis pas seule au monde dans une bulle de néant, même si des millions d'individus raisonnables pensent exactement la même chose que moi.

Ou alors cet Indien m'a joué un drôle de tour. Il est installé dans sa forêt avec son écran plat et il m'observe. C'est lui qui a allumé la télévision parce qu'il ne trouvait pas le sommeil, ce n'est pas moi, et depuis il regarde les programmes de téléréalité de la planète Terre. Ses préférés sont ceux avec des femmes qui ne savent pas ce qu'elles veulent. Lorsqu'il se dit que ce n'est pas raisonnable d'enchaîner avec un nouvel épisode ou qu'il est vraiment trop tard, voilà qu'il n'arrive plus à mettre la main sur la télécommande. Elle a dû glisser derrière les coussins. Ce soir, il n'a pas l'intention d'éteindre. Il n'en croit pas ses yeux. Ma nouvelle coupe, la tête entièrement rasée, lui plaît beaucoup. Après m'avoir vue les cheveux détachés sous la cascade, il pensait que je n'en serais jamais capable. Malgré mes belles intentions, je n'ai pas réussi à retrouver mon Indien, alors je voulais marquer le coup. À l'écran, avec nos moments de gloire et nos petites misères, il nous voit tous sur un même plan, Percy Fawcett, Claude Lévi-Strauss, Big James, Jacaré, Hector, Darcy, Mamie grillade, Roméo et Juliette, Paul et Claudia,

Frida Kahlo. Mais je reste son personnage préféré de la dernière saison de *Tristes tropiques*. Il sait ce que m'a coûté ce voyage. Étrangement, il est aussi attaché à Françoise, ma belle-sœur, qui pourtant n'a fait que de très brèves apparitions. Il regretterait qu'elle disparaisse. Quand mon Indien réussira à éteindre la télévision, s'il y parvient, il retournera à ses occupations traditionnelles, quelque peu déboussolé dans son Amazonie, ne se rappelant plus très bien l'origine de la couleur des plumes. Un écran nous sépare. Un écran nous relie. À quelle distance de moi commencent les autres ?

À l'instant où je débarque sur le ponton de l'*igarapé*, les chiens accourent et me font la fête. « Faire la fête à quelqu'un. » Ne pas oublier d'écrire dans mon carnet cette expression très étrange, elle aussi, et très moche, afin d'être certaine de ne jamais l'employer. À son rythme, Cuir Fendu me rejoint. Il lève les bras au ciel, les deux ensemble, mais lentement. Qu'est-ce que j'ai fait à mes cheveux ! Malgré la boule à zéro, je suis toujours son cher Flocon d'avoine. Il s'accroche à moi pour se mettre en marche, passe la main sur mon crâne et ne se rappelle plus exactement comment j'étais avant. Il s'arrête, me regarde à nouveau et redémarre, certain qu'il m'a vue débouler dans sa vie il y a peu. Je redoute le moment où Big James va constater que je ne suis pas partie et que j'ai préféré me rendre à la tour Ambrosio. Les Françaises sont formidables. J'ai pourtant l'impression d'avoir passé les bornes. Pourvu qu'il ne m'arrive rien de grave, je ne voudrais pas que mon Indien s'inquiète.

Je n'entends aucun bruit, ni moteur, ni chalumeau, ni coups de marteau. Big James ne travaille pas. Il est allongé dans son hamac. Il a les yeux fermés. Cuir Fendu me fait poser la main sur son front brûlant. Les bidons de cachaça-coco à ses pieds ne doivent pas aider. Cuir Fendu me dit que Big James est dans cet état depuis plusieurs jours, comme si un serpent l'avait mordu. Il délire quand la température monte et boit son cocktail quand elle baisse. Big James ne veut pas voir de médecin, il dit que ça passera, mais ça ne passe pas. Cuir Fendu fait une grimace affreuse. De vieux démons rongent l'âme de son ami. Le vieil homme passe un coup d'éponge sur les perroquets de la toile cirée et s'assoit. Il entortille ses doigts noueux et se met à pleurer. Les chiens se pressent près de lui. J'ai du mal à comprendre ce qu'il m'explique. Big James a parlé de moi et de mon livre. Le reste est confus. Je dis à Cuir Fendu pour le rassurer que je vais m'installer ici jusqu'à ce que Big James aille mieux. Le vieil homme sèche ses larmes et les chiens se dressent sur leurs pattes arrière pour tenter de lui lécher le visage. À part des compresses et du désinfectant, l'armoire à pharmacie est vide, mais j'ai des médicaments pour faire tomber la fièvre. Big James ouvre un œil et me regarde sans réagir. Je le force à avaler des comprimés avec un verre d'eau. Il grogne. Je ne m'attendais pas à ce qu'il me fasse un compliment sur ma nouvelle coupe de cheveux, mais je suis étonnée qu'il ne soit aucunement surpris par ma présence.

Six jours et six nuits à son chevet, à l'entendre gémir et tenir des propos incohérents. Il me confond avec une autre, sa femme, sa fille, Claudia, avec une infirmière qui viendrait soigner les troupes sur un champ de bataille. Il attrape parfois ses béquilles pour aller pisser en regardant les étoiles et retombe de toute sa masse, faisant ployer la voûte du ciel. Son corps est usé, son esprit tout autant. Quand ses forces physiques l'abandonnent, il n'est qu'un poids mort, âpre et dense. Le soir, Cuir Fendu me parle de Big James comme s'il fallait témoigner de son passage sur terre à la lueur des bougies, ou bien tente-t-il par de vieux souvenirs de le sortir des limbes. Quand ils se sont connus, Big James était encore jeune et l'alcool avait déjà gagné la partie. Ce n'était pas Big James qui buvait mais un trou noir avalant tout sur son passage. Il avait traversé de difficiles années jusqu'à ce que Cuir Fendu lui sauve la mise, un soir de beuverie, alors que Big James avait échangé sa prothèse contre une bouteille de scotch. Big James était sorti du bar en se traînant à la force des bras et il s'était laissé tomber dans l'eau du fleuve pour voir où le courant l'emporterait. Au prix auquel Big James estimait la valeur de sa vie, le troc de cette bouteille était une bonne affaire. Il pouvait profiter de chaque gorgée avant d'aller rejoindre le diable. Cuir Fendu, qui était habitué jadis à voir de tels naufrages dans les tréfonds de la « ville flottante », lui était venu en aide en le repêchant. Sans cela, il se serait noyé.

Ensuite, Big James retrouva goût à la vie. Oh pas tout de suite, mais il commença à moins boire au fur et à mesure que Cuir Fendu lui apprit à réparer un tas de choses utiles à la navigation, des amarres, des carènes, des étraves, des bastingages et ainsi de suite. Des mots que Big James ignorait. Ne surtout rien jeter, n'importe quel bout de ferraille peut servir à réparer un autre bout de ferraille. Cuir Fendu lui confectionna une nouvelle prothèse et Big James accepta de travailler à ses côtés. La réparation est une sagesse. Et Big James, sous ses airs de brute épaisse, cachait des qualités d'orfèvre. Il était parvenu à laisser derrière lui une partie de sa peine.

Un jour, Cuir Fendu ressortit la bouteille de scotch que Big James tenait dans ses mains lorsqu'il avait perdu la raison. Il en restait un fond et les deux hommes la terminèrent. Puis Big James rencontra sa femme et ils eurent une fille dès le premier soir, façon de parler. De très belles années s'ensuivirent, mais l'infortuné Big James souffrait d'un mal dont il ne sut jamais se guérir tout à fait. Sa femme essaya de l'aider, puis elle s'éloigna de lui. Une enfance malheureuse, son accident de voiture et son arrivée chaotique au Brésil l'avaient meurtri trop profondément. Cuir Fendu sait que Big James a trempé dans de sales histoires, mais lesquelles ? Après toutes ces années, son ami se sent démuni. À mon tour de passer ma main sur son crâne et ses épis de vieux cacatoès. Ce sont les chiens, cette fois, qui pleurent.

Cuir Fendu allume la radio et m'invite à danser sur un air de bossa. Ses sandales traînent au sol et passent le balai. Je m'accroche à son cou. Je suis belle dans ses bras. Cuir Fendu sent le miel des forêts. Je bascule en arrière. Cela fait si longtemps que personne ne m'invite. Des papillons pressés traversent les néons en se cognant les ailes. Big James a ouvert l'œil. Il nous regarde en souriant danser avec tendresse. Il nous a écoutés d'une oreille distraite, c'est sûr. Je voudrais rester là pour toujours. Big James se lève avec ses béquilles, son moignon nu. Ses yeux ont retrouvé de l'éclat, son corps de la force. Il semble ne plus être fiévreux. Je le revois comme il était sur la *Comète bleue*, craintif, mais prêt à accepter qu'on s'occupe de lui. Je danse. Demain, tout ira bien.

Le moulin à café me réveille. Big James est le premier levé. On entend les griffes des chiens qui vont et viennent sur le plancher. Je suis surprise de voir Big James lire *Tristes tropiques*. Je lui prends le livre des mains pour qu'il arrête son cinéma. Il me regarde dans les yeux comme il ne l'a jamais fait.

– Jeanne, comment pourrais-je vous remercier ?

– J'ai plein d'idées. Celles qui me seraient les plus agréables ? Voyons voir. Que vous soyez éternellement compréhensif avec moi quel que soit ce que je vous raconte et que vous répariez mon téléphone portable.

– Et s'il fallait choisir ?

– Le téléphone.

– C'est dans mes cordes. Je vous ai entendu discuter avec Cuir Fendu. J'ignorais qu'il était aussi bavard.

– À mon contact, c'est tout l'un ou tout l'autre. Il vous aime beaucoup, vous êtes comme son fils. Il se soucie de vous.

– Vous aussi, vous êtes plutôt bavarde.

– Pas toujours. J'ai eu une période où je parlais très peu. Les phrases que j'entendais ou que je prononçais revenaient à mes oreilles en boucle, comme un disque rayé. Je vous assure que c'est paralysant.

– Pas pratique pour avoir une conversation. Je dois vous dire quelque chose.

– En effet, pas pratique du tout. Je crois que c'est une maladie contagieuse. À l'époque, j'étais avec un homme assez bien habillé, un peu macho mais bon amant, ce qui ne va pas toujours ensemble. Ça le rendait encore plus agaçant et moi, malheureusement, un peu plus tolérante sans même que je m'en aperçoive. Vous ne pouvez pas comprendre. Bref, je traînais à le quitter, ce qui devrait toujours attirer l'attention. Les premiers symptômes sont arrivés progressivement, à la différence de votre fièvre de mammouth, et un jour, un dessert au chocolat a déclenché une crise. Je déjeune donc au restaurant avec cet homme. J'ai déjà un peu d'écho dans l'oreille, mais léger. Il monte à sa bouche sa tartelette en la saisissant par les bords et au moment de croquer, elle se casse en deux. La pâte était fine. Et le chocolat dans sa chute effleure sa chemise blanche. Il me dit : « D'un peu plus, ça me tachait, tu n'aurais pas été contente... » Ces mots ont recouvert tous ceux qu'il avait prononcés depuis sa naissance et tous ceux qu'il prononcerait jusqu'à sa mort.

– Elle est curieuse votre histoire.

– Elle n'est pas finie. Il me propose ensuite de prendre un café et là je ne comprends plus ce qu'il me dit. Je l'entends me répéter : « D'un peu plus, ça me tachait, tu n'aurais pas été contente... D'un peu plus, ça me tachait, tu n'aurais pas été contente... » Alors qu'il demandait sûrement si je préférais un expresso ou un allongé. Et voilà qu'il reprend cette phrase avec des intonations différentes, pour répondre au téléphone à un collègue ou pour demander l'addition au serveur en faisant des vaguelettes avec son doigt levé : « D'un peu plus, ça me tachait, tu n'aurais pas été contente... »

Vous vous rendez compte, nous n'étions même pas installés ensemble qu'il me voyait déjà comme une lavandière agenouillée dans la rivière. Je n'ai rien contre, mais à condition de ne pas entendre des bêtises pareilles. Je me suis levée la première pendant qu'il prenait tout son temps à enfiler sa jolie veste et je suis partie pour toujours sans un baiser. Dans la rue, je me suis sentie si bien que me venaient des notes harmonieuses, celles des comédies musicales où vous composez les mélodies d'une vie future qui vous fera chanter sous la pluie. Mais je devais me sortir ces paroles de la tête. J'ai été très malade. Ces mots ont résonné longtemps, je vous assure, et puis ils se sont volatilisés. Vous comprenez ce que je veux dire ?

– Oui, je comprends.

– Vous êtes compréhensif.

– Mais pourquoi vous me racontez cette histoire ?

– Je ne sais pas. Pour détourner l'attention. Vous me regardez bizarrement depuis ce matin. Ce sont mes cheveux ?

– Mais pas du tout.

– Vous n'allez pas vous mettre en colère ?

– Non.

– Je suis allée voir Darcy Ambrosio. Je ne pense plus qu'à ça, à ce qu'il m'a dit. Cet homme est effrayant. Claudia a disparu après son retour de Séville quand les ennuis avec la justice se sont accumulés au sujet des affaires de son père. Je sais que je n'aurais pas dû me mêler de ça…

– Moi aussi, j'y pense. Je vous ai entendue en parler avec Cuir Fendu. J'ai entendu beaucoup de choses dans mon sommeil.

– Oh non, quelle honte ! *Roméo et Juliette* aussi ?
– Vous m'en demandez beaucoup.
– Vous n'êtes pas en colère, alors ?
– Vous êtes trop bavarde.

Big James se lève et part à l'atelier réparer mon téléphone. Les chiens le suivent. Je suis morte d'embarras. Je me dis que mon Indien se régale de ce genre de situations où je me mords les lèvres. Les perroquets de la nappe sont prêts à sauter dans le vide. Ils pensent à cette petite seconde où la pesanteur va leur faire prendre de la vitesse avant qu'ils ne déploient leurs ailes et ne virent de bord, ouvrant leurs plumes de couleur, jusqu'à la prochaine branche. Ou bien un crocodile les mangera. Big James revient.

– Jeanne, je ne suis pas en colère. Je vais vous montrer quelque chose parce qu'il est peut-être temps. On part demain matin.

– Vous me faites peur quand vous êtes comme ça. Ne vous sentez obligé à rien. Je n'aurais jamais dû vous mettre toutes ces histoires dans la tête. Et puis vous n'êtes sans doute pas tout à fait remis…

– Je le fais pour moi.

24 – LES SANGLOTS LONGS SUR LE FLEUVE NOIR

Si l'on y réfléchit, parvenir à l'âge de 40 ans peut être un motif de satisfaction et provoquer un sentiment de plénitude, quelles que soient les blessures du passé. On pourrait presque s'arrêter là, mais il faudrait s'y préparer bien à l'avance. Si vous alignez vos doigts et vos orteils en face d'un miroir et que vous les comptez, vous arrivez pile à quarante. Vous pouvez contempler votre ego, enrouler votre index dans l'escargot de votre nombril et raconter votre vie dans un livre passionnant à coups de petites formules. Au-delà de 40 ans, le décompte est plus délicat et tout devient plus abstrait, la suite en particulier. Alors vous ne comptez plus et on compte moins sur vous. Mais il y a des bons côtés, devoir s'affirmer, dire plus clairement qui l'on est et s'autoriser à prendre de haut la jeunesse. Il existe toujours un risque avec les miroirs de donner raison à Lévi-Strauss lorsqu'il affirme, contre Sartre, que l'existentialisme est une « métaphysique pour midinette ».

En quarante ans, c'est la première fois que ma mère ne se trompe que de quelques jours pour me souhaiter mon anniversaire. Un miracle. À ma naissance, elle était en avance, sinon pressée que je sorte de son ventre, ensuite elle a toujours été en retard pour célébrer cet heureux événement, parfois jusqu'à plusieurs semaines lorsqu'elle n'y pensait qu'en me récupérant à la fin des vacances d'été. Les années où elle me confiait à mes grands-parents paternels, il ne fallait pas que je m'attende à recevoir ni coup de téléphone ni carte postale. Qui dit que j'aurais été une meilleure mère? Mon entourage le prétend parce que je m'attendris facilement à la vue des poupons, mais cela ne devrait pas rentrer en ligne de compte tant que l'on n'a pas été présente soi-même sur l'ensemble de la chaîne de montage qui mène de l'enfance à la fin de l'adolescence, au moment où le nez reprend son luisant et une taille normale. Si j'avais été ma propre mère, je ne sais pas si je me serais supportée bien longtemps. Petite, j'étais rêveuse, timide, susceptible et lente. Tout était poésie, très lente poésie et prétexte à l'indolence. Je passe les commentaires désobligeants des bulletins de classe visant à qualifier ma paresse capable de contourner toute forme d'obstacle. Je les longeais ou je trouvais le moyen de creuser des tunnels pour passer en dessous, mais ça prenait du temps. J'étais en retard et comme battue d'avance. Adolescente, j'aimais lire et écrire certes, admirables dispositions de l'esprit parmi les sourds à notre époque débile, mais ça n'a jamais constitué une garantie de survie en milieu hostile. À part dans mon bain moussant, le corps nu caché par l'écume blanche, oui, l'existence est un milieu hostile.

Savoir bricoler est certainement une compétence plus utile. Big James a réparé mon téléphone, me voilà de nouveau reliée à l'ensemble des terriens. J'ai pu enfin écouter les messages de ma mère n'arrivant pas à me joindre, pas plus inquiète que ça, mais agacée que je tarde à décrocher. Les cheveux enveloppés dans des papillotes argentées pour parfaire son balayage, je l'imagine s'impatienter avec son kit main libre, le téléphone glissé sous l'élastique du maillot, en train de vouloir bronzer, cigarette à la bouche. Ma mère a toujours une certaine élégance du visage quand elle fume, malgré son abandon au soleil, malgré ses poses obscènes, malgré tout ce que je lui reproche. Et, avouons-le, même si sa crise de la carotène semble s'éterniser, c'est quelqu'un qui par moments est douée d'un excellent sens du timing. Pouvait-elle mieux choisir son jour pour m'appeler ? Elle m'a sortie des griffes de Darcy. Sans le savoir, Mamie grillade est une héroïne de roman. Que devient une bonne femme qui fait des sorties à moto ? Si jamais vous vous en inquiétez, sachez qu'elle a la possibilité de devenir comme ma mère, une femme libre qui a su trouver à temps un équilibre entre l'absolue nécessité d'oublier le passé et son désir de continuer à vivre. Sans elle, je n'existerais pas ou bien je serais morte.

Je ne sais pas où je vais. Big James m'a fait monter dans son bateau le plus rapide, une embarcation pneumatique semi-rigide équipée d'un moteur d'au moins 300 chevaux. Je commence à m'y connaître. Il me conduit quelque part, ce qui vu la taille de l'Amazonie donne une idée assez précise de la localisation des cités d'or. Il m'a rassurée. Je ne vais pas finir séquestrée dans la forêt, ni vendue à des esclavagistes.

Big James a emporté sa carabine et des vivres. Je me sens comme dans *À la poursuite du diamant vert*, dans ces films où la jungle ne fait pas trop peur. Quand on emporte des vivres, c'est que l'aventure a déjà commencé, sinon on prend des chips et des sandwichs.

Toute la journée, nous avons remonté le fleuve avec son lit anastomosé qui ressemble à de longues boucles de cheveux mouillés. Ce sont les miennes offertes à la fortune. Je ne voyage plus, je m'aventure. Je me suis habituée à naviguer et à voir s'embraser les couleurs du soir. Est-ce le moment de partir ou de se demander si l'on serait capable de rester pour toujours ? Généralement, les guides touristiques éludent la question. Paris ne me manque pas. Je commence pourtant à repenser à des sensations de la vie que j'ai laissée là-bas, des sensations d'automne, des courants d'air, des feuilles d'arbres qui jaunissent et qui meurent. Big James est fatigué. Il ne se plaint pas. Il conduit jusqu'à tard dans la nuit à la lumière des phares, avec le bruit assourdissant du moteur qui nous empêche de nous comprendre. Nous avons finalement dormi dans le bateau ramené sur la grève, tout près l'un de l'autre. Je ne m'en suis aperçue que le matin lorsque le soleil s'est levé et qu'il fallait déjà repartir. Big James m'a préparé un café, mais j'ai senti son impatience. Le trajet à travers l'Amazonie me plonge à nouveau dans une douce léthargie où mon esprit ne trouve plus rien à quoi se raccrocher. J'ai demandé à mon carnet s'il était possible que certains jours disparaissent. Sa réponse est catégorique :

Non, c'est impossible. Ce serait une fuite en avant.

Et pourtant, je songe à l'idée que deux ou trois jours sur le fleuve se sont déjà écoulés. Je pense que Big James s'applique à m'exténuer pour ne pas avoir à faire la conversation. Il n'a jamais envie de faire la conversation. Je comprends mieux la stratégie du piroguier mutique, avec un gros moteur. Il m'a simplement dit qu'il me conduisait à un endroit conservé à l'abri de la lumière, non pas sec et frais, mais cauchemardesque. Le lieu d'un effondrement.

Depuis que nous avons emprunté un affluent qui remonte vers le nord, nous ne croisons plus personne. La forêt change encore de faciès. Je repense à *Apocalypse Now* quand le fleuve se tait mais qu'à tout moment une lance indigène peut venir se planter dans notre bateau. Existe-t-il des affluents plus longs que leur fleuve ? Dans la vie, les aventurières qui s'en sortent connaissent un géographe et un maître nageur sauveteur. Il y a sûrement des femmes qui s'en sortent très bien toutes seules. Nous traversons des lacs, d'autres lacs, des marais couleur de thé piquetés d'aigrettes blanches comme du papier. La forêt se referme sur nous avec ses griffes animales. Peut-être qu'il vaut mieux connaître un poète pour changer l'eau des métaphores. Big James me montre des oiseaux dans les arbres. Je lève les yeux au ciel. J'aperçois trop tard les poissons qui tranchent la surface de l'eau. Nous décélérons car les racines échasses de la mangrove et leurs prolongements sous-marins exigent de manœuvrer avec précaution. Tout est parfaitement lisse. Tout est statique et silencieux jusqu'à notre passage. Big James n'a pas pris sa radio.

La mangrove manque de groove.

En attendant de trouver mieux, je peux toujours noter ça pour immortaliser mes remarques perspicaces. Suis-je une femme superficielle ? Pourquoi ai-je toujours besoin de trouver des parades pour me protéger ? Qui supporterait longtemps une femme comme moi ? À mesure que nous avançons, Big James respire plus calmement, une main sur l'accélérateur, l'autre abandonnée à sa nonchalance. Il préfère que je reste à l'avant, sans doute pour équilibrer le bateau ou pour se tenir à bonne distance de mes réflexions. Pourtant, il me regarde. C'est moi maintenant qui me sens fiévreuse, ou bien la forêt brûle et je ne vois pas les flammes. Qui a donc bien pu inventer l'expression « enfer vert » ? J'ai dû le lire quelque part, mais où ? Ce n'est pas Lévi-Strauss dont l'esprit rationnel déjoue aisément ce genre d'illusions. Je me dis que tout autour de mon visage défile un paysage que Big James redécouvre avec moi. Grâce à cela, les lieux ne sont jamais les mêmes. Où m'emmène-t-il ? Je sens qu'il est ému, ou c'est encore la fièvre qui fait battre son cœur. Parfois, je vois des larmes de tortue s'échappant de ses yeux et il n'y a pas de vent pour chercher des excuses. Il coupe le moteur. Nous pouvons descendre. Big James tire le bateau sur une plage et le camoufle. Il connaît un raccourci.

Il a remis en place sa jambe de pirate. Est-ce que Big James préfère avoir une jambe en fer ou un bras en mousse ? Je me rappelle que je voulais toujours jouer à ce jeu avec mon frère mais il n'avait aucune imagination. Il s'obstinait à trouver des alternatives crédibles. Je crois que c'est cela qui nous a toujours différenciés, mon frère et moi, les alternatives crédibles. Big James ouvre la forêt à la machette. Je le suis. Avec, il frappe fort, des coups secs et tranchants. Il m'en a confié une, bonne pour tailler les rosiers. Il me demande de temps en temps si ça va. Je lui dis que j'ai soif. Il me passe sa gourde car la mienne est déjà vide. Que veut-il que je lui réponde ? J'avance comme je peux. Il précise que nous avons de la chance d'avoir retrouvé le sentier. Il est le seul à le voir mais je suis contente qu'il m'associe à cette agréable nouvelle. Le chemin gagné de haute lutte débouche sur un marécage qu'il est possible en théorie de traverser tout droit. En pratique, je m'enfonce, mais je suis toujours vivante. Je me dis que mon Indien n'en revient pas de l'endurance dont je fais preuve. Les gros plans sur mon visage qui transpire et qui souffre sont de toute beauté. Il n'éteindra pas la télévision tant que je ne serai pas tirée d'affaire. Ça me redonne des forces. Aux abords d'un méandre, un monticule recouvert d'herbes hautes se dresse devant nous. Nous y sommes. Big James reprend son souffle. Il en a besoin. Moi aussi.

Milieu des années 1970. Un homme avec une jambe en fer claudique et ne trouve plus sa place au retour de la guerre. Big James, rentré chez lui depuis peu, décide de quitter Oakland et la baie de San Francisco. Il part au Brésil : Salvador de Bahia, Recife, Fortaleza, Belém. S'enfuir sous les tropiques américains n'arrange rien. Il est jeune et ne sait pas où ranger ses souvenirs du Vietnam. Il n'a même pas fait la guerre. Sa jambe coupée le démange, une jambe coupée des heures après la bataille… Il remonte son Mékong jusqu'à Manaus et rencontre Hector Ambrosio dans un endroit où échouent les pirates désœuvrés. Big James raconte sa brève existence, il n'a pas 20 ans. Hector a l'ouïe fine. Il a besoin d'hommes motivés pour enfreindre les lois et le pedigree de Big James lui paraît prometteur. Il est fort, il sait se servir d'un fusil et n'a rien à perdre. Hector Ambrosio est un chef de meute. Il convainc Big James d'aller prêter main-forte à des *garimpeiros* sur un site clandestin d'orpaillage, là-bas dans la forêt. Les orpailleurs forment une grande famille. Il pourrait y trouver sa place. Ils sont des milliers en Amazonie, certains deviennent riches.

Il est envoyé en territoire Yanomami vers la frontière avec le Venezuela. Un groupe d'Indiens qui a récemment déplacé son village tourne autour du campement depuis des jours. Les orpailleurs achètent leur tranquillité grâce à des cadeaux, des bâches, des marmites, et en faisant des promesses qu'ils ne tiendront pas. Les *garimpeiros* raclent les fonds caillouteux, éventrent les rives avec des pompes et de gros tuyaux pour déverser les boues aurifères sur les rampes de lavage. Ils polluent les rivières avec du mercure pour amalgamer le métal précieux. Les poissons meurent. Le gibier fuit. Les Indiens s'agitent. La forêt n'offre aucun repos. À cause de sa jambe, Big James se déplace avec difficulté dans ce bourbier. Tout le monde veille à rester armé et les hommes qui accompagnent Big James répètent qu'un jour cela va se terminer dans un bain de sang. Ils finiront par tirer sur les Indiens qui ne comprennent que ça. Big James ne sait pas si ce qu'il craint le plus est de recevoir la flèche d'un Indien dans le ventre ou de devoir ouvrir le feu. La tension monte. Les Indiens se font plus pressants.

Les *garimpeiros*, avec l'alcool et la fatigue, deviennent plus nerveux. Au bout de quelques semaines, Big James abandonne. Il balance son fusil à la flotte et profite d'un convoi venu livrer du carburant pour quitter les lieux. Il retourne voir Hector et Santos afin qu'ils acceptent de lui confier un autre travail. Ils se donnent rendez-vous dans un établissement tenu par un jeune couple de *caboclos* qui permet de s'approvisionner en matériel et en gasoil, cet endroit même qui aujourd'hui n'est plus qu'un monticule gagné par la végétation où Big James me raconte son histoire.

Les frères Ambrosio n'aiment pas qu'on les lâche, surtout Santos qui se montre très vite agressif, mais ils comprennent que Big James n'est pas taillé pour ça. Il touchera trois fois rien, en proportion de sa participation, mais il y a plus urgent. Des *garimpeiros* venus d'un autre site tenu par les Ambrosio entrent dans la pièce principale. Ils ne sont pas d'accord avec les chiffres d'Hector. Un délégué aux chaussures boueuses prend la parole. Il s'essuie le front. Il est en colère. Santos lui demande de se calmer : une fois, deux fois. Santos n'apprécie pas qu'on lui parle sur ce ton. Il faut garder son calme quand il est question d'argent. Il y a peut-être une erreur. Hector reprend les chiffres depuis le début, papier, crayon. Chacun reste silencieux. Santos fait signe au couple qui tient l'établissement de faire asseoir tout le monde et de servir des bières. La jeune femme intimidée sort les bouteilles sur le comptoir et laisse le soin à son mari aux guibolles flageolantes de les distribuer. Il transpire beaucoup, lui aussi, de grosses gouttes qui perlent sur son front. Cela ne met jamais les clients très à l'aise. Les bières sont vite terminées. Les *garimpeiros* ont le regard fixé sur le crayon d'Hector dont on entend la mine griffonner avec science. Non, il n'y a pas d'erreur. Big James sent que quelque chose ne va pas. Il n'y a pas d'erreur, mais Hector veut bien faire un effort. Santos se lève et prend la parole. Hector Ambrosio veut bien faire l'effort de les laisser partir pour qu'ils aillent chercher, dès aujourd'hui, un autre patron. Les bières sont offertes. Ensuite, tout va très vite. L'un des *garimpeiros* restés à l'extérieur monte les marches avec une bouteille d'essence prête à s'enflammer. Les frères Ambrosio, eux non plus, ne sont pas venus les mains vides. Une fusillade éclate. L'incendie se déclare.

Big James se précipite au sol. Les flammes lèchent les murs. Le bois prend vite. On suffoque. Tout s'obscurcit. Big James rampe vers la lumière, gêné par sa prothèse. Il distingue autour de lui des hommes à terre et redouble d'efforts pour atteindre la sortie. Il se traîne jusqu'à la rivière et respire à nouveau. À l'intérieur, on entend des cris et des coups de feu qui font taire les cris. Big James croit discerner des pleurs au milieu du grondement du toit qui s'écroule. Dans la fumée, il voit Hector descendre les marches avec une enfant qu'il porte dans ses bras, une petite fille aux yeux verts, des yeux verts découpés dans le métal. Personne d'autre ne sortira. Alors que l'incendie se déchaîne, Hector disparaît dans la forêt, emportant avec lui le regard de cette enfant.

Sous ce monticule reposent des corps depuis tout ce temps. Les plantes les ont recouverts. La nature les a digérés.

La forêt ici ne ressemble à aucun décor. Elle est tranquille et effrayante parce qu'elle ne fait pas de sentiment.

Sur le chemin du retour, Big James ne dit rien, comme à son habitude. Je suis désemparée. J'ai passé plusieurs semaines ici à agiter mes névroses alors que Big James se battait contre de vieux démons que j'étais venue déterrer. J'essaie de m'excuser comme je peux, maladroitement et avec trop de mots. Je le supplie de me répondre. Il ne voit pas les choses ainsi. En remontant le fleuve depuis Santarem, il m'écoutait raconter mes histoires parce que ça lui plaisait et qu'il n'avait plus entendu parler français depuis son enfance. Je l'accompagnais et, certes, il ne se sentait pas dans l'obligation de faire la conversation. Il a mis du temps à croire que la jeune femme à qui j'avais prêté ma voix durant notre voyage pouvait être cette petite fille dont il avait croisé le regard, il y a si longtemps. Il a fallu tout de même le plus long fleuve du monde. Mais à l'évocation du nom d'Hector, il ne faisait pour lui plus aucun doute qu'il s'agissait des Ambrosio dont il avait essayé d'oublier à jamais l'existence.

Dans les années 1990, au cœur de la tourmente judiciaire, Big James n'avait pas suivi l'affaire Ambrosio dans les médias afin de ne pas réveiller le passé, mais les cauchemars désordonnés de sa jeunesse étaient revenus le hanter : une jeep militaire qui s'encastre dans un arbre à des milliers de kilomètres de l'Amérique et ensuite cet incendie dont il était sorti vivant. Qu'était-il arrivé à cette petite fille ? Pour se protéger, Big James n'avait pas voulu le savoir. Avec le temps, certains détails s'effacent. Sans les descriptions de Paul, Big James ne se serait pas souvenu que cette enfant avait de grands yeux verts. Et sans moi, il n'aurait sans doute plus jamais entendu parler d'elle. Big James estime que Claudia, quelle que soit sa situation actuelle, devrait savoir d'où elle vient, d'où elle vient réellement, si elle ne l'a pas déjà deviné.

Je remonte quel fleuve au hasard, maintenant, pour la retrouver ? Dans le bateau, Big James me prend la main. On n'a pas besoin de comparer leur taille, paume contre paume. Les deux miennes tiendraient dans une seule des siennes. Je me dis que cet homme a fait ce qu'il a pu. Je bats le record d'Amazonie – catégorie femmes – du plus long sanglot sur le Fleuve noir. Nous passons la nuit l'un contre l'autre, allongés dans le bateau. Je suis bouleversée par ses révélations. Mais Big James me protège.

Aucun de nous n'arrive à s'endormir. Je n'ai pas trouvé mon Indien, mais j'ai trouvé Big James là où lui-même s'était perdu. Claudia, elle, n'a laissé aucune chance à quiconque de suivre sa trace. Comment a-t-elle réussi cette prouesse ? Je pensais que seul Elvis Presley y était parvenu. Me dira-t-elle à quoi m'attendre si je souhaite un jour disparaître aux yeux de mes contemporains ? On dit que dans certains groupes amérindiens, les traces et les empreintes des êtres qui les ont laissées au sol sont les êtres eux-mêmes. J'aime cette idée. Un jour, je serai ce que j'ai laissé derrière moi. Je comprends que le voyage est fini. Après cela, je devrai partir. Je lève les yeux. J'allume une cigarette. Je ne sais même pas si les constellations ici sont les mêmes que celles de l'Ancien Monde. Une étoile filante traverse le ciel. Je plaisante, c'est un avion qui prend feu.

25 – EN ATTENDANT CLAUDIA

Au retour de notre expédition, la vie reprend lentement au fond de l'*igarapé*. Comme d'habitude, les chiens sautent et tournent autour de nous dans la cuisine. Le soir, ils s'allongent, les pattes croisées sur le museau, tout à fait certains que la vérité a éclaté. Mais Big James aura besoin de temps pour retrouver le sourire. Cuir Fendu sait bien que son ami s'est libéré d'un lourd fardeau. Il n'est pas pressé d'en savoir davantage. Big James trouvera le bon moment pour le remercier de l'avoir empêché de couler pendant toutes ces années et s'excuser d'avoir tant attendu avant de lui raconter son histoire. Cuir Fendu, par délicatesse, fera semblant de ne pas bien entendre et chantonnera par-dessus la radio avec sa voix de pneu crevé. Ou bien les hommes se passeront de mots.

Les jours se succèdent et se ressemblent, ils pourraient ainsi se ressembler longtemps. Je ne sais plus trop où est ma place. Big James me dit que tout ira bien, sans que je sache vraiment s'il parle de lui ou de moi. Il n'a pas envie d'évoquer les semaines que nous avons passées ensemble et je ne suis pas certaine, moi non plus, d'être capable d'en faire un beau discours. Par moments, il feuillette *Tristes tropiques* comme pour se rassurer ou apprivoiser ce que pourrait être la suite, désormais. Chaque matin, il reste un long moment les yeux dans le vide, et le suivant lui apporte les mêmes certitudes. Il a bien l'intention de faire preuve de courage. Je me dis que cet homme en a toujours eu. Il aimerait aussi être capable d'exprimer ce qu'il ressent. Oui, tout ira bien.

Je me fais à l'idée que je vais devoir rentrer, Manaus-São Paulo, São Paulo-Paris, Paris et son vent d'automne. Big James m'avoue que lui non plus n'aime pas prendre l'avion. Ce point commun entre nous me ravit. Nous n'en avons pas tant que cela à partager. J'hésite à lui laisser *Tristes tropiques* pour compléter sa bibliothèque constituée jusque-là d'un seul livre. Un ouvrage illustré de botanique accompagné d'un ouvrage d'anthropologie de Claude Lévi-Strauss devraient suffire sur son île perdue. Mais je n'arrive pas à m'en séparer et je crois que Big James n'y tient pas. J'espère que je reviendrai ici, un jour, mais combien de fois me suis-je dit la même chose dans des endroits qui se situaient beaucoup moins loin ? Tant qu'il n'y aura pas de pont suspendu entre l'Europe et l'Amérique, il n'est pas certain que je sois capable de refaire le voyage. Un pont suspendu à quoi ? Aux nuages d'altitude ? Aux mains de Big James ? À l'envie qu'il aurait de me revoir ?

Il faut bien qu'il y ait une dernière soirée qui sera trop courte et un dernier mot que l'on va détester prononcer. Pour l'instant, j'apprends qu'il n'y a pas vraiment de proportion à respecter pour ma boisson préférée : un peu de cachaça, un peu de lait de coco, un peu de hasard. Je maîtrise la recette à la perfection. On danse. On boit. On s'amuse des non-dits qui brillent dans nos yeux. Cuir Fendu se moque de Big James qui est un très mauvais cavalier, de la catégorie des irrécupérables danseurs qui me plaisent tant. Personne n'a envie d'aller se coucher et rien ne nous y obligera. Je partirai à l'aube. Je regarde Big James. Je me souviens du petit confort de ma vie. Jamais je ne pensais rencontrer un homme comme lui. Jamais je ne pensais voir s'illuminer cette sombre falaise.

Le jour se lève. Mon sac est prêt. Nous sommes assis autour de la table et les perroquets de la toile cirée nous observent pour savoir qui me ramènera à Manaus. Côté pile : Cuir Fendu m'accompagne avec les chiens. Côté face : Big James reste à quai. Cuir Fendu sait faire pencher le destin en sa faveur. Big James lui doit bien ça.

Les chiens courent jusqu'au ponton et sautent sur le bateau. Cuir Fendu, à son rythme, allume un cigare puis démarre le moteur. Il nous tourne le dos car les chiens aboient et s'impatientent. Big James m'aide à monter et me dit quelque chose que je ne comprends pas. Cela n'a pas d'importance. Il s'agissait probablement d'une banalité sur l'amour qui m'aurait fait fondre en larmes. Sous les grandes palmes de l'*igarapé*, le bateau qui s'éloigne de la rive m'oblige à lâcher sa main. Je le regarde sans rien dire jusqu'à disparaître dans le premier virage. Cuir Fendu met les gaz. Mes émotions s'accélèrent et le vent les débarrasse de leurs incertitudes. Cuir Fendu va de plus en plus vite pour rabattre les oreilles des chiens comme deux statues d'Égypte et ne pas se laisser aller à la mélancolie. Impossible aux dauphins de nous suivre. Tout le Fleuve noir y passe avec son défilé d'illusions.

À l'approche de Manaus, Cuir Fendu fait retentir la sirène. À terre, il retrouve sa lenteur et me confie qu'il n'a jamais pris l'avion de sa vie mais qu'il viendra me voir de temps en temps, à Paris, capitale de la France ! Cet homme aurait dû faire du théâtre. Il en a fait toute sa vie. Il me demande si je pars pour toujours. Je lui souris. Toujours, ça fait longtemps. D'ici là, il aura peut-être oublié son Flocon d'avoine. Il me fait un clin d'œil et cache sa tristesse dans le poil des chiens.

Je réussis à prendre mon premier avion sans me poser trop de questions. Je sais bien pourtant que je survole l'Amazonie et qu'il existe une infime probabilité pour que je passe au-dessus de l'arbre contre lequel l'aventurier Percy Fawcett s'est roulé une dernière cigarette avant de dire : « Bigre, je n'ai plus de tabac. » Je reprends mon carnet :

Big James s'est délivré de Big James.
Cuir Fendu sait prendre soin des gens qu'il aime.
*Ils vont être heureux ensemble au fond de l'*igarapé.
Si jamais je disparais, mon siège était le 40 A.
Saint-Tarmac, priez pour moi.
Ne pas oublier de récupérer ma valise.
Ne pas oublier que Jeanne Beaulieu est allée dans les profondeurs de la forêt.

À l'atterrissage à São Paulo, je remercie Dieu qui n'existe pas d'avoir bien voulu faire semblant de l'oublier le temps du vol. Je me promets de le laisser tranquille pendant quelques jours. Les retours avec escales sont épuisants car je me découvre de nouvelles croyances : numérologie des sièges passagers, alignement des astres, révélation eschatologique, renoncement zen à la matérialité du monde. Je trahis tous mes principes.

Abandonnée à la consigne de l'hôtel, la valise de Jeanne Beaulieu attend sa propriétaire. À la réception, l'agent Saint-Clar est une femme désormais. Encore un espoir qui s'envole.

La dernière partie du livre de Lévi-Strauss s'intitule « Le retour », quelques pages qui donnent envie de mourir. « Qui ou quoi m'avait donc poussé à faire exploser le cours normal de ma vie ? […] Était-ce donc cela le voyage ? Une exploration des déserts de ma mémoire, plutôt que de ceux qui m'entouraient ? » Je sens bien que mon retour se fera par étapes même si tout m'invite à refermer ce livre. Sous la douche – cette fois très simple à régler, à gauche l'eau chaude, à droite l'eau froide –, un détail me chiffonne. Il faut que je retourne chez le bouquiniste pour en avoir le cœur net.

Malgré les semaines qui ont passé, l'aîné des « frères Tricot », celui qui avait eu le loisir de me tapoter sur les joues afin de me ranimer, semble me reconnaître. Il lève un sourcil. Mon visage lui dit quelque chose.

– C'est ça, je vous remets. Vous êtes allée chez le coiffeur, n'est-ce pas ?

Il a l'élégance de ne pas me rappeler que je m'étais évanouie la dernière fois que j'ai croisé son regard. Lui n'a pas changé, ni de tricot, ni de coiffure, et cela me fait espérer que le temps tourne au ralenti dans sa boutique privée d'oxygène.

– Monsieur, vous vous souvenez, je vous avais pris un livre de Claude Lévi-Strauss.

– Oui, Lévi-Strauss, je me souviens, et un livre sur les éléphants d'Afrique.

– Non, sur le général de Gaulle !

– Ah oui, vous avez raison. Ce livre sur les éléphants, je crois bien que je n'arriverai jamais à le vendre.

– J'ai une question un peu curieuse à vous poser.

– Dites toujours.

– Vous rappelez-vous comment vous aviez fait l'acquisition de cet exemplaire de *Tristes tropiques* ?

– Madame, c'est difficile à dire, ça. Parfois les gens nous donnent des livres au lieu de les jeter, parfois nous rachetons des stocks ou le fonds d'une bibliothèque qui ferme. Ils arrivent de n'importe où. Les livres ne valent plus rien, vous savez. Notre magasin est un grand cimetière en attente du Jugement dernier.

Il m'attrape le livre des mains.

– Vous pensez ! Griffonné de surcroît ! Certains vont en enfer pour ça. J'espère que je ne vous l'ai pas facturé ?

Il retourne à son bureau pour consulter son armoire à fiches. En ajustant ses lunettes, il ajoute :

– C'est très pratique ce système de classement. Tout ce que je peux vous dire, c'est que l'on a fait rentrer votre livre dans notre vénérable institution en 1993. Il vous aura attendu un moment avant de ressusciter d'entre les morts, n'est-ce pas ?

Frère Tricot à l'air satisfait de son sermon.

– Vous êtes certaine que cela ne vous intéresse pas, les éléphants d'Afrique ? Ils sont menacés, vous savez ?

Non, cela ne m'intéresse pas. Il me raccompagne à la porte. Je sors de la boutique, déçue, sans trop savoir ce que j'espérais. Certains livres ont un destin bien singulier quoique moins spectaculaire que celui des toiles de maîtres que l'on retrouve un jour dans un grenier ou maculées de gras au-dessus d'une friteuse. Le passé est parfois tellement patient. Je songe avec affection à ces livres qui refusent de rester en place et parviennent à s'affranchir de leur condition. Ils passent tout leur temps, figés comme des briques, à nourrir des projets d'évasion et certains d'entre eux réussissent à se faire la malle avec une dédicace, une date, un nom, ou vierges de tout casier judiciaire. Je possède ce livre autant qu'il me possède.

Après cela, j'ai laissé filer quelques jours qui comptent pour du beurre. Je ne verrai jamais la baie de Rio. Tant pis pour moi. Je n'ai plus la force de voyager, ni en bateau, ni en camionnette, ni en pensée, ni en rien du tout. J'ai pourtant du mal à rentrer chez moi, peut-être parce que après un long voyage, je crains que cela ne veuille plus rien dire. Je flotte entre deux eaux. Une eau d'Europe et une eau du Brésil qui se rejoignent dans le grand Océan. Il faudra à nouveau le traverser dans l'autre sens, revenir à ma vie, me retrouver seule dans mon appartement, ranger les fantômes à leur place, sourire à mon père si je le croise dans un rêve. Il serait fier de ce que j'ai accompli, avec ma drôle de façon de ne jamais y croire. Je ne sais pas si ce voyage changera quoi que ce soit pour moi. On peut l'imaginer, on peut le souhaiter, et un manteau d'hiver dans une armoire qui vous attend comme prévu vous ramène à la case départ. Bientôt le pavé parisien imposera son ordre, les tapis mouillés dans les caniveaux, l'odeur de la station Châtelet-Les Halles et les pigeons blessés qui ne connaissent rien des tropiques. D'abord, je penserai tous les jours à ce voyage, puis une fois par semaine, puis de temps en temps, puis plus du tout. J'oublierai le visage et les mains de Big James, son œil un peu fermé, les pas de danse de Cuir Fendu, quoi d'autre ? Non, je n'oublierai rien. Faites que je haïsse les voyages pour toujours si disparaissent de ma mémoire les cités d'or.

J'attends depuis trois heures au café de l'aéroport, collée à la vitre derrière laquelle se tient le Brésil, comme si je me laissais encore une chance de changer d'avis. Le ciel est bouché, bas comme un plafond gris. Je ferais mieux de partir un autre jour. Quand j'avais voulu faire un stage pour soigner ma phobie de l'avion, on m'avait dit que le traitement le plus efficace consistait à passer une journée entière au bord de la piste à les observer décoller et atterrir. La preuve par l'image valait mieux que toutes les explications techniques. J'étais allée à Orly de ma propre initiative pour assister à ce ballet. Ça n'avait pas fonctionné, non pas que je n'aie pas été réceptive à cette cure de désensibilisation, mais il y avait eu une alerte à la bombe près du parking qui n'avait pas créé le climat adéquat pour ma thérapie. Le danger ne vient pas toujours d'où l'on croit. Je devrais me répéter ça plus souvent afin d'apaiser mes angoisses ou ne pas qu'elles s'acharnent. Ma belle-sœur m'avait conseillé d'aller voir un acupuncteur. Plutôt crever ! Pourquoi penser à ma belle-sœur ?

Big James a réparé mon téléphone mais il ne sonne pas. Une tropicale tristesse m'envahit. La fiction parfois baisse les bras. Je tourne la cuillère dans ma tasse avec l'envie d'inverser le sens du Gulf Stream. En vain, j'attends que Claudia m'appelle. Entendre sa voix, écouter ses mots qui rejoindront ceux que j'ai prononcés pour elle et la voir apparaître en vrai. Au cinéma, elle crèverait l'écran, prête à passer d'un monde à l'autre, comme dans *La Rose pourpre du Caire* ou dans *La Vie de Jeanne Beaulieu*. Je me pincerais fort pour être sûre que je ne rêve pas. Cela ne prouverait rien, on le voit faire dans quantité de films. Je suis persuadée que sa seule présence physique et la couleur de ses yeux dissiperaient tous les doutes au sujet du caractère invraisemblable de son apparition. Ce jour viendra. Un jour, Claudia apparaîtra. Big James m'a expliqué qu'il irait au commissariat central de Manaus afin de raconter ce que cache ce monticule de terre perdu dans la forêt. Il a décidé d'aller jusqu'au bout pour en finir avec cette histoire. Il préfère attendre que je sois loin du Brésil par précaution, pour me protéger de Darcy. Je suis peut-être trop délicate, en effet. Il faut que j'aie confiance en Big James et me faire à cette idée si j'espère voir un jour Claudia.

D'abord, la police doutera de son témoignage au sujet de la fusillade et de l'incendie, mais la précision avec laquelle Big James rapportera les faits auprès de l'inspecteur permettra de rouvrir l'enquête. Big James accompagnera les policiers sur le lieu où sont morts ce jour-là Santos Ambrosio et d'autres personnes portées disparues. Tout cela remonte à loin, l'inspecteur ne pourra cependant pas négliger cette nouvelle piste dans les détours de l'affaire Ambrosio.

Darcy sera tenu au courant. Il n'en croira rien, bien sûr. Il demandera à voir Big James. Peut-être même qu'il le menacera. Big James ne se laissera pas impressionner. Darcy n'aura pas d'autre choix que de l'écouter sans sourire. Hector Ambrosio avait dû faire son possible pour sauver les blessés, mais il devait y avoir trop de fumée. Big James rétablira la vérité. Il y avait trop de fumée pour y voir quoi que ce soit, mais surtout pour savoir qui tirait les coups de feu et qui les recevait. Il n'est pas certain que l'on croie tout ce que Big James révélera : l'endroit précis où se situaient les frères Ambrosio, l'endroit où se situaient les *garimpeiros* ainsi que le jeune couple de *caboclos* qui tenait l'établissement. Il n'est pas certain non plus qu'Hector Ambrosio, au soir de sa vie, ait la force de contester les preuves qu'on lui mettra sous les yeux, ce qu'il reste des crânes, quelques os noircis, des douilles rongées par le temps. Darcy comprendra que son oncle Hector, qui s'est occupé de lui comme un père, ne lui a pas tout raconté. Rien ne dit qu'Hector soit coupable, mais la police voudra savoir pourquoi il est le seul avec Big James à s'en être tiré et pourquoi il a toujours prétendu que son frère Santos avait disparu dans un accident de pirogue.

On sortira alors l'inspecteur Jacaré de sa retraite, qu'importe son vrai nom. Il s'était chargé d'une partie de l'enquête à l'époque. Jacaré, le petit caïman sadique du Rio Negro, restera silencieux, mais il ne voudra pas qu'on s'intéresse à lui de trop près. L'idée de quitter son canapé pour être interrogé lui coûte. Il s'observe dans le miroir. Il ne rentre plus dans ses beaux costumes. L'alcool et la télévision n'ont aucune pitié en la matière. On lui explique ce qu'il risque. Une retraite moins tranquille, assurément. Hector Ambrosio a-t-il encore les moyens de sa politique ? Il n'est jamais trop tard pour se racheter ou solder de vieilles rancunes. Jacaré finira par donner des informations précieuses sur l'organisation de l'empire Ambrosio et ses ramifications. Et il ne veut plus qu'on l'appelle Jacaré, tu m'as compris ?

Darcy regardera les choses en face parce que lui-même doute des propos d'Hector au sujet de son père soi-disant disparu dans le fleuve et parce qu'il ne veut pas que s'effondre la tour qui porte son nom. Il est en âge de décider ce qu'il souhaite pour l'avenir de cette maudite famille. Les journaux de Manaus parleront à nouveau des Ambrosio et du grand ménage décidé en haut lieu pour tenter d'y voir clair. Il va falloir encore affronter les micros, les caméras, les charognards.

Alors Claudia, après avoir disparu pour échapper au brouillard qui entourait sa vie, décidera peut-être, elle aussi, de sortir du silence. Est-elle partie à l'étranger ? Est-elle mariée ? Et comment expliquer à ses enfants qu'elle ne voit plus sa famille ? Malgré l'éloignement, elle pense souvent à ses parents adoptifs qui n'ont pas su répondre à ses questions, qui n'ont jamais su dire précisément où ils l'avaient trouvée parce qu'ils n'arrivaient pas à lui mentir à ce point. Claudia aurait été capable de tout entendre, sauf que la vérité sur ses origines n'était pas bonne à dire. J'imagine qu'elle n'a plus supporté les dissimulations de son père, la lâcheté de sa mère voulant toujours arrondir les angles et la façon dont son cousin, à sa manière, souhaitait la protéger. Une fois Claudia et Darcy rentrés de Séville, le clan des Ambrosio réuni autour d'Hector était resté de longs mois cloîtré dans sa forteresse avec ses avocats et ses hommes de main. Un interminable huis clos. La justice avait fini par se décourager, mais personne n'était sorti indemne de cette épreuve. Puisqu'on ne semblait pas vouloir que Claudia existe et qu'on ne répondait pas à ses questions sur sa présence dans cette famille, elle avait décidé de s'enfuir et de disparaître.

Lorsque Big James aura témoigné, Claudia voudra le rencontrer. Il n'a plus rien à cacher. Il lui racontera ce qu'il a vu le jour de la fusillade. Il lui dira qu'il a rampé comme il a pu pour échapper à l'incendie. Elle ne saura pas quoi penser de lui. On lui a tellement menti et depuis si longtemps. Mais Big James reprendra autant de fois qu'il le faut le même récit, raconté de la même manière. Elle observera ses mains, son visage, et le croira parce qu'elle sentira qu'il est incapable d'inventer des histoires. Ce sont les yeux de Big James qui l'ont suivie quand elle quittait pour toujours la forêt. Elle finira par accepter que ses parents biologiques sont bien morts ce jour-là, un couple de *caboclos* qui vivait au bord de la rivière. Elle n'en a aucun souvenir. Cette idée lui donnera le vertige. Que serait-elle devenue en grandissant là où le fleuve se perd parmi les chants d'oiseaux ? Il faudra aussi qu'elle accepte d'entendre qu'Hector l'a tirée des flammes pour la sauver, elle, sa petite fille chérie. Personne d'autre qu'Hector ne sait ce qu'il s'est passé à l'intérieur, au milieu des coups de feu et de l'incendie. Malgré les années qui ont passé, Claudia aime toujours ses parents, mais elle n'arrive pas à leur pardonner. Peut-être qu'un jour ses propres enfants parviendront à la convaincre de faire la paix. Quand elle sera prête, elle ira voir Hector Ambrosio, quels qu'aient été ses crimes et quel que soit ce qu'il acceptera de dire à sa fille sur son lit de mort.

Claudia remerciera Big James, car sans lui, elle n'aurait jamais su d'où elle venait vraiment. Elle a désormais la réponse, un point sur une carte, des coordonnées qui l'ancrent quelque part, un endroit où elle pourra se recueillir et penser à des parents qu'elle n'a jamais connus. Ce n'est pas grand-chose, mais après tant d'années, Claudia sait qu'elle vient de la forêt, qu'elle est de ce méandre relié à toute vie sur terre. Voilà peut-être pourquoi la somme des hasards forme un tout nécessaire. Parce qu'il n'existe qu'un monde. Et dans ce monde, Claudia écoute Big James à cause d'une Française qu'il a rencontrée sur un bateau en remontant les eaux du fleuve. Cette femme, Jeanne Beaulieu, lui a lu *Tristes tropiques*, un livre de Claude Lévi-Strauss, le livre de Paul et Claudia. Elle lui a aussi parlé de son propre père mort quand elle était jeune, de sa famille, de ses amours gâchées, de ce qu'elle regrette de ne pas avoir accompli, de tous ces moments qui ont façonné sa vie et sans lesquels Big James ne l'aurait jamais connue. Elle l'a sauvé à sa manière. L'histoire de Paul et Claudia racontée par Jeanne l'a bouleversé davantage qu'il ne l'aurait imaginé. Il y pense souvent sur sa pirogue. Tout ça est difficile à expliquer. Les fleuves creusent lentement des boucles qui parfois se recoupent, forment des îles, laissent des bras morts ou changent de direction. Jeanne est une femme formidable pour une Française, mais il ne l'avouera jamais.

Claudia me racontera-t-elle la fin ? Ses yeux verts que je n'ai jamais vus n'ont pas changé. Paul avait raison, elle ressemble à une forêt qui raconterait l'origine de la couleur des plumes. Elle vole comme un mythe aux mille et une versions. Claudia s'approchera de moi, ses yeux se rempliront de larmes. Elle saisira *Tristes tropiques* en essayant de ne pas trembler. Chaque page lui rappellera un monde éternel : des orchidées, un singe ivre qui s'éloigne, l'encre bleue des tatouages caduveo, et Paul, son cher Paul, qui lui aussi a disparu. Elle voudra replonger dans la piscine et courir dans l'herbe juste avant de faire l'amour avec lui pour la première fois. Me dira-t-elle pourquoi elle a tant aimé Paul ? Pourquoi lui ? Pourquoi Paul Martin, de Châteauroux, avec son regard tendre et ses maladresses ? Les pages du livre, presque toutes griffonnées, lui feront prendre conscience de l'épaisseur du temps. Des pages et des pages, des jours et des jours qui tiennent dans une main. L'année qu'elle a vécue à Séville s'est effacée par endroits. Reviennent surtout à sa mémoire les heures passées en compagnie de Paul à ne rien faire, sinon tourner les pages, faire la morte, faire l'amour. Claudia voudra avoir 20 ans de nouveau, revenir à cette instinctive orchestration du présent. Et puis, elle pensera qu'il est préférable que cela n'arrive qu'une fois. Elle refermera *Tristes tropiques* et me demandera de le conserver précieusement afin de pouvoir dire à Paul, si d'aventure je suis amenée à le rencontrer, qu'elle sait désormais qu'il est venu la retrouver. Ce livre qu'elle tient dans ses mains en est la preuve. C'est pour ça qu'elle pleure de joie et de tristesse. Paul Martin, qui se perdait si souvent pour rentrer chez lui, était venu jusqu'en Amazonie pour serrer dans ses bras l'amour de sa vie. Claudia avait tant espéré qu'il traverse l'Océan pour venir la délivrer. Elle n'a jamais su qu'il avait essayé. Elle n'a jamais cru non plus tout à fait aux mensonges de Darcy la décourageant d'espérer. Se permettra-t-elle un jour d'avoir des regrets ? On ne peut pas revenir en arrière.

Combien peut-il y avoir de Paul Martin sur notre planète ? Un seul. Elle l'a aimé pendant des mois, des années, elle l'a aimé pour toujours et puis ces choses passent parce qu'il faut vivre. On ne saura sans doute jamais ce qui est arrivé à Paul pour qu'il en vienne à se séparer de ce livre. Comment l'a-t-il égaré ? Le gamin est étourdi, voilà tout. Je crois plutôt que Paul, après avoir en vain sillonné le Brésil à la recherche de Claudia, a senti qu'il devait le laisser sur un banc, sinon c'était se condamner à l'infinie tristesse des tropiques. J'espère que Paul est heureux, quelque part, peut-être ailleurs qu'à Châteauroux. J'espère que les hommes comme lui, capables de s'émouvoir et de faire preuve de courage avec les gens qu'ils aiment, n'oublient rien de ce qu'ils ont vécu et changent en or les souvenirs. Claudia me consolera, tout ça n'a plus d'importance.

Comme prévu, j'ai fini par prendre mon vol pour Paris. J'ai fait ce que j'ai pu avec le Brésil, avec la forêt et mes obsessions, d'autres avant moi s'y sont perdus.

ÉPILOGUE

Novembre 2009. Claude Lévi-Strauss est mort. Son cœur s'est arrêté de battre dans sa cent unième année. Les nécrologies étaient prêtes depuis longtemps. Elles se succèdent dans les journaux, à la télévision, et les hommages pleuvent.

Pendant mon voyage, je me suis souvent réjouie de savoir qu'il était encore vivant et qu'il m'accompagnait. J'avais envie de lui dire que le Brésil avait beaucoup changé mais je suis sûre qu'il ne m'aurait pas crue, faute de preuves. J'avais envie de lui parler de Paul et Claudia, de leur roman amazonien, de Cuir Fendu et de Big James. Je lui aurais montré un carnet presque vide si je ne l'avais jeté au feu comme promis pour ne pas risquer qu'on s'attarde sur mes états d'âme. Lévi-Strauss m'aurait souri. L'Amazonie ne fait pas de sentiment. Elle n'en a jamais fait.

L'homme a souhaité être inhumé dans le village de Lignerolles, en Côte-d'Or, sous un modeste tas de cailloux, avant que le public en soit informé. Les dernières volontés de Claude Lévi-Strauss ont été qu'il n'y ait personne aux obsèques, qu'il n'y ait pas non plus de musique et que les rares membres de sa famille présents respectent un silence absolu face au mystère de l'au-delà. Seuls des chants d'oiseaux se sont fait entendre. Un siècle de vie se referme, laissant passer la lumière d'un doute. Ce doute éclaire notre langage : la puissance et l'impuissance des mots à parler de notre condition. À sa façon, ma belle-sœur serait d'accord avec ça.

L'auteur a bénéficié, pour l'écriture de ce livre, de bourses et de résidences d'aide à la création : bourse roman du Centre national du livre ; bourse de création de la résidence croisée Nouvelle-Aquitaine – Québec, ALCA Nouvelle-Aquitaine et Institut canadien de Québec (La Prévôté à Bordeaux, avril et mai 2021) ; résidence de création, Lombez Occitanie (La Maison des écritures à Lombez, juin 2021) ; résidence de création Convento Inn and Artist Residencies (Chamusca, octobre 2021).

Achevé d'imprimer sur les presses de CPI en avril 2022
Numéro d'imprimeur : 2063756
Dépôt légal : août 2022 · ISBN 978-2-84742-486-7 · Imprimé en France